Francisco Rodriguez Lobo

Corte en aldea, y noches de invierno

Francisco Rodriguez Lobo

Corte en aldea, y noches de invierno

Reimpresión del original, primera publicación en 1793.

1ª edición 2022 | ISBN: 978-3-36811-343-8

Verlag (Editorial): Outlook Verlag GmbH, Zeilweg 44, 60439 Frankfurt, Deutschland
Vertretungsberechtigt (Representante autorizado): E. Roepke, Zeilweg 44, 60439 Frankfurt, Deutschland
Druck (Imprenta): Books on Demand GmbH, In de Tarpen 42, 22848 Norderstedt, Deutschland

CORTE EN ALDEA,

Y NOCHES DE INVIERNO.

CORTE EN ALDEA, Y NOCHES DE INVIERNO.

DE FRANCISCO RODRIGUEZ LOBO.

DE PORTUGUES EN CASTELLANO

POR IUAN BAUTISTA DE MORALES.

EN VALENCIA:
EN LA OFICINA DE SALVADOR FAULí.
AÑO M. DCC. XCIII.

A DOÑA ANA PORTOCARRERO Y CARDENAS, MARQUESA DE MONTALVAN, Y DE ALÇALA: SEñORA DE LOBON, &c.

Ofrezco à V. Señorìa en nuestra lengua Castellana, la Corte en Aldea, que en la Portuguesa compuso Francisco Rodriguez Lobo, superior Ingenio de aquella Nacion; estimado en las Estrangeras, por las bien consideradas Obras que ha sacado à luz. Entre las quales dàn à èsta el primer lugar, los hombres que saben, por la excelencia de su argumento, y por la variedad, y lindeza de las cosas con

que

que le ilustra, adòrnandolas con singular erudicion de Sentencias agudas, y graves, de Autores Christianos, y Gentiles, con que procura, no solamente deleitar los animos de los Lectores, si no mejorarlos. Suplico à V. S. la ampare con su grandeza, para que halle gracia en los ojos de los Curiosos; con que, ni ella tendrà mas que pedir, ni yo que dessear. Dios guarde à V. S. felicissimos años.

Iuan Bautista de Morales.

AL

AL LECTOR.

EStos diez y seis Dialogos compuso en lengua Portuguesa Francisco Rodriguez Lobo. Y aunque con su Primavera, Pastor Peregrino, y Desengañado, Eglogas, Romances, El Condestable, y Elegias de Devocion, tiene tantos aficionados; en esta Corte en Aldea, y Noches de Invierno muestra con muchas ventajas la razon que ai para estimar sus Obras, y desear saque à luz los demàs Dialogos que promete. Estos son utiles, y necessarios à todo genero de gentes, y una Escuela universal, donde puede aprender uno à ser hombre, y merecer el nombre. Y aunque la lengua Portuguesa es tan clara, que no ai necessidad de traducilla para muchos Castellanos; para otros, que son los que mas necessidad tienen desta Doctrina, la ai: à èstos la ofrezco, y à todos el deseo de servirles. *Vale.*

SONETO

A FRANCISCO RODRIGUEZ LOBO.

IUAN BAUTISTA DE MORALES.

Insigne Lobo, honor del Lusitano
  Reino,de cuya pluma en Verso,y Prosa
  La del Grande Poëta està embidiosa,
  Y la del Grave Historiador Romano.
Si de tu culto Idioma, al Castellano,
  Tu Corte transferì con licenciosa
  Mano, aprueba mi intento,que à quien osa,
  Los espiritus nobles dàn la mano.
Tu Erudicion, tu Ingenio sin segundo,
  Tan estimado de los hombres Sabios,
  En tus doctos escritos reverèncio.
Y hasta que el Cielo (donde estàs) dè al mundo
  Para alabarte, suficientes labios,
  Reposa en paz, y alàbete el silencio.

COR-

CORTE EN ALDEA,

Y NOCHES DE INVIERNO.

DIALOGO I.

Argumento de toda la Obra.

CErca de la Ciudad principal de Lusitania, està una graciosa Aldea situada con igual distancia à vista del mar Oceano; fresca en el Verano con muchos favores de la naturaleza, y rica en el Estio, è Invierno con los fructos, y comodidades, que ayudan à passar la vida sabrosamente; porque con los vecinos puertos de mar por una parte, y por la otra con una comunicacion de una ribera, que hinche sus valles, y cerros de arboles, y verdura, tiene en todos los tiempos del año, lo que en diferentes lugares acostumbra à buscar la necessidad humana : y por este respecto fue siempre este sitio escogido para desvio de la Corte, y voluntario destierro del trafago della, de los Cortesanos que alli tenian Quintas, amigos, ò heredades, teniendola por refugio y amparo de los excesivos gastos de la Ciudad. Un Invierno, en que la Aldea estava hecha Corte, con hombres de tanto valor, que la podian hacer en qualquier parte, se juntava la mayor dellos en casa de un antiguo morador de aquel lugar, que en otra edad avia assistido en Palacio en servicio de sus Reyes, donde con la mudanza, y experiencia de los años hizo eleccion de los montes, para passar en ellos los que le quedavan de vida; grande acierto, de quien coge este fructo maduro entre desengaños. Alli, ya en conversacion apacible, ya en moderado, y quieto juego, se passava el tiempo, se gozavan las noches, se sentian menos las importunas aguas, y vientos de Noviembre, y se amparavan contra los frios rigurosos de Henero. Entre otros hom-

hombres, que en aquella compañia se hallavan, eran en ella mas continuos en anocheciendo, un Letrado, que alii tenia una heredad, hombre prudente, de vida concertada, Doctor en su profession, y leido en las historias humanas, y que avia tenido honrados cargos de govierno de la justicia en la Ciudad; un Hidalgo mancebo inclinado à el exercicio de la caza, y mui aficionado à las cosas de su patria, en cuyas historias era bien visto; un Estudiante de buen ingenio, que entre sus estudios, se empleava algunas veces en los de la Poesìa; un Viejo no mui rico, que avia servido à uno de los Grandes de la Corte, con cuyo galardon se reparò en aquel lugar, hombre bien criado, y demas de bien entendido notablemente agraciado en lo que decia, y mui natural de una murmuracion, que quedase entre cuero, y carne, sin dar herida penetrante. Al señor de la casa llamavan Leonardo; al Doctor, Livio; al Hidalgo, Don Iulio; al Estudiante, Pindaro; y al Viejo, Solino. Sin estos avia otros de quien en sus lugares se harà mencion, que assi como los demas, no eran de desechar en una conversacion de pocas porfias. Una noche de Noviembre, en la qual ya el frio no dava lugar à que la frescura del tiempo convidasse à el sereno: Estando aun toda via Leonardo sentado à la mesa, mas en el fin de las viandas, tocaron à la puerta Pindaro, y Solino, à los quales el viejo la mandò abrir con grande alborozo y fiesta; porque la que mas estimava por suya era, de que lo buscassen: subieron, agasajòlos con contentamiento y cortesia, sentaronse cerca de la mesa, y dixo el Señor de la casa. Pesame de que no ayais venido mas temprano, que me pudierades acompañar en este trabajo tan necessario de la vejez; mas si en la mesa veis alguna cosa de vuestro gusto, echalde mano, que de salsa os servirà mi buena voluntad. Yo sè (dixo Pindaro) la que teneis de hacerme merced: mas ya he cenado, y tambien Solino, à quien tuve por huesped, cuya conversacion me doblò el gusto de los manjares. Eran ellos tan buenos (respondiò Solino) que à mi me

da-

davan gracia; pero por ser vos tan puntual en las cortesias, me diò mucha pena, y ya que sois tan discreto, y tan mi amigo, de aqui adelante enmendaos en las ceremonias de la mesa, y advertid à vuestro criado, que no acompañe con los ojos los bocados de los huespedes hasta el estomago, porque apostarè, que me contò todos los de la cena: y està tan diestro en meter paz, que apenas desvio un plato de otro, quando me dà xaque en ambos, y me dexa en casa blanca. Y no os parezca que es esto decir, que vengo hambriento, que si assi fuera, pudiera ser, que el cumplimiento del señor Leonardo, no quedara suelto y libre; antes es avisaros, que pues dais tan bien de comer, no tengais un mozo Harpia, que descomponga el sabor de los manjares. Bien sè (respondiò Pindaro) que aun harto no aveis de dexar de roer; mi mozo es de una destas Aldeas vecinas, ha poco que me sirve: y por esto, y por ser criado de estudiante, le deveis perdonar el yerro, y à mi el remoque; pero vuestra condicion no se sugeta à respecto, nì à

dis-

disculpas. Es tan sabrosa la murmuracion de Solino (dixo Leonardo) que tambien en la mesa se puede estimar como buen plato; que si yo tuviera este muchas veces, diera vida à el apetito, que para los otros me falta. Si ella lo fuera (replicò Solino) en mas ocasiones me valiera de las que vos podeis dessearla; pero no tratando de os la ofrecer, ni de la disculpar con mi amigo. Còmo cenastes oy tan tarde, y no han venido mas presto el Doctor, y Don Iulio? ya (dixo el viejo) me embiaron recado, y no pueden tardar: yo cenè tarde, porque la gente de servicio no me diò lugar antes: mas advertid que llaman à la puerta, y deben de ser ellos. A este tiempo mandò juntamente alzar la mesa, y llevar luz à la escalera; subieron el Doctor, y Don Iulio, saludaronse con mucha alegria, y sentados al fuego, dixo el viejo: Mucho debeis ambos à Solino, porque venido à esta casa con Pindaro, de quien fue convidado en la cena, y teniendo la mia en estado, que se podia aprovechar de alguna cosa della, os hallò menos, y preguntò la

cau-

causa de la tardanza señal de amór, y prueva de la poca razon que ai para tenerlo por desobligado de toda aficion de amigos. No està Solino tan inadvertido de lo que en mi tiene (dixo Don Iulio) que se olvide de mi, y de quanto sentirè perder horas suyas: y por el interes de las de la conversacion del Doctor lo sentirè menos, si no lo desseara. Y demas desto puedo afirmar, que està pagada la memoria que tuvo, con la diligencia que hicimos para traerlo con nosotros, que fuimos por su casa, y yo tirè una piedra à la ventana, donde me dixeron que cenava con Pindaro; y cada uno de ambos me causò invidia. A Señor Don Iulio (respondiò èl) tan grande trueno de cumplimientos secos, no podia dexar de descargar piedra: yo tengo hecha la cuenta, y sè que no puedo pagar lo que os devo, demas de essa honra, y merced, sino con la humildad con que todas las reconozco por vuestras, daos por satisfecho de mis desseos, y dese aqui punto à los cumplimientos, porque no tengo polvora mas que para la primera salva. Ya yo me que-

queria meter en medio (dixo el Doctor) porque si os encendeis en cortesias, no avrà quien las apague; sino es Pindaro, que tiene una corriente tan arrebatada, que no da vado à ningun Retorico del mundo. Agora (acudiò Leonardo) llevastes tres de un tiro; no me tengo por seguro en este lugar, aunque es de mi casa: pero no teneis razon contra Pindaro, que cada vez que lo oigo me parece libro de cavallerias. Si èl tuviera encantamentos escuros, castillos rocheros, cavalleros enamorados, gigantes sobervios, escuderos discretos, y doncellas bagamundas; como tiene palabras sonoras, razones concertadas, vocablos jugados, y periodos que suspenden, se pudieran poner à un lado Amadis, Palmerin, Clarimundo, y aun los mas pintados de todos los que escribieron en esta materia; y ya he estado por persuadirle à que se metiesse en una empressa semejante, pero recelo que se me ensobervezca con la alteza de su estilo, y desprecie à los amigos. No os merecia yo señor Leonardo à vos, ni à el Doctor (dixo Pindaro) que tomassedes mis de-

defetos por materia de vuestra galanteria: hablo como sè, y cada uno se tiende conforme tiene la ropa: no soi tan Filosofo como el Doctor, tan cortesano como vos, ni tan agraciado como Solino, ni tengo mayores plumas que la jaula; pero si abriera las alas para componer libros, no avian de ser de patrañas; por esso fia mas de mis pensamientos. Nunca los tuve de os ofender (respondiò el viejo) ni me parece con razon vuestra desconfianza, ni es justo hagais tan poca cuenta de los libros de cavallerias, y de los famosos Autores que los escribieron, y que mostraron en ellos su buen lenguaje con toda la perfecion en la gracia de tejer y historiar las aventuras, el decoro de tratar las personas, la agudeza y galanteria de las razones, el pintar de las armas, el vetear las colores, el encaminar y desencontrar los sucesos, el encarecer la pureza de unos amores, la pena de unos celos, la firmeza en una ausencia, y muchas otras cosas que recrean el animo, y aficionan y adelgazan el entendimiento. Si vos teneis en des-

pre-

precio componer libros de cavallerias, yo os desengaño que pertenecen mas cosas à un buen Autor dellos, que à uno de los letrados, filosofos, ò juristas, con quien desseais de os parecer, porque à èl le importa saber la geografia de los Reinos, y Provincias del mundo para encaminar por ellas su historia, tener noticia de los nombres, y cosas que usan en aquellas partes, de donde hace naturales à los cavalleros, saber estilo de corte, para las mesuras, recibimientos y cortesias, conforme las personas introducidas; conocer de la justa, del torneo, y del sarao, la orden, las leyes, y las gentilezas; entender de la bastarda, y de la gineta, lo que conviene para pintar un encuentro, la caida, el acierto, el desvio, el brio, ò descuido de un cavallero, dibujar el cavallo en las colores, ajustallo en las riendas, en el pisar, el arremeter, en la furia, en la destreza, en las carreras, paradas, y rebueltas, y el conocimiento de todas las ciencias, y diciplinas; tambien ha de tener alguna noticia de los Nigromantes antiguos, para los encantamentos

tos que sirven de bordon, y acogida à los historiadores. Tengo por mal empleado (dixo el Doctor) tanto caudal en cosa de tan poco interes, y no soi de parecer, que el Autor, que tuviere las partes que vos decìs, que son necessarias para essa composicion, se ocupe en ella. De què sirven libros de cavallerias fingidas? y si ai ociosos que los lean? por què ha de aver alguno que los escriba, ò que espere algun fructo de trabajo tan vano? Que cosa tan cierta es (replicò Leonardo) que cada uno aprueve lo que sigue, siendo assi que ninguno se contenta con lo que tiene. Dessseareis agora, que todos los libros y todos los hombres tratassen solamente de vuestra professìon, y fuessen Juristas, ò Filosofos? Pues aunque yo soi bachiller en el lenguaje, me atrevo à contradecir essa opinion adquirida en latin; porque para recreacion, policìa, y buen estilo, no se deve menor lugar à estos libros, que à los vuestros de trapazas y opiniones, y otros que llamais consejos, que lo dan algunas veces bien ruin à quien se fia dellos.

Yo

De la lecion de los libros de recreacion.

Yo soi de parecer (dixo Don Iulio) que elijamos esta materia para gastar la noche, poniendola à manera de disputa ; y si à todos les parece lo mismo, cada uno diga su opinion de los libros que mas le contentan, y las razones que tiene para los aprobar: y deste modo, ò de aficionados, ò de convencidos, sabremos los que son de mayor gusto y utilidad. A esto (respondiò Solino) hasta agora he estado callando contra mi naturaleza ; porque me sentì, por incapaz, para hacer tercio con el Doctor, y Leonardo : mas pues vuestro voto es, que se juegue con toda la baraja ; digo, que es esta la mejor materia que se podia escoger para passar el tiempo, y ya puede ser que alguno de los que aqui estàn, que dessea dexar en el mundo memoria de su ingenio, sepa en esta ocasion, en què lo puede emplear mejor. Por lo que à mi toca (dixo el Doctor). comencemos luego, y à vos señor Don Iulio es razon demos la mano en pago del arbitrio ; y no tratando de los libros divinos, ni de los necessarios, de los de recreacion nos po-

podeis decir quales, y por què razones os contentan. Mi inclinacion en materia de libros (dixo èl) de todos los que estàn presentes es bien conocida; solamente podrè dar agora de nuevo la razon della. Soi particularmente aficionado à los libros de historia verdadera, y mas que à las otras à las del Reino en que vivo, y de la tierra donde nacì; de los Reyes y Principes que ha tenido; de las mudanzas que en èl ha hecho el tiempo y la fortuna; de las guerras, batallas, y ocasiones que han sucedido; de los hombres insignes, que por el discurso de los años florecieron; de las noblezas y blasones, que se han adquirido por armas, letras, ò privanza. Lo que me inclinò à elegir esta lecion, fue que tuve algunas de un hombre mui docto, en lo que deve dessear de ser y parecer el que es bien nacido; à lo qual èl decia, que lo que mas convenia que supiesse era, el apellido que tenia, de donde naciò, quien fueron sus passados, què armas le dexaron, la significacion y fundamento de la figura dellas, còmo se adquirieron ò acrecentaron; luego los

De los libros de historia verdadera.

los Reyes que reinaron en su patria, las coronicas dellos, los principios, las conquistas, las empressas, y esfuerzo de sus naturales; porque hablando dellos en tierras estrañas, ò en la suya con estrangeros, sepa dar verdadera informacion de sus cosas, y alcanzadas estas, le estarà bien todo lo que mas pudiere saber de las agenas. Porque yo tengo por cosa mui cierta y verdadera, que ninguna leccion puede aver que mas recree ni aproveche, que la que sè que es verdadera, y por natural, ò desseo de los hombres deleitosa. No es essa mi opinion (dixo Solino) porque contra el gusto me assombran mucho cosas passadas, y andar desenterrando huessos. Y en lo que toca à la verdad, cierto que por cuenta de difunctos se escriben algunas veces tan grandes mentiras, que no les hacen ventaja los fingimientos de las historias imaginadas. Y aviendo un hombre de leer, lo que no es, ni fue, ò que sale tan caldeado, y tan batido de la forja de los Autores, que muda el metal, el color y naturaleza; estoi mejor con los libros de cavalle-

De los libros de cavallerias fingidos.

llerias, y historias fingidas, que si no son verdaderas, no se venden por tales, y son tan bien inventadas, que llevan tras sì los ojos, y desseos de quien los lee; y no estima un Autor matar dos mil hombres con la pluma, para hacer valiente à su cavallero con la espada (sin estar recelando los dichos de los testigos que quedaron de la batalla) que por iguales respectos dexarlo ya su contrario con su honra. Pues si se ofrece ocasion, en que un historiador quiera passar adelante, como Ariosto; no matò mas gente la peste grande en Lisboa, que Rodamonte en los muros de Parìs. Essa es una de las razones porque yo los repruevo (replicò el Doctor) porque la fabula es una cosa falsa, que à caso podia suceder, y ser verdadera, assi como se fingiò; pero à esto no dan lugar los libros de cavallerias, con essos excessos, y otros encantamentos; haciendo casas, y torres de christal, edificios, lagos, y colunas impossibles, piramides de alabastro, y salas de pedrerìa, cuya riqueza podia empobrecer à la fortuna. En nuestros

tiem-

tiempos en la India Oriental sabemos, que el Rei Mogor anduvo muchos años fabricando una caja de esmeraldas, por cuyo respeto se passavan desde España à la Oriental India, las que se traían de la Occidental, y en fin murió sin la acabar; y no el libro de cavallerias, en que qualquier cavallero de un castillo no acabe cosas mayores. Y dexando estos, es gracia, y galanteria comparar historias verdaderas con patrañas desproporcionadas, que gastan el tiempo mal los que se ocupan en ellas, quando las otras sirven de exemplo para imitar, de memoria para engrandecer, y de recreacion para divertir. A quien no anima leer las historias de sus passados? A quien no mueve el desseo de igualar à la fama que lee de sus obras? el govierno de paz? la orden de guerra? el trato de los hombres? el comercio de las Provincias? De donde se conserva, alcanza, y sabe, sino por las historias verdaderas? Porque en ellas sabe cada uno felizmente por los successos agenos, lo que deve seguir. De donde Marco Tulio llamò à la historia Maes-

Maestra de la vida. Vòs, Señor Doctor (dixo Solino) hallareis esso en vuestros cartapacios, empero yo todavia estoi contumaz. Primeramente, en las historias à quien llaman verdaderas, cada uno miente, segun le conviene, ò à quien le informò, ö favoreciò para mentir, porque si no se dan estas tintas està todo tan mezclado, que no ai paño sin nudo, ni legua sin un pedazo de mal camino. En el libro fingido cuentanse las cosas como era bien que fuessen, y no como sucedieron; y assi son mas perfectas, describese el cavallero, como era bien que los huviesse, las damas quan castas, los Reyes quan justos, los amores quan verdaderos, los estremos quan grandes, las leyes, las cortesìas, el trato tan conforme con la razon. Y assi no leereis libro, en el qual no se destruyan sobervios; favorezcan humildes, amparen flacos, sirvan doncellas, se cumplan las palabras, guarden juramentos, y satisfagan buenas obras. Vereis, que las damas andan por los caminos, sin que aya quien las ofenda, seguras en su virtud propria, y en la cortesìa de los cavalleros andantes. En quanto à el retrato, y exemplo de la vida, mejor se coge de lo que un buen entendimiento trazò, y siguiò con mucho tiempo de estudio, que en el sucesso, que à las veces se alcanzò por mano de la ventura, sin que la diligencia, ni ingenio pusiessen algo de su caudal: No digo, que los libros tengan excesos desatinados, que no sean semejantes à la verdad, ni los encantamentos tan obscuros, y desconformes, que no tengan algun modo de engañar el juicio; pero los libros bien fingidos, como verdaderos, lugar merecen como buenos. Un curioso en Italia (segun un Autor de credito cuenta) estando con su muger à el fuego, leyendo al Ariosto, lloraron la muerte de Zerbino, con tanto sentimiento, que acudiò la vecindad à saber la causa. Y en lo que toca à exemplo, un Capitan valeroso huvo en Portugal, que no le tuvo mejor el Imperio Romano, que con la imitacion de un cavallero fingido fue el mayor de sus tiempos imitando las virtudes que dèl se escribieron. Muchas

don-

doncellas guardaron extremos de firmeza y fidelidad, por aver leido de otras semejantes en los libros de cavallerias. En la milicia de la India, teniendo un Capitan Portugues cercada una ciudad de enemigos, ciertos soldados camaradas, que alhojavan juntos, traian entre las armas un libro de cavallerias, con que passavan el tiempo: uno dellos, que sabia menos, que los demas, de aquella letura, tenia todo lo que oia leer por verdadero (que ai algunos inocentes, que les parece que no puede aver mentiras impressas.) Los otros ayudando a su simpleza, le decian que assi era: llego la ocasion del assalto, en que el buen soldado invidioso, y animado de lo que oia leer, se encendio en desseo de mostrar su valor, y hacer una cavalleria, de que quedasse memoria: y assi se metio entre los enemigos con tanta furia, y los comenzo a herir tan recialmente con la espada, que en poco espacio se empeño de suerte, que con mucho trabajo y peligro de los compañeros, y de otros muchos soldados le ampararon la vida, recogiendolo con mucha honra, y no pocas heridas; y reprehendiendole los amigos aquella temeridad, respondio: Ea dexame, que no hice la mitad de lo que cada noche leis de qualquier cavallero de nuestro libro. Y el de alli en adelante fue mui valeroso. Mucho festejaron todos el cuento, y luego prosiguiò el Doctor: tan bien fingidas pueden ser las historias, que merezcan el loor que las verdaderas; mas ai pocas que lo sean, que la fabula bien escrita (como dice San Ambrosio) aunque no tenga fuerza de verdad, tiene una orden de razon, en que se puedan manifestar las causas verdaderas. Xenofonte queriendo pintar una Republica perfecta, y regimiento politico por modo de historia, fingiò el govierno de Cyro Rey de los Persas. Don Antonio de Guevara en nombre de un Emperador Romano, escribiò lo que el queria decir en España. Y otros que aun en modo mas estraño enseñaron à los hombres, como Esopo en las fabulas, y Lucio Apuleyo en su asno de oro. Y todos los libros, que en su genero son buenos, se pueden llamar perfectos:

sería agora, que el que escribe historia sea verdadero, y no tendrá Solino de que reprehenderlo en ella. El que compone fabulas sera verisimil, y no tendré yo razon de lo reprobar, el que trata de ciencias, alegue razones; el que habla de artes, experiencia; y el que quiere enseñar principios, muestre autoridad. Y supuesto que yo tenia muchas que alegar, en favor de vuestra opinion, Señor Don Julio, vos estais en el caso; porque la historia verdadera apacienta á los doctos, adelgaza los grosseros, encamina á los mozos, enseña á los mancebos, recrea á los viejos, anima á los humildes, sustenta los buenos, castiga á los malos, resucita á los muertos, y á todos da fruto su leccion: y porque esta no sea mas larga, diga agora Pindaro su opinion.

Apostaré yo (dixo Solino) que si á Pindaro le toman con Poesia levantada sobre buenos conceptos, y versos, que con ser amorosos sean arrogantes, que caerá como pajaro en la liga. Para esso (dixo el Doctor) apartarle las ocasiones, y es declaracion que no tratamos

De los libros de Poesia.

mos de Poesìa. Essa condicion (respondiò Pindaro) desde el principio está declarada, que como ecetuastes libros divinos, en esse numero deven de estar los de los Poetas, que merecen este nombre, y es el que ellos antiguamente tuvieron. Platon quando dellos escribe les llama divinos, interpretes de los Dioses, posseidos de espiritus celestes. De donde Marco Tulio se aprovechò de los loores, con que los trata. Origenes afirma que la Poesìa es una virtud espiritual, que inspira en los Poetas, y les llena el animo y entendimiento de una divina fuerza. San Agustin les llama Theologos para cantar los loores divinos. Decian los Filosofos antiguos, que si los Dioses hablassen seria en verso, trayendo por exemplo el Oraculo de Apolo, y de las Sibilas. Casiodoro dice, que la Poesìa tomò principio de la divina Escritura. De manera que por autoridad de tan grandes varones, con los libros de poesìa no han de competir aquellos de quien hasta aqui aveis tratado, que de otro modo ya estuviera concluida la diferencia. Lo que

yo

yo veo es (dixo Don Iulio) que aunque el Doctor os cerrava la puerta, entrandoos por lado, dixistes por junto todo lo que convenia à vuestro intento; y quanto para mi estais declarado, y con el desseo de oir la opinion del Doctor, no digo lo demas que me parece. Agora (respondiò èl) no quiero que à essa cuenta quede mi voto á escuras: y digo (no hablando en poesìa) que no elijo la lecion de historiadores verdaderos, ni tengo por mejor la de los fingidos, porque unos sirven de conservar la memoria, y otros de engañar el entendimiento; y seràn mejores los libros que deleiten la memoria, y la voluntad, y apuren y levanten el entendimiento; como los de recreacion, que con alguna ingeniosa novedad, tratan de materias politicas, y agraciadas de Corte, de Aldea, y de qualquier sugeto apacible: y ai destos muchos bien recebidos, aprobados, y provechosos en la Republica, cuya variedad, y doctrina es para mi, lecion muy sabrosa. No estoi mal con essa opinion (dixo el Doctor) y casi que vos, y yo es-

estamos en un mismo pensamiento, si no que dexasses de declarar lo que agora dire. Y porque hasta aqui avemos hablado, del modo de componer y escrevir libros, y no de las materias que escritas seran agradables; y dexando en duda vuestro parecer, para conferirlo con mas atencion; el mio es que el mejor modo de escrevir son los Dialogos escritos en prosa, con figuras introducidas, que disputen, y traten materias provechosas, politicas, y agradables, y llenas de galanteria; siendo la primera figura de la obra el Autor della, y el que va guiando, è introduciendo con claridad à las demas que sean apropriadas à aquellas materias, de que han de tratar entre si: y demas de ser este estilo mas claro, mas vulgar, y mas excelente, incluye en si la lecion de todos los otros modos de escrevir, como son los de la historia verdadera, y fingida; de las artes liberales, y mecanicas; de las ciencias, y diciplinas necessarias de las professiones particulares; de la razon, del govierno, de la vida politica, ò particular. Y quan-

De los Dialo- [illegible]

quando este modo de escrevir no tuviera por sì mas de la autoridad de los que han escrito en èl, como fue Platon, Xenofonte, Tulio, y otros infinitos, esta bastàra para acreditar los Dialogos. Demàs desto yo tengo para mi, que aquella es mejor escritura, que con mas perfecion, y viveza imita à la platica, y conversacion de los hombres: porque assi como la mejor pintura, es la que mas se parece con la obra de Naturaleza, à quien quiere contrahacer; assi la mejor escritura es la que retrata con mas semejanza à la habla, y conversacion de entre amigos. En los poemas tenian los Poetas antiguos, que el mas levantado era la tragedia, por la imitacion natural de la platica, con introducion de figuras, junto con la gravedad, peso, y tristeza de los sucessos tragicos. Y porque tambien la variedad es la que mas suele entretener, y deleitar el animo de los hombres, y esta es mas cierta, y mas propria en los Dialogos, me parece que en el gusto dellos, seràn mejor recevidos.

Pues assi es (dixo Don Iulio) que

la

De la excelencia de la platica sobre la escritura.

la principal razon porque aprobais los Dialogos, es porque mas familiarmente se parecen con la platica. Desseo saber qual es mas noble, la platica, ò la escritura; porque à mi me parece, que à la escritura se deve el mejor lugar: y si la escritura merece por parecerse à la platica, es contraria vuestra opinion. Ninguna duda ay (respondiò el Doctor) que la platica sea mas noble, mas antigua, y mas excelente; porque demas de que el hablar es operacion natural de los hombres, y acto en que se diferencian de todos los demas animales, y les tienen ventaja; la escritura no es mas que una esclava, ò criada de las palabras, y el escrevir no es otra cosa mas que suplir con un instrumento mediante el arte, y las manos, lo que con la voz no se puede explicar, y alcanzar con los oidos, ò por distancia de lugar como quien escrive à los ausentes, ò por discurso de tiempo, como quien escrive para los venideros. Y porque nunca la esclava llega à ser tan noble como la Señora, à quien sirve, en quanto esclava; ni el que sostituye en lu-

lugar de otro se le puede preferir en el mismo caso y lugar: assi nunca la escritura puede igualar á la nobleza y perfeccion de la platica. Lo contrario me parece à mì (replicò el hidalgo) porque, ni porque la platica sea mas antigua, y primera que la escritura es mas perfecta, antes ella fue la perfeccion de la platica; y puesto que sea operacion del hombre el hablar, no es en èl menos noble el accidente de escrevir, antes me parece mas digno lo que èl alcanzò por arte, que lo que adquiriò por uso, y casi que osaria decir, que es operacion suya el hablar, dada respecto de aver de escrevir, pues este es el medio de perpetuarse, sustentando en el entendimiento de los presentes, y dexando memoria y razon à los por venir de las cosas passadas; assi que ni por la primera razon merece la platica mejor lugar; ni la escritura por criada y ministra suya es menos noble; porque el Sol sirve de mostrar las cosas criadas, que le son mui inferiores, y de dar lùz y nutrimento à otras de menor calidad, y no por esso ellas se le pueden

an-

anteponer. En quanto à que la escritura sea sostituto de la voz, ella lo hace por tan excelente manera, que le tiene mucha ventaja; pues lo que la voz no puede explicar juntamente en diferentes lugares, y à diversas personas, en un mismo tiempo lo hace la escritura con grande perfecion, pudiendo muchas personas en diferentes lugares leer en un mismo tiempo una misma cosa; por lo qual me parece, que aunque vuestra eleccion fue buena, que no fundastes bien la razon della. Cierto (dixo Leonardo) que ambos las aveis dado tan buenas, que està dudosa la determinacion. Pero concediendo à la platica, la excelencia, la accion, modo y gracia de hablar, que es una viveza à que no se iguala otra ninguna semejanza, la escritura tiene tantas grandezas, que parece igualmente necessaria para la vida; pues quedava el mundo à escuras sin la luz de la lecion escrita; y sola en la tradicion de los hombres se podia salvar la memoria de las cosas, y en las principales señorearia la ignorancia, con mero imperio. Pero dexando do esto por averiguar; pues con tanta *gala* y agudeza està tocado lo que basta; quiero, que passe mas adelante, y por me hacer merced, que me enseñeis si en la platica, en voz, y en la escritura considerada, tiene buen lugar nuestra lengua Portuguesa, porque escucho de mala gana à algunos naturales, que tratan mal della, y la condenan por grossera y limitada.

Alabanzas de la lengua Portuguesa.

Una cosa os confessarè yo Señor Leonardo (dixo à esto Don Iulio) que los Portugueses son hombres de ruin lengua, y que tambien lo muestran en decir mal de la suya, que assi en la suavidad de la pronunciacion, como en la gravedad y composicion de las palabras es lengua excelente. Mas ai algunos necios que no basta que la hablen mal, sino que se quieren mostrar discretos, diciendo mal della; y lo que me venga de su ignorancia es, que ellos acreditan su opinion; y los que hablan bien desacreditan à ella y à ellos. Bravamente es apassionado el Señor Don Iulio (acudiò el Doctor) por las cosas de nuestra patria; y tiene razon, que es

deu-

deuda que los nobles deven pagar con mayor puntualidad à la tierra que los criò; y verdaderamente, que no tengo à nuestra lengua por grosera, ni por buenos los argumentos, con que algunos quieren probar que lo es; antes es blanda, para deleitar; grave, para encarecer; eficaz, para mover; dulce, para pronunciar; breve, para resolver; y acomodada à las materias mas importantes de la platica y escritura; para hablar es agraciada con un modo señoril; para cantar es suave, con un cierto sentimiento que favorece à la musica; para predicar es sustanciosa, con una gravedad que autoriza las razones, y las sentencias. Para escrevir cartas, ni tiene infinita copia, que dañe, ni brevedad esteril que la limite. Para historia, ni es tan florida, que se derrame, ni tan seca, que busque el favor de las agenas. La pronunciacion no obliga à herir en el cielo de la boca, con aspereza, ni à arrancar las palabras con vehemencia del gallillo; escribese de la manera que se lee, y assi se habla: tiene de todas las lenguas lo mejor; la pronuncia-

cion

cion de la Latina, el origen de la Griega, la familiaridad de la Castellana, la blandura de la Francesa, y la elegancia de la Italiana. Tiene mas adagios, y sentencias que todas las vulgares, en fe de su antiguedad. Y si à la lengua Hebrea, por la honestidad de las palabras, la llamaron santa, cierto que no se yo otra que tanto huya de palabras claras en materia descompuesta, quanto la nuestra. Y para que lo diga todo, solo un mal tiene, y es, que por lo poco que la quieren sus naturales, la traen mas remendada, que capa de pobre de por Dios. He holgado estrañamente de os oir (dixo Solino) por no quedar tan cobarde como hasta agora lo he estado, en oyendo murmurar de la lengua Portuguesa, y no osava, ò no sabia declarar mi opinion, la qual juzgava, que nacia del amor que la tengo, y que cada uno tiene à sus cosas, como el Cuervo à sus hijos, y Pindaro à sus Poesias: pero quando un hombre tan bien fundado en la razon, como el Doctor, y tan apassionado en su parecer sustenta esta parte, ninguna avia

ya

ya tan recia, que me amilane, ni quite el atrevimiento. En la lengua, (dixo Pindaro) pues no ai amistad que os haga perder la mala costumbre. Perdonadme (le replicó) que os herí por no perder el golpe; y bolviendo á lo que aquí se trató para recordar lo que començamos, averiguó el Doctor, que el mejor modo de escrevir es en Dialogos, (quedando mi derecho reservado en quanto a los libros de cavallerias): tocaronse loores de la platica, y escritura con mucho ingenio: declarose como la lengua Portuguesa no desmerece lugar entre las mejores para escrevirse en ella materias levantadas, apacibles, provechosas, y necessarias; y pareceme que para que estas noches bien gastadas, dudas bien movidas, y razones mejor platicadas, por escritura las gocen los ausentes, y venideros; uno de vosotros, pues qualquiera es capaz para ello, haga uno, ó muchos Dialogos, que sin verguença del mundo puedan parecer en sus plaças á vista de curiosos, y aun de los maldicientes. Tiene Solino mucha razon (dixo Don Iulio); y el

garansi fuessen los Dialogos, como se pueden formar con la platica de algunos que estàn presentes; bien se autorizarà la opinion del Doctor, aunque la mia quede vencida, con la ventaja que vuestra platica hace à las escrituras agenas. Y pues se aprovechan tan bien las noches en este lugar, razon es que por medio dellas se comuniquen, à quien se aproveche de la doctrina, y del interes dellas. Si yo no durmiera tan pocas horas de la passada (dixo el Doctor) aun huviera de proseguir adelante, y responder à esso; mas con vuestra licencia me voi à recoger, y mañana acudirè mas temprano. Acompañemos à el Doctor (dixo el Hidalgo) y levantandose èl, se dispidieron todos con grande cortesia, dexando al señor de la casa pesaroso, de que tan presto se acabasse la conversacion; que quien sabe estimar la que es tan buena, siente las horas que la pierde.

DIALOGO II.

DE LA POLICIA, Y ESTILO de las Cartas Missivas.

Quedaron los amigos tan aficionados à la conversacion de aquella noche, que por hazer la del siguiente dia mas larga, acudieron à su academia, luego que se puso el Sol, con desseo cada uno de ser el primero. Possavan en dos sitios el Doctor con Don Julio, y Pindaro con Solino à vista de la casa de Leonardo, llegaron à un tiempo à ella, que puesto à una ventana los esperava con el mismo desseo, con que se facilitò el recibo, y aprobolo agora. Subieron todos, y dixo el Doctor: Hame parecido este dia tan largo con el desseo de la noche, como à los trabajadores, que tienen recebido el jornal anticipado. Y à mi (replicò Leonardo) la noche despues que me dexastes tan importuna, como à quien espera-

ra

ra la mañana para cosa de su gusto. Y assi no es mucho, que aviendo venido tan temprano, a mi me parezca tarde. Todas las cosas que se dessean mucho (replicò Don Iulio) por poco que se dilaten tardan. Y las que se temen (prosiguiò Solino) por mucho que tarden parece que se anticipan. Por lo qual dixo uno maravillosamente, que quien quisiesse, que la Quaresma le pareciesse breve, que pusiesse los plazos de sus deudas para la Pascua. En fin llegò mas presto este plazo, que todos desseavamos; y si el Señor de la casa durmiò poco yo apostarè, que si alguno en la compañia, que se desvelò mas. No era ocasion para descuidarse (dixo el Doctor) que fuera demasiada confianza entrar en essa batalla desapercebidos. Los apercebimientos (replicò el hidalgo) pueden importar poco, porque como hasta agora es incierta la materia de que se ha de tratar, seràn sin fruto las diligencias. Estais engañado (replicò Solino) porque nunca falta una carta de que asir, quando un hombre tiene las suyas aprendidas, y ai cosas que se traen arrastrando, y como por los cabellos, y como sean bien pensadas, nunca son mal oidas. Y sino diganlo las ojeras, con que esta mañana vi à mi amigo Pindaro. Ya sè (dixo èl) que quereis mal, y que contra mi aun teneis peor intencion, que vista; no me pagais bien lo que os estimo, mas al fin pagais en la moneda que teneis. En la que corre (replicò Solino) que el refran destos tiempos dice: que el hacer, y decir mal nunca se pierde. No os escandaliceis que de todo ai en los hombres, y en las cartas. Essas (dixo entonces Don Julio) tengo de partir; porque desseava mucho alzar por ellas; y pues el Doctor tratò ayer de cartas missivas, y aprobò para ellas la lengua Portuguesa, nos ha de declarar lo que ha de tener una carta, para ser cortesana, y bien escrita. Essa difinicion (replicò el Doctor) està à cargo del Señor de la casa, porque aunque es verdad, que la carta consta de letras, no es de profession de letrado el hacerlas cortesanas; y quien sabe tanto de estilo de Corte, como Leonardo, puede dar lei para ellas. Vos (respondiò el)

sois

sois Doctor en todo, y mi superior en todas las materias, y como tal me podeis dar el grado de cortesano. Yo lo quisiera parecer en la confiança, y en obedecer a el gusto de los amigos. Mas para proseguir yo con autoridad, es bien que vos deis principio a la materia, difiniendo el nombre de carta, y su principio; pues me dais el cargo, antes de estar apercebido para el. Bien se (respondio el Doctor) que por honrarme lo tomais todo a vuestra cuenta, holgarè de darla buena en lo que me encomendais.

Este nombre carta es generico, y tuvo origen de una Ciudad del mismo nombre, de donde fue natural la Reina Dido, que por el amor que tenia a su Patria, puso a la que edificò por nombre Cartago. Y porque en Carta se inventò primeramente la materia, en que se escribio (o fuesse papel, o otra cosa semejante a el) tomò della el nombre, como de Pergamo el pergamino. Y es de saber, que en los primeros tiempos, quando se inventaron las letras, escribian los hombres en las hojas de los arboles, como el en las de las palmas, ce-

De donde nacio el nombre de carta, y la materia en que las escrivian antiguamente.

cicriben los Gentiles en algunas partes de Oriente: las Sibilas escribieron en ellas sus profecias, y por esto se llamaron sus escritos hojas Sibilinas: y aun toda via en las lenguas Castellana, y Portuguesa, se conserva alguna cosa desta antiguedad, pues decimos hojas de papel, sin que el papel tenga hojas, mas en memoria de las primeras, en que se usò la escritura. Despues se escribiò en cascaras tiernas de Arboles; y porque à estas llamavan libros, se conserva aun toda via el nombre, y la division, que agora hacen los escritores, de libro primero, segundo, y de ai en adelante, es el numero, por el qual entonces devian de contar aquellas cascaras. Tambien se escribiò en el corazon de unos como juncos, à que llamaron papiros, de donde los latinos dieron el nombre à el papel; despues se escribiò en tablas, en las quales sobre cera, con un instrumento de hierro, ò de laton, à que llamavan estilo, se señalavan las letras; y del hierro con que se escribian, se vino à derivar lo que agora decimos, bueno, ò malo, humilde, ò alto estilo de escrevir; y passandose

por

por translacion la perfecion del instrumento a el concierto y politica de las palabras. De este proprio modo se usa el nombre de carta que es generico a todo el nombre de papel escrito, y aun pintado; los Castellanos, y Portugueses, hacemos este nombre particular, tomando carta misiva por la principal de todas, y assi basta decir carta, sin mas declaracion para entender que es esta; pero en las especies diferentes dellas usan el nombre con sus atributos. En los instrumentos judiciales que hacen fe, se dicen carta requisitoria, dimisoria, executoria, de libertad, de venta, y otras muchas; y aun las de jugar, sin tener letras, se llaman comunmente cartas; y la gente aldeana conservando alguna cosa de la antiguedad, a qualquier estampa, o pintura en papel llaman carta; los latinos pusieron nombre a las cartas misivas, de Epistolas del verbo griego, que quiere decir embiar, y letras; porque la carta consta dellas. Los Italianos dieron singular y plural a este nombre, Segundo. En la lengua Portuguesa, que llaman limitada, no falto ninguna destas

dicdiferencias: antes huvo mayor perfecion: porque à unas llamaron cartas misivas, que son las que tienen menos papel, y tambien llaman escritos: y à las cartas de Italia letras, que son las de Roma, y las de Cambio, porque devian de tener el mismo principio: y assi lo muestran las de las ricas donaciones, que los Reyes de Portugal embiavan por letras à la Santa Sede Apostolica, de lo que conquistavan. De manera, que el nombre de carta, quanto à su origen, es general, y comun; y entre nosotros particular, solo de las cartas misivas. Y pues, yo le descubri el nombre, es necessario señor Leonardo, que le deis el ser.

Pareceme (respondiò el) que estoi ya en la mitad de mi obligacion (conforme al dicho del Poeta) que quien enpieça tiene hecha la mayor parte. Y passando del nombre de carta à los exteriores della, digo que ha de tener cortesia comun, renglones derechos, letras juntas, razones apartadas, papel limpio, dobleces iguales, la nema sutil, y el sello claro: y con estas condiciones, sera una carta de cortesano. Y hablan-

do

do de la cortesìa (dixo Solino) què entendeis della. La cortesia (respondiò el) no hablando en la letura de la carta, es, en el sobre escrito, lo que esta apartado de la cruz el primer renglon, la que desde el principio del papel tienen los demas renglones que se le siguen, y la firma, y nombre del que escribe abaxo de la fecha: y porque en esto ai diferentes costumbres, y yerros, me parece hacer de todo memoria. De los sobre escritos tenemos poco que tratar (dixo Don Iulio) porque despues, que con la pragmatica los cercenaron, no ai ya Preciados, Magnificos, Honrados, Illustrissimos, ni aun a los Señores. Aun todavia (replicò Solino) quedaron algunos de rodeo, que son mui de ver; y assi lo dicen ellos: à cuyo proposito os tengo de contar una historia. Yo, como todos sabeis, miro con antojos, y conforme la opinion de algunos, con ellos mucho menos: los dias passados aun estando yo inocente desta costumbre, me dieron una carta de un amigo, que decia: Para que vea el Señor Solino; abrila, y era la letra tal, tan menuda,

De los sobre escritos.

y

y tan trabada, que desmentia à el sobre escrito, pues por ninguna via pude ver lo que decia. Mas respondi en otra letra mucho peor, y puse en el sobre escrito, Para que ciegue el señor fulano. A lo qual, el despues me reprehendiò, que guardava la costumbre de las presentes. No todas se han de seguir (dixo el Doctor) que como escrive el Filosofo Palatino, cada uno deve usar de palabras presentes, y costumbres antiguas, y mas quando el uso es abuso, que quanto à lo primero, por ser tal lo prohibieron las leyes; y quanto à lo segundo lo reprehenden los mismos, que lo usan; y diga Leonardo lo que le parece. A mi (respondiò el) que la lei es buena, y la cautela escusada. Pero el sobre escrito tiene mas partes de cortesia, que estas que aveis dicho, aunque à la primera vista parezca tan limitada; y para que comencemos en orden. Sobre escrito es una noticia vulgar de la persona, à quien se escribe, y del lugar à donde se embia la carta nombrandola por su nombre, y la dignidad; por la qual es mas conocido, y del lugar donde en aquel tiempo

re-

reside. Esta regla general tiene una limitacion, y es que à las personas de grande titulo, y cargo, se puede callar, ò usar de otro modo diferente en esta segunda noticia; porque demas de que los cargos declaran muchas veces la assistencia de las personas, parece cortesìa, que à las que son mui conocidas por su titulo, y dignidad, baste esto, y el nombre para hallarlas. El primer modo es, como si escribiessemos à N. Viso Rei de la India, à N. General de Portugal. El segundo, como à N. Embaxador del Rei de España, en Corte Romana. Porque aunque estos assistian en tal tiempo en Villas, ò Ciudades particulares, no ai necessidad de mas explicacion en el sobre escrito. No trato aqui de las cartas embiadas à los Reyes de sus vassallos, porque no entran en esta regla, las que vienen dirigidas à sus consejos particulares. Bien podeis (dixo el Doctor) meter en su lugar la historia de un letrado de mi professìon, que embiando una informacion à la mesa de Palacio, puso en el sobre escrito: A el Rei nuestro Señor, en sus Palacios de la Ribera, junto à Luis

de

de Cesar. De otro soldado oì yo contar (dixo Solino) que escriviò a la India: A N. Viso Rei de la India, en los Palacios de Goa, defrente de un Lencero tuerto. Para gente tan necia (dixo Leonardo) no sirven preceptos: mas en otras veo muchas veces sobre escritos tan menudos, y demasiados, que personas mui particulares se podian dar por afrentados dellos, como es a N. en tal tierra, en tal calle, detras de tal parte, defrente de tal casa, y junto a N. y a las veces es la persona tal, que deve ser mas conocida por si, que por las circunstancias, y confrontaciones. De los demasiados (dixo Solino) no puedo dexar de decir el que vi ha pocos dias, de un Fraile, que escriviò a su Provincial, que avia cinco Padres nuestros como cuenta bendita, y decia: A el mui Reverendo Padre nuestro, nuestro Padre. N. nuestro Padre Provincial, en el Convento de nuestro Padre S. N. Padre nuestro. Por esso digo (prosiguiò Leonardo) que la noticia deve ser vulgar, que ni afrente, ni lisongee, ni se demasie, ni falte. Mas probable es (dixo Don Iulio) que se peque en

los

los sobre escritos por demasìa, que por falta: porque todos dicen el nombre de la persona, y la tierra à donde escriben. No ha de ser como aquel (respondiò Pindaro) que escribiò: A mi hijo el Licenciado, en Salamanca, que Dios guarde; pareciendole que bastava ponerle el grado en lugar del nombre; mas que lugar darèis vos à los titulos de los sobre escritos, y que ai algunos mas largos que las cartas, que dicen el nombre, el titulo, el señorio, el cargo, la encomienda, y aun las pretensiones de la persona à quien se escribe. A mi me parece (respondiò Leonardo) que los titulos es cosa conveniente, y necessaria usandolos con moderacion, conforme à lo que tengo dicho: que noticia vulgar es, ser un hombre conocido por su Señorio, y el cargo que tiene: y assi se ha de escrevir à cada uno el cargo que tiene, y por donde es mas conocido. De Señorio, como à N. señor de tal Villa; y estando en ella à N. en su Villa N. lo qual se usa en las Villas, que cada uno assiste. Del cargo, à N. del Consejo del Rei nuestro Señor, y su Presidente de hacienda.

su Confessor, &c. à N. del Consejo del Rei nuestro Señor, y su Presidente de tal parte: todo esto con brevedad necessaria; porque el sobre escrito (como dixe) sirve de noticia, y no de adulacion. En la carta no se permite en el sobre escrito, lo que no se consiente en lo interior; como si alguno escribiesse a este hidalgo, y le quisiesse poner los titulos, que el merece en el sobre escrito, conviene a saber à Don Iulio, coluna de la nobleza de sus passados, y gloria de las esperanzas de su patria. O a el Doctor Livio, honra, y luz del derecho civil, exemplo de la Filosofia, y tesoro de la humanidad; cosas eran estas, que algunas dellas se podian decir; pero no en el sobre escrito. Y passando dellos adelante, la segunda cortesia es en el papel, desde la cruz, hasta el primer renglon, que ai algunos, que apenas dexan espacio un medio; y otros dexan tanto, que parece camino de coches: y por la desconformidad, que ai entre unos, y otros, vione a darse por regla, que entre los iguales quede en blanco la quarta parte del papel, que viene à ser el primer

De la cortesia en el pa- [illegible] pel.

dordoblez de la parte alta, en el lado un espacio razonable, que dè lugar à la mano para tener la carta, sin tapar las letras; y para cerrarla, ò passar la hijuela, si la llevare, sin la ofender. Pues de que sirve (dixo Pindaro) que muchos dexen mas de la mitad del papel en blanco à el lado, y lleguen con las letras tan al fin del papel, que la tisera, igualandolo las corta. Esse yerro, y otros muchos (respondiò el) nacen de mudar algunos los servicios à las cosas; porque la invencion no esta mal en su lugar, sino le hicieron servir en las agenas. En cartas de negocios para personas ocupadas, que se escriben por capitulos apartados, ò preguntas sobre materias de los mismos negocios, se dexa igual parte del papel, para responder à el margen, en medio à cada una de las cosas, y assi queda sirviendo para dos una misma carta; mas en estas no se guarda la regla, ni la cortesia de las missivas. El mismo yerro ay en lo que Solino primero apuntò de los sobre escritos, para que vea el señor N. que naciò de algunos papeles encaminados, que se remiten de un merca-

der

der à otro, con solo aquel sobre escrito, sin otra carta, y sin tener mas de carta, que ir cerrados, y sellados. Dieron ocasion à los que usan el mismo termino en los sobre escritos dellas. Muchos yerros ai (dixo Don Iulio) nacidos de la misma ocasion; y aunque parece, que es salir fuera de proposito digo, que es tan grande mona de la virtud, y de la honra la vanidad, que solo por seguirla en las apariencias, tropieza, y cae à cada paso en desatinos. Este escribiò para que vea N. porque el otro criado privado escribiò ansi, y viste de tal paño, porque N. de mayor calidad lo traìa; y lo que el otro hizo por ampararse del frio, à essotro que le imita, le abrasa de calor. A España se ha passado el uso de vestir de los soldados de Flandes, por vizarria; y ocasion avia de imitar en otras cosas à los platicos, que militan en una plaza tan ennoblecida de las naciones de Europa; mas lo que ellos hacen forzados del clima, y sitio de la tierra, usan los cortesanos por gala llevados del engaño de la vanidad los sombreros de ala grande contra la nieve, los

fe-

ferreruelos abotonados, y con maneras para el frio; las medias de escarlatin debaxo de las botas contra la humedad; los talones levantados por las suelas, para no resbalar en los carambanos, y yelos; las ropillas abiertas para sobre las armas: todo esto, y otras muchas cosas, siendo inventadas por la necessidad, las ha hecho la ociosidad gala. Dexo las colores de las ropas, y vestidos de los Reyes, y Principes, y la historia del mercader con el Rei Don Iuan Tercero, que le pidiò que se vistiesse de un paño, que tenia mui rico, con que le servia de gracia; con el qual ardid, luego que el Rei lo vistiò, vendiò èl à mui grande precio una grande cantidad de piezas de aquella color, que à caso le avian entrado en una partida. No es esso solamente en las cartas y trajes (dixo el Doctor) que aun se estiende à mas el engaño. En la Corte del Emperador Carlos Quinto, andando èl indispuesto, le ordenaron los Medicos, que comiesse hojas de borraja, por ser medicamento para su enfermedad; y porque los Grandes, y Titulos, las veìan ordinariamente en la mesa del Emperador, sin advertir la ocasion, porque se hacia, vinieron à valer entre ellos mucho, y à hacer mil diferencias de platos de aquella yerba, de suerte, que se sembravan tantas en las tierras, donde assistia la Corte, que no avia en las huertas eras, ni en los campos hazas de otros frutos. Usanse al fin las cosas mal, y à veces nacen de buenas costumbres. Assi es (dixo Solino) que hasta los antojos, que se inventaron para remediar los defectos de naturaleza, los traen ya algunos por gala. De essa manera (prosiguiò Don Iulio) se devia mudar el estilo de las cartas de los papeles, que se imitan de los favorecidos. Y tornando à la cortesìa, què cosas tiene mas de que tratar? La tercera (respondiò èl) es el nombre, y firma del que escribe la carta, que no ha de estar tan junto de las letras, que parezca que se las traga, ni en mitad del papel, como firma sola de juez en sentencia, ni tan desviada, que parezca que huye de los renglones, ni tan al fin dellos, que parezca, que se arrincona aquel lado; mas con un medio ordinario, un po-

De la firma, y rubrica de las cartas.

poco debaxo de los renglones, mas inclinado à la parte derecha, que à la izquierda; que es una cierta modestia, y humildad, de quien escribe. Y què decis (replicò el Doctor) del acompañamiento de la firma? Porque ai algunos, que se nombran; Servidor de vuessa meced. N. otros vasallo, otros siervo, otros cautivo, otro su N. y ai en esto mucha variedad, è ignorancia. Primeramente (continuò Leonardo) servidor ya se mudò de las cartas à los retretes, siervo à los montes, cautivo para los cumplimientos refinados en plazas, criado era termino bien criado, y su es descortesìa: y por huir destas, y de otros estremos, lo mas seguro es escrevir cada uno su nombre sin mas letura. No seais tan limitado en las licencias (dixo Solino) que echais à perder cartas, que solo por los encarecimientos de la firma son famosas. Un hombre escribiendole à su muger, firmò, vuestro siervo N. y ella era zezoosa, y tal lo hacia como lo pronunciava. Y otro de quien se cuenta vulgarmente, que porque era ordinario firmar assi, el menor criado de vuessa m. escribiendole à su muger, se firmò: El menor marido vuestro N. y la Señora devia de tener mas varones que la Samaritana. De una gentil dama sè yo (dixo Pindaro) que escribiendo à un su galan, firmò su N. y èl leyendo la carta, bolviò à un amigo con quien estava, y dixo: siempre temì esta nueva, y preguntandole el otro, que era, respondiò suya. No, y es principio del Verano. Otro en Coimbra, quiriendose humillar mucho à los pies de un amigo, à quien escribia, firmò Antipoda de vuessa m. N. Quanto mas galanas son essas historias (replicò Leonardo) tanto mas es de estimar la moderacion, y buen termino, de no salir de aquel limite de la cortesìa comun: y passando della, ha de tener la carta renglones derechos, que ai algunos, que escriben en escalones, como puntos de musica; letras juntas, y razones apartadas, con la distincion de los puntos, comas, y acentos necessarios, para que las razones hagan perfecto sentido; porque ai cortesanos, que por hermosear la letra, y facilitar los rasgos de la pluma, encadenan las letras por las cabezas, como ranchos de pescado asi-

asido uno con otro por los ojos, y de manera confunden la escritura, que su mismo dueño no puede darle el sentido verdadero: y ai cartas bien notadas, que por mal escritas pierden reputacion. El papel limpio para que sin enfado se lea, y porque parece mejor la letra en èl; la hijuela sutil, porque à el abrir de la carta, no la ofenda, que hacen algunos tan grandes agujeros, que la carta parece antes rota, que leìda: aunque deste modo de cerrar, ya se usa poco; porque à la carta, ò se echa cubierta, ò della misma se saca nema, con que se cierra. Dobleces iguales porque el concierto autoriza las cosas, y les dà mejor vista; el sello claro, assi para ilustrar la carta, como para su seguridad, pues es el candado, que impide à los curiosos saber secretos agenos. No corrais con tanta priessa (dixo Don Iulio) por essas particularidades, y menudencias, que en algunas dellas tengo que preguntar; mas contentarme he con las que se me ofrecen de nuevo, sobre la materia de las armas, è intenciones, con que se acostumbran à sellar las cartas: y assi estimamarè que desto nos digais alguna cosa.

De los sellos, escudos, y armas. Las armas (prosiguiò èl) es la insignia que cada uno tiene de su nobleza, conforme à el apellido, con que se nombra; y con el sello dellas sella las cartas de importancia con el yelmo y follajes sobre la orla del escudo, ò con èl en tarja, con la cifra de su intencion, que èstas como son pensamiento, y desinio particular, se abren à las veces en redondo, obado, ò quadrado, y otras figuras, sin respetar à la del escudo. En Portugal es cosa mui antigua en los Principes traer sus intenciones, y empressas con letras; y aun las mezclavan con las armas Reales, que supuesto que en aquel tiempo no estavan tan apuradas, como agora, ni eran sujetas à arte, que dellas, y para ellas han hecho los modernos, no les faltava entendimiento, y gala. El Rei Don Iuan el Primero, traìa por orla de las armas una letra, que decia: POR BIEN. y la Reina Doña Filipa de Alencastro su muger otra, que respondia à èsta en Ingles, que decia: ME CONTENTA. El Infante Don Fernando su hijo el santo traìa una capilla de yedra,

Cifras de los Reyes, y Principes de Portugal.

con

con sus racimos, y en su mitad la Cruz de Avis, de cuya cavalleria era Maestre. El Infante Don Pedro una capilla de quexigo con sus bellotas, y en la mitad unas balanzas; en las armas Reales en el banco de batir en cada pie de alto abaxo tres manos; y por encima unas letras escritas muchas veces, que decian: DECIR, y entre cada palabra destas un ramo de quexigo con bellotas. El Infante Don Iuan, que fue Maestre de Sanctiago, casado con la nieta del Conde Estable Don Nuño Albarez Pereira, traìa una capilla de ramos de zarza, con racimos de moras, con las bolsas de Sanctiago en medio, y tres conchuelas en cada una, con una letra en Ingles, que decia: CON MUCHA RAZON. El Infante Don Henrique, Maestre del habito de Christo, traìa las armas del maestrazgo, y las antiguas de Portugal, y al rededor un cinto largo de correa, que abrochava en el cabo, debaxo de una hebilleta, que hacia buelta con la correa, y en Ingles la letra de los cavalleros de Garrotea, de los quales èl tambien era, y decia: CONTRA SI HACE QUIEN MAL PIENSA. Y una capilla

de

de encina, en el banco de batir tres flores de lirio, en cada pie. El Rei Don Alonso el Quinto traìa pintado un mundo con esta letra: CONOZCO QUE NO TE CONOCI. El Rei Don Iuan el Segundo su hijo, traìa un rodezno, con esta letra: SIETE ES. Y en otra traìa un Pelicano, hiriendose el pecho, y decia la letra: POR LA LEI, Y POR LA GREI. La Reina Doña Leonor su muger traìa una red de pescar, à que llaman rastro. El Rei Don Manuel una Esfera con una Cruz. La excelente Señora unas alforjas, y en las bolsas de adentro pintadas las armas de Castilla con esta letra: MEMORIA DE MI DERECHO. El Marques de Valencia, nieto del Conde Don Nuño Albarez, traìa dos gruas armadas, que levantavan un titulo de piedra, con quatro letras cada una por parte, y demàs destas la memoria de otras muchas que dan fe, y testimonio del uso que avia dellas en este Reino. Por cierto (dixo Don Iulio) que estoi satisfecho del fruto que cogì de mi pregunta, por saber curiosidad tan notable de nuestros Principes antiguos, que para mi natural inclinacion es la cosa de mayor

gus-

gusto, è interes; y no lo fuera menor, pues hablamos de armas, è intenciones, y vos estais tambien en ellas, hacer que sepamos alguna cosa mas antigua desta materia, principalmente de donde naciò, y tuvo principio el uso de los escudos de armas, y de las empressas.

Quanto à mi opinion (respondiò Leonardo) es que las armas, empressas, y pensamientos, no tuvieron en su principio la diferencia, que agora les señalan, y atribuyen los que dellas escriben, de letras y cuerpos, y cuerpos sin letras con limitaciones, y renglones mui apretados, antes me parece, que las armas eran las insignias, que los Reyes, y Emperadores davan à los suyos, para que fuesse conocida su nobleza, confirmandose en la figura dellas con la calidad de los sucessos, porque las merecieron, ò con la antiguedad de la sangre, de donde decendian aquellos, à quien las davan, y las que los mesmos Reyes tomavan para sì, en memoria de semejantes hechos, ò derivadas de sus antecessores. Empressas, è intenciones son las que los mesmos Reyes, y Principes, ò

par-

particulares Señores toman, confirmando la figura, y letras con el desinio, y pensamiento que tiene cada uno para emprender cosas altas. Y à èstas se le siguieron la explicacion, que autores les acrecentaron, que por ser discurso mui largo, no tiene lugar en noche tan breve. Demàs destas ai otras armas de los Reinos, y Provincias, Republicas, y Ciudades, que se deven llamar divisas, que tuvieron principio, ò de las cosas de que son mas abundantes, ò de la manera que fueron pobladas, y adquiridas.

De las primeras armas.

En lo que toca à el principio de las armas Hercules fue el primero, que truxo por armas la piel del Leon, que matò en la selva Nemea, despues de la victoria que dèl tuvo; y antes della traìa la insignia del Puerco de Herimanto, que matò en Arcadia. Iason el vellocino de oro, que conquistò. Teseo el Minotauro. Ulixes el Paladion. Eneas el escudo, que ganò à Ulixes en la guerra de Troya. Estas eran las verdaderas armas en memoria de valerosos hechos: y quanto à el principio de las empressas escribe Pausanias, que Agamenon traìa en el escudo do la cabeza de un Leon de oro con una letra que decia: Este el assombro de los hombres, y el que lo trae es Agamenon. Antiocho traìa por armas otro Leon. Hector dos Leones de oro en campo vermejo. Seleuco un Toro. Alexandro un Rei de oro en su trono en campo azul. Alcibiades un Cupido. Lucio Papiro à el Pegaso. Cesar un Aguila negra. Pompeyo un Leon con una espada empuñada. Iudas Machabeo un Dragon vermejo en campo de plata. Atila un Azor coronado. Y cada uno destos, supuesto que pudiera tomar la figura de las armas en significacion de los hechos celebrados, y victorias adquiridas, solo quisieron darle las figuras conforme à su pensamiento. Y Cesar, à el aguero que del Aguila tuvo.

Armas de los Reyes Christianos.

Viniendo à las armas particulares de los Reyes que sabemos, las del Rei de España son los Castillos, y Leones, tan conocidas en el mundo. Las de el Emperador, es una Aguila negra de dos cabezas en campo de oro, en memoria de la de Iulio Cesar, y de la union del Imperio Oriental, y Ocidental. Armas del Rei

Rei de Francia, son tres flores de Lirio de oro en campo àzul, que fueron milagrosamente dadas à el Rei Clodoveo. Armas del Rei de Portugal, los cinco escudos de azul en Cruz en señal del vencimiento, que el primero Rei Don Alonso tuvo de los cinco Reyes Moros en el campo de Ourique, y en ellos, y con ellos los treinta dineros de plata en que Nuestro Señor fue vendido, en memoria de su Passion, y de la vision, que el mismo Rei viò antes de la batalla; por orla de las armas siete castillos de oro en campo vermejo, y por timbre un Dragon coronado. Armas del Rei de Inglaterra, tres Leopardos de oro en campo vermejo, supuesto antes tenia el Rei Artus por armas tres coronas de oro en campo azul. Armas del Rei de Frisia, un escudo de plata rayado de lineas vermejas, y atravessado con una vanda azul. Armas del Rei de Hierusalen, una Cruz de oro con crucetas del mesmo metal, y otras por los vacìos de los angulos. Armas del Rei de Polonia, dos Aguilas de plata, y un hombre encima de un cavallo del mismo metal. Armas del Rei

de

de Irlanda, una Harpa, y una mano que la està tocando. Armas del Preste Iuan de la India, un Crucifijo negro, con dos azotes en campo de oro. Dexo otros muchos como los Bastones de Aragon, las Cadenas de Navarra, la Granada de Granada, las Vanderas de oro y vermejo de Mallorca, y otras que quererlas contar fuera infinito.

Armas de Provincias, Republicas, y Ciudades.

Tienen del mismo modo las Provincias sus Armas. Primeramente las quatro partes, en que el mundo se divide: Asia tres Serpientes, Africa un Elefante, Europa un Cavallo, la America un Cocodrilo. Italia tenia por armas antiguamente un Cavallo, Tracia un Marte, Persia un Arco, Scitia un Rayo, Armenia un Cabron, Fenicia un Hercules, Cicilia una Cabeza armada, Albania un Galapago, Frisia una Puerca, Castilla un Castillo, Lusitania una Ciudad. Las Republicas tienen tambien sus armas particulares: la de Venecia un Leon con un libro en las uñas, la de Sena una Loba, la de Genova un S. Iorge, la de Florencia un Leon con un libro de oro. Las Ciudades de la misma manera: Atenas

la

la Lechuza, Roma el Aguila, Lisboa una Nao con los cuervos en memoria del glorioso Martir S. Vicente su Patron, Coimbra el Dragon, y la doncella coronada, Ebora las cabezas de las Centinelas, Oporto la Imagen de N. Señora entre dos torres, Leiria una Torre entre dos pinos, y en ellos dos cuervos. Y assi las demàs; pero ya es tarde, y gastamos en esta materia mas tiempo del que convenia à el de las cartas, en que comenzamos, y porque en las armas, è intenciones, no nos quede por saber algunas sinificaciones, y figuras de las armas de los particulares Señores, y Fidalgos de Portugal, que todas fueron alcanzadas, y merecidas en loor de gloriosos hechos. Dexando los animales significadores de fuerza, brabeza, y velocidad; los Planetas de poder, antiguedad, y claridad, y otras figuras semejantes. Banda significa postura de tabla, escala, ò ingenio por donde se acometiò à alguna obra de valor, ò dificultosa entrada, con riesgo de la vida. Faja, ò barra, representa victoria de batalla singular de Cavallero à Cavallero; y quantas fueren, tantos son los vencimientos con que se ganaron las armas: parte de muro, torre, ò castillo, significa ser ganado, entrado, ò socorrido con esfuerzo, y peligro de la vida. Escalas, hastas, ò pedazos de lanzas, denotan subida trabajosa, ò defensa con riesgo en la misma subida. Assi que la variedad de los cuerpos, y formas que veis en las armas, todas nacieron de ilustres hazañas, y valerosos hechos, y todas las de las empressas, è intenciones, dan señal clara del animo, ò pensamiento de sus dueños, y con unas, y otras se deven sellar las cartas, de manera que se divisen las figuras, y letras dellas como tengo dicho. Veo (dixo Solino) que tenemos la carta cerrada, y sellada, y con sobre escrito, sin que sepamos nada de lo principal della. No os enfadeis (respondiò èl) que para esso es menester tiempo mas largo, y esse nos darà el dia de mañana, y la abriremos, y leeremos mui de espacio à estos Señores, sino quedan cansados del sobre escrito. Antes (dixeron ellos) que solo el dia siguiente les pareceria largo, y espacioso; y dando fin à

la

la conversacion aquella noche, dieron lo que della quedava à el reposo, que con la moderada recreacion de las bien gastadas es mas apacible.

DIALOGO III.

DE LA MANERA DE ESCREVIR, y de la diferencia de las Cartas Missivas.

MUI satisfecho quedò Don Iulio de oir à Leonardo aquella noche en la materia de las armas, y casi que la eligiera antes para la siguiente noche, que no la de las Cartas, por algunas particularidades que desseava saber; y por no parecer importuno quiso por mano agena tocar algunas cosas, y despues de aver saludado à Solino, que hallò junto à su puerta, dixo: Còmo estais despues de à noche? Como el dado (respondiò èl) que de qualquier lado se sienta. Y deveis de quedar de azar (replicò Don Iulio) pues teneis tan pocos pun-

puntos, que faltais à los de la cortesìa. Quedè (respondiò èl) tan cansado de los de la carta de Leonardo, que le tomè aborrecimiento, y assi no estoi para os servir, ni para decirlo, y perdonadme. Luego (dixo el hidalgo) no quereis continuar en la conversacion desta noche. Si la carta (replicò Solino) ha de ser tan larga como el sobreescrito, assi lo imagino. Pues mi intencion (prosiguiò el hidalgo) era pediros, que en la materia de las armas que èl tocò, hiciessedes oi algunas preguntas por mi cuenta, sobre algunas particularidades de las casas nobles deste Reino. Vos deveis de buscar armas para me matar (dixo Solino) porque de las de anoche salì tan descalabrado, que determinava huir dellas; y sè que tiene Leonardo tantos libros de armas, y linages, que sin darle materia nueva, avemos menester todo el Invierno para oirlo. Yo me contento (respondiò D. Iulio) con saber que èl tiene los libros, y assi os escuso del trabajo, porque en ellos leerè algunos hechos particulares de los Portugueses, merecedores de los blasones que sus sucessores posseen. Bien serìa (dixo Solino) acabar las cartas antes de entrar por essos hechos ; y para esso os irè acompañando hasta casa de Leonardo , supuesto que tenia otra determinacion. Porque vos no falteis (respondiò Don Iulio) quiero ir mas presto : y con estas razones, y otras que ocurrieron , se fueron passeando , y entreteniendo lo que quedava del dia, hasta que la sombra de la noche , y una menuda agua los hizo recoger à casa de Leonardo , à donde los amigos los esperavan ya. Y con Pindaro otro estudiante su compañero llamado Feliciano , que viniendolo à visitar se aprovechò de la ocasion en su compañia. Festejaron todos à Solino , y èl viendo à el nuevo huesped , se le inclinò con mas autoridad , y dexò à los demàs. Tengo embidia à la dicha del señor Licenciado , que llegò à el abrir de la carta que cerramos sin èl , y no con pequeño trabajo. No lo tuviera yo por tal (respondiò el Estudiante) antes por grande ventura , si de lo passado me cupiera alguna parte : y esta que alcanzo agora con el consentimiento destos señores por medio de mi compañero, tengo por mui grande favor, y merced de todos. Essa humildad (dixo Solino) promete mil esperanzas de vuestro entendimiento, y bien se yo, que el de Pindaro sabe hacer essa eleccion de los amigos; que como en todo lo demas es discreto, y acertado: y para que entendais el lugar en que os quedo, sabed que yo soi el mas cierto criado que el tiene entre los señores presentes. A essa cortesia respondio Pindaro, y el estudiante con las suyas, hasta que el Doctor los despartio, y dixo a Leonardo: Bien gastado fuera el tiempo en cumplimientos tan cortesanos, y tan devidos, si el desseo que tenemos de continuar la materia de la noche passada no quisiera gastarlo todo en ella: y assi os pido que me hagais merced, y a todos de proseguirla. Teneis razon (respondio el) de darme priessa, para que mas presto salga del cuidado en que me metistes. Y bolviendo atras por aprovecharme de vuestros principios, dixistes que cosa era canto, el origen de su nombre, los primeros modos de escrevir, y còmo se ha conservado entre nosotros: trajè del sobre escrito, de la cortesìa, de las letras, de la firma, de los doblezes, y sello de la carta; lo que bastò, para que todos quedassedes mas enfadados, que desseosos.

Difinicion de la carta.

Agora comenzando à tomar en la letura de los renglones, sepamos que cosa es carta missiva, y para que fue inventada; que por la difinicion de Marco Tulio, à quien todos siguen, es una mensagera fiel, que interpreta nuestro animo à los ausentes, y les manifiesta lo que queremos que ellos sepan de nuestras cosas, ò de las que à ellos les importa.

Tres generos de cartas missivas señala el mismo Tulio, à los quales algunos reducen muchas especies dellas. El primero es de las cartas de negocios, y de cosas que tocan à la vida, hacienda, y estado de cada uno; que es el fin para que las cartas primero fueron inventadas, que porque tratan de cosas familiares se llaman assi. El segundo de cartas de entre amigos, unos à otros de

nue-

nuevas, y cumplimientos de galanterias, que sirven de recreacion para el entendimiento, y de alivio, y consuelo para la vida. El tercero de materias mas graves, y de peso, como son de govierno, de Republica, de materias divinas, de advertencias à Principes, y Señores, y otras semejantes. El primero genero se divide en cartas domesticas, civiles, y de mercancia. El segundo en cartas de nuevas, de recomendacion, de agradecimiento, de quejas, de disculpas, y de gracia. El tercero, que es mas grave, y levantado, contiene cartas reales en materia de estado, cartas publicas, invectivas, consolatorias, laudatorias, persuasivas, y otras que se añaden à cada una de las que he nombrado en todos tres generos. Y à donde dexais (dixo Don Julio) las cartas amatorias, ò enamoradas? que si en vuestra edad no tiene lugar, parece que lo merecen en este discurso. Bien se yo (dixo Solino) quien las tomara en el primero, mas el señor Leonardo ya no juega con essas cartas. No me olvidava del todo dellas (replicò el) mas dexolas para que en el

fin

fin de las demàs sean mejor recebidas, prosiguiendo la materia dellas quien agora las pretende. Las de el primero genero (dixo el Doctor) me parecen cartas muy secas; que la materia es esteril para que empleeis en ellas sin fruto vuestro entendimiento. Antes (dixo Leonardo) como essas fueron las primeras, y dellas nacieron las leyes, y las reglas para las otras; serà razon, que debaxo deste genero tratemos de las demàs, repartiendo lo poco que yo supiere decir, por los lugares de cada una; y assi me parece, que como la carta que escribimos à el amigo sobre su negocio, à el criado sobre las cosas de casa, y à el mercader, ò à otro sobre sus tratos, y mercancìa, es un aviso, y una relacion que no le podemos hacer personalmente; haciendolo por medio de una carta, devemos usar en ella lo que en la platica acostumbramos; que es brevedad, sin afectacion; claridad, sin circumloquios, ni rodeos; y propriedad, sin metaforas, ni translaciones. Y quàndo (dixo el Doctor) seremos breves en una carta? Quando (respondiò èl) de tal ma-

Las cartas con breve-dad, claridad, y propriedad.

manera, y con tal artificio escribiremos, que se entiendan della mas cosas que tiene palabras. Y cómo puede ser? (replicó él) por medio de relativos, y subsequentes (dixo Leonardo) que sin nombrar las palabras las replican, y por medio de las sentencias, y refranes sin mentar las cosas las declaran: y en esto se adelantan mucho las cartas de la conversacion ordinaria, que se escriben con cuidado, y tienen mas tiempo de hurtar palabras, para debaxo de ellas dar mas bien a entender sus razones. Y que es afectacion? (preguntó Solino) es (dixo él) un demasiado cuidado de afectar las palabras con elegancia, ó por via de epitetos, ó de eleccion del lugar para que las silabas suenen mejor á los oidos. En favor desta opinion decia un hombre insigne deste Reino, y que tuvo en él los mejores puestos de la República Eclesiastica, y Seglar, que la carta, y la muger mui afectadas, en cierto modo eran deshonestas. Y yo antes seguiria este voto, que el de algunos Retoricos, que dieron á la carta missiva cinco partes de la oracion: convicviene à saber, salutacion, exordio, narracion, peticion, y conclusion: y si huviessemos de seguir su estilo, mudariamos en todo el de las cartas. Nunca Retoricos (dixo el Estudiante) supieran escrevir cartas, si las sugetaran à las leyes de la oracion; mas parece que el señor Leonardo da à entender, que en la carta no se deven usar epitetos, ò adjetivos, por evitar la afectacion, y demasiada elegancia della: y yo siento, que sin ellos no se puede escrevir. Los epitetos (prosiguió Leonardo) ò sirven para descripcion, ò declaracion de las cosas, ò para propriedad, ò para ornato dellas. Los primeros son necessarios en las cartas, como en todo; los segundos menos; y los terceros escusados. Para decir, ò descrevir un hombre docto, ò una muger hermosa, un cavallo ligero, un arbol alto, un camino largo, un pecho fuerte, son epitetos necessarios para declarar lo que queremos decir, porque ai hombre que no es docto, muger que es fea, y los demas. Los de propriedad, como hierro frio, yerva verde, sol claro, cal-

De los epitetos, y afectaciones de las cartas.

ma

ma ardiente, arena seca, piedra dura; estos son poco necessarios en las cartas, y solo por comparaciones, ó en adagios se deven usar en ellos, como diciendo: es duro como piedra; ó es dar en piedra dura; ó es martillar en hierro frio. Los de elegancia, y ornamento, tengo para mi, que es justo desterrallos de las cartas missivas, para fuera del termino dellas; como firme sufrimiento, incansable diligencia, solicito desseo, cuidadoso recelo, importuna memoria, desusada blandura, y otros que gozan de su fuero á parte; y assi que no digo que falten en las cartas epitetos necessarios, mas que se escusen los demasiados, ni se anden granjeando las palabras, para hacer assiento en el fin de la sentencia, que sera ir contra la brevedad, y afectacion. Pareceme á mi (dixo Silvio) que la carta breve seria la de menos renglones, y que no hacia á el caso que los epitetos fuessen proprios, ó necessarios. Una carta (prosiguió el) puede ser breve, y llevar escritas muchas planas de papel, porque puede tratar de tantos negocios,

ó

ò cosas que las ocupen, mas han de estar referidas, de modo que sea la lectura larga, y la carta breve.

De la claridad de las cartas.

El segundo punto (preguntò Pindaro) que es claridad sin rodeos, me parece à mi, que queda declarado en esta primera parte; pues siendo breve la carta, y no teniendo afectacion en las palabras, serà clara, y sin rodeos. No estais en el caso (le replicò) que puesto que la claridad es parte de la brevedad, la claridad ha de estar en las razones, y la brevedad en las palabras: y assi puede la carta ser breve, mas confusa, y clara siendo larga: que muchos para decir cosas que tienen llaneza por su camino derecho, buscan rodeos, ò atajos en que se pierden, confundiendo lo que quieren decir. En una enfermedad me escribiò un amigo, y decia: Dixeronme, que la salud de v.md. corria peligro en la inconveniencia de Medicos, discrepantes en los remedios de los males dessa enfermedad; y hizo estos trueques à donde podia decir: Supe que los Medicos no se conformavan en la cura de vuestros males, y que con

la

la duda dellos corria riesgo vuestra salud. Otro me escribiò: Muchos dias ha, si v.md. no està ausente de la memoria, que sus promesas me asseguravan de aver de tener mucha deste su cautivo. Aviendo de decir: Sino se os olvida, que me prometistes tener memoria de mi. Y porque aun toda via tenemos lugar de tornar à el particular de la disposicion de las razones, passaremos à el tercero punto, que es propriedad sin metaforas, ni translaciones. La propriedad (dixo el Doctor) era de la materia de la noche passada, quando hablastes de las letras, y razones en su lugar, sin barbarismos, ni impropriedades en el escrevir; y como esto es parte de lo exterior de la carta, ya oi no tiene dia. La propriedad que vos decìs (acudiò Leonardo) es exterior, mas mui diferente de la que yo trato, y no poco importante à el hablar, y escrevir, que es la propriedad de las palabras en su propia sinificacion, sin que sean emprestadas por via de translaciones para otros lugares, que es termino que arguye pobreza de lenguage: y porque quede mas declarado,

Propriedad en la platica.

sa-

sabed que decimos en Portugues hablando propriamente de los nombres: Vanda de aves, muchedumbre de peces, rebaño de ovejas, hato de cabras, vanda de puercos, alcatea de lobos, tropel de cavallos, cafila de camellos, requa de cavalgaduras, manga de arcabuceros, muela de gente, y corrillo de hombres. Y si trocando esto dixessemos, una muchedumbre de aves, ò una alcatea de ovejas, ò un hato de puercos, serìa impropriedad y desconcierto: decimos tambien en los verbos, chirrear las aves, balar el ganado, gruñir los puercos, ladrar los perros, relinchar los cavallos, bramar los Leones, ampollar el mar, hincharse las ondas, assoplar los vientos, &c. Y si dixessemos chirrear de puercos, relinchar de Leones, y gruñir de cavallos, serìa el mismo yerro: y porque ai metaforas, y translaciones tan usadas, y proprias, que parecen nacidas con la misma lengua, que como refranes andan pegados à ella; se deven traer (quando fueren tales) en las cartas missivas, del mismo modo que en la platica se usan. Decicimos en los nombres hoja de espada, lumbre de espejo, vena de agua, braza de mar, lengua de fuego, lienzo de muro, y otros semejantes: y en los verbos hacer cara, quebrar palabra, tomar el camino, escupir balas, y otras muchas: y demas desto tan usadas, y naturales, que sirven de propriedad á nuestra lengua: si otras nacidas de proverbios y adagios, que tienen el mismo lugar y antigüedad, como son hurtar el cuerpo, ir viento en popa, nadar contra el agua, quedar en seco, replicar en salvo, tirar barra á la pared. Y quantos la carta tuviese mas destos, será mas breve y cortesana; pues como primero dixe, por este modo se entienden mas cosas de la carta, de lo que tiene escrito de palabras.

Por el contrario, usando en lugar destas, otras humildes, populares, ó improvadas, será vicio en la propriedad de la carta; como si en los nombres dixessemos una hacina de cuidados, una mar de encomiendas, un cahiz de enojos, un golpe de razones: y en los verbos, como afeitar el deseo, tropezar *Modos de hablar errados.*

en

en cuidados, navegar en desconfianza, y otros muchos. Esta es la propriedad de que trato, y la que me parece, que se deve usar en el escrevir de las cartas missivas; porque no sufre el estilo dellas, lo que en la platica, ò en otro genero de escritura, no solamente se permite, mas se dessea muchas veces. Empero (dixo Don Iulio) que dejais alguna limitacion, ò declareis el lenguage que se deve usar en este estilo de las cartas, porque encuentro muchas mui mal escritas, cuyos yerros à mi ver nacen, de cansarse los hombres mucho en querer parecer singulares. Aunque pertenece esso antes à el hablar que à el escrevir (respondiò Leonardo) pues como ya dixe, devemos escrevir como hablamos; las palabras de la carta han de ser usadas, y no populares, y esquisitas, de modo que todos las entiendan, por lo menos, que à quien se escriban no sean peregrinas, y no tan populares, que sean terminos humildes, y palabras baxas, que la cortesia no recibe; y que tampoco en lugar de los adagios y sentencias, tengan vejeces. Tambien se de-

[illegible]

ve

ve huir el termino esquisito de palabras mui à lo Latino, traellas de acarreo de otras lenguas estrañas, que siempre saben à la madre. Assi en el lenguage, como en todo (acudió Feliciano) quedamos satisfechos, si de aquellos tres generos en que el señor Leonardo dividio las cartas, diere algunos exemplos que nos alumbren: porque ni las reglas sin ellos enseñan del todo, ni se puede perder la licion de tan buen estilo, lo qual yo no pidiera, si fueran los veinte generos de cartas en que un Retorisco las dividió; que por querer dar leyes, y partes à cada una, las confundió todas. En todo (respondio el) os quiero satisfacer; pero las cartas mas se han de escrevir en su ocasion, que traerse por exemplo: que es la causa, porque yo no les di regla cierta; ni de las muchas que ai bien escritas se puede sacar, que esse autor que vos dezis, que le señalo veinte generos, hallara fuera dellos infinitas cartas, mucho mejor escritas, que aquellas con que el las quiso autorizar, pero con el presupuesto de no dar preceptos.

Las cartas del primero genero familiares, domesticas, civiles, y de mercancìa, miran tanto à la brevedad, que no pueden los Retoricos dividirlas en partes, sino fuere à las de la oracion: y basta por exemplo aquella de Ciceron à Cornelio, que decia solamente:

Carta de Ciceron à Cornelio.

¶ *Alegraos de que yo no estè mal, pues tendrè yo el mismo contentamiento de saber que esteis bien.*

Y mucho es mas para notar una carta de Octavio Emperador para Cayo Druso, su sobrino, que contiene mas cosas, y avisos que palabras; y decia:

Carta de Octavio à Druso.

¶ *Pues estais en el Ilirico, acuerdeseos que sois de los Cesares que os embiò el Senado; que sois mozo, mi sobrino, y Ciudadano Romano.*

Estas y otras semejantes, ni tienen regla, ni dexan de ser cartas: mas porque no solo nos ayudemos de las antiguas, mas tambien con las nuestras hagamos muestra y basa. Esta es breve y domestica, que un Cortesano escribiò à un su amigo, à quien en una ausencia dexò encomendada su casa, dice:

¶ *Estoi tan confiado en lo que os es-*

ti-

timo, y tan seguro de lo que de vuestro animo tengo conocido, que no me dà cuidado la familia que dexo à vuestro cargo, sino el trabajo que os darà el sustentarla; no procuro saber della, mas que las nuevas de vuestra salud, que en quanto la tuvieredes, espero sin sobresalto mi vida. Carta moderna a un amigo.

A la qual el amigo respondiò con la misma brevedad; y decia desta manera:

En esta casa solo vos haceis falta, que como sois el todo della, aunque mi poca diligencia sea demasiada, le falta todo. En lo que os serviros, à todos satisfago sino es à mi desseo, que es igual à las obligaciones que tengo: vivid seguro, y gozad salud, que en quanto la tuvieredes, pondrè por vuestras cosas la vida. Respuesta.

No estàn las cartas para despreciar (dixo Salino); y para assegurarme si vuestra memoria es archivo dellas, ò si las vais fingiendo de repente (aunque esto es menos curiosidad que proposito) he de pedir por parte destos Señores, que de algunos nos deis semejantes exemplos. No quiero (dixo el) que acrediteis tanto mi entendimiento con mostrar desconfianza de la memoria; mas de las que à ella ocurrieren referirè algunas por obedeceros en pago de la alabanza; y prosiguiendo en las de segunda especie deste genero, me parece carta civil, y breve esta, que un amigo escribiò à otro que mudava su casa para el lugar donde èl vivia, y dice:

Carta de amigo. ¶ *Espero con grande alborozo, que vengais à esta Ciudad, para que con vuestra compañia viva en ella contento, y vos desengañado, de quan poco poder tiene ninguna cosa, para poder alegrarme sin ella.*

A quien el amigo brevemente respondiò en otra que decia:

Respuesta. ¶ *Assi como el destierro en el mejor lugar es penoso, ninguno puede aver tan esteril, que teniendo tal amigo no se dessee. Vos sois à quien busco, y es fuerza que me contente la parte donde os hallare, que las piedras no hacen la Ciudad, sino los hombres; ni las comodidades de la vida las sustentan, sino los amigos.*

Las de mercancìa, supuesto que son segun los tratos y negocios, y acuden

mas

mas à ellos, que à el buen termino de los cumplimientos, no dexa de aver muchas tan bien escritas, que pueden tener lugar entre las mejores; y aunque no es dellas una que yo vi pocos dias ha, la dire por ser tan breve; y es esta:

¶ *Ai mucho de Cossarios en el mar, y por este respeto grande riesgo en las haziendas de essa tierra; pero el valor dellas sera muy acrecentado, si llegaren a este puerto en salvamento: si la codicia del interes vence à el riesgo de las encomiendas, pruebalas à ventura, que yo la tendre para mi por muy buena en vuestro buen sucesso.* Carta de Mercaderes.

Y no me desagradò otra, que decia desta manera:

¶ *Como los tiempos han sido contrarios à la navegacion, assi las ocasiones lo han sido a nuestros tratos; que como las mercaderias no las piden los estrangeros, estan de presente muy caidas; aviendo menos dellas, para que faltando mas, las procuren los mercaderes de la tierra: y en esso no os descuideis de hazer empleo, embiandome buenas nuevas de vuestra salud, que estimo en mucho.* Otra carta.

No me pareciò (dixo el Doctor) que sacàrades tan buena doctrina de materia tan limitada, porque tenia para mi, que esse primero genero de cartas, no salia de unos terminos, y principios tan comunes como estos. Essa no es para mas. Una de v. md. me dieron. Por la de v. md. de antes del passado. Despues de me encomendar a v. md. Y de aqui corriendo por sus capitulos de quanto a esto, y quanto a esotro hasta topar con el, a quien Dios guarde. Essos principios (dixo Solino) estan ya muy mohosos; pero aun para cartas de mas punto, tengo yo otros granjeados de algunas Secretarias viejas, como Impression de Torres, de que me valgo en las priessas de una buena nota, que no son tan trasnochados. No me atreveria yo sin essos (dixo Leonardo) a passar adelante, por lo qual os podeis tener por citado. Pues qual es (dixo Solino) quiero obedecer, aunque pierdo no grande refugio en descubrirlos; porque sabed, que es sentarse a mesa puesta para los necios deste arte, pues el primer trabajo es hasta dessencallar la pluma

con

con la primera palabra. Y son quatro. Como quier que, Luego que. Despues que, Y pues que. Y sabed, que no ai proposito que se vaya de las uñas destos milagros. Y en los capitulos de quanto a esto, &c. se pone en lugar del quanto, en lo que toca à tal, y en lo que toca a qual. Que à mi parecer, era mejor el licenso que nos avian dado los Latinos. Mas los notadores diestros de la sola, escriben ya agora sin estos bordones maravillosamente. Bien estan los principios (dixo Don Julio) pero avria de meter la lengua en todos ellos, para que no se nos passen por alto. Antes por mui rateros (respondio el) se os quedaran entre los pies: pero atended, y vereis que son principios de tornillo que se encaxan, y buelven à todas partes como veleta.

Terminos de escrivir, antiguos, y reprehendidos.

Como quiera que mis servicios valgan en vuestra presencia tan poco, y la voluntad por mia se menosprecia, &c.

Como quiera que el animo con que soi vuestro no me dexa perder ocasiones en que os sirva, &c.

Luego que supe que era cosa de vuestro

tro gusto dexar esta empressa, &c.

Luego que me vì olvidado de vuestra memoria, echè mano de mi atrevimiento, &c.

Despues que me apartè de vos, no supe mas de mì, que sentir soledades vuestras, &c.

Despues que mis males me dieron lugar para tomar la pluma en la mano, la empleè en procurar nuevas vuestras, &c.

Antes que me desculpe de mis descuidos, &c.

Antes que os dè larga cuenta de mis sucessos, &c.

De modo, que son como materia prima, en que amoldareis todo lo que quisieredes; pero no quiero passar adelante, y hurtalle el tiempo à el señor Leonardo, que le veo sacar ya otras cartas missivas. Antes (dixo èl) he tomado huelgo, en quanto os he oido hablar en essas. Y tratando de las del segundo genero, que son cartas de nuevas à quien llaman narrativas, de cumplimiento, recomendacion, disculpa, queja, y otras muchas cartas de galanterìa, ò burlescas, jocosas que llaman

los

los latinos. Para las Narrativas nos puede servir de exemplo aquella, en que el Emperador Tiberio Cesar dava nuevas de Italia à su hermano Germanico, que decia:

¶ *Los Templos se guardan, los Dioses se sirven, el Senado està pacifico, la Republica prospera, Roma sana, la Fortuna mansa, el año fertil: y esto que ai en Italia desseo que de la misma manera goceis en Asia.*

Carta de Tiberio Cesar à Germanico.

Dexo la que Cesar escribiò à Roma de las nuevas de Persia, que contenia solas tres palabras: *Lleguè, vi, vencì.* Y la de Gneo Silvio escribiendo las nuevas de Farsalia, que decia:

¶ *Cesar venciò, Pompeyo muriò, Rufo huyò, Caton se matò, acabò la dictatura, y perdiòse la libertad.*

Carta de Gneo Silvio.

Y llegando à alguna que con menos apretura haga su relacion, no me pareciò despreciar la que Marcelo escribiò à el Senado Romano, dandole nuevas de la pèrdida de Fulvio, que decia:

¶ *Bien sè que la nueva que os emblo es de sentimiento. Fulvio Proconsul con trece mil hombres fue desbaratado y heri-*

Carta de Marcelo al Senado.

rido ; pero no os cause temor este sucesso, que yo soi el mismo que despues de la batalla de Canas, mortifiquè la sobervia de Anibal vencedor della : contra èl voi marchando brevemente con mi exercito, para le hacer mas breve la alegria deste Triunfo, y desseo mucho tengais el mesmo animo que llevo.

Una carta (dixo el Doctor) me escribiò los dias passados un amigo de nuevas de Lisboa, que cierto por la brevedad me pareciò digna de hacer memoria della ; y decia:

Carta Moderna.

¶ *Esta Ciudad està abastecida, mas descontenta ; el mar lleno de Cosarios; los puertos de recelos, el Palacio de pleiteantes ; y ellos de quejas : para los favorecidos todo es poco ; à los desamparados no cabe nada del remedio de tantos males ; no ai buenas nuevas, y las mias son, que entre todos ellos me falta vuestra compañia.*

Essa (dixo Leonardo) se puede juntar por exemplo con las antiguas que referì : y por no me emplear en otras, que serìa demasiado trabajo à todos oirlas, y à mi recitarlas, passo à las de la re-

co-

comendacion de alguna persona, ò de algun negocio, en las quales tiene mas lugar la disposicion, y ornato de los retoricos, encareciendo los merecimientos de la persona, ò la importancia de la cosa que encomendais, facilitandola en la condicion, y voluntad à quien la pedìs, concluyendo con la peticion, y ofrecimiento de vuestra parte: y todas estas, y aun un exordio de sentencia, que tengo por escusado, se vè en una carta que ha poco que leì, que un Rei dè Portugal antiguo escribiò à el de Francia, encomendandole un Hidalgo, que iva à estudiar à Paris, y decia:

Carta del Rei de Portugal, à el de Francia.

¶ *Entre las virtudes, y excelencias de los Principes, me pareciò mui digna de alabanza la de tener particular cuidado, y memoria dè los vassallos benemeritos en su servicio, para con favores, y mercedes ayudarlos; y por esta razon me pareciò, que devia encomendar à V. Magestad à Don Pedro de Almeida, que por ocasion de sus estudios và à essa Corte de Paris; supuesto que claramente conozco, que sin recomendacion mia và bastantemente encomendado, do, por la liberalidad, y blandura, con que V. Magestad honra, y recibe à los hombres tan ilustres como èl es; demàs de lo qual tiene èl tantas partes y entendimiento, que no hallarà mejor tercero, que à sì mismo: dexò à su padre Don Iuan de Almeida, Conde de Abrantes, que con sus singulares virtudes, y claros hechos, adquiriò y conservò hasta la muerte mui estrecha privanza y amistad con mis antecessores y conmigo; de suerte, que pongo en duda si importa mas à su hijo mi carta, si la fama y memoria de su padre: de qualquier modo lo encomiendo mucho à V. Mag. y de mis cosas no ofrezco de nuevo nada, pues por la hermandad de mis antepassados y mia, en toda ocasion deve V. Magestad usar dellas como si fueran comunes à ambos.*

Otra hallè en el mesmo lugar del Rei Don Manuel, mas breve que la passada, que era de su antecessor; la qual èl escribiò à el Maestre de Rodas, encomendandole un novicio Portuguès, que iva à servir la Religion, que serà para exemplo de las menos afectadas. El

gran

gran Maestre era el Cardenal Pedro de Buson, y decia:

¶ *Ayres Gonzalez hijo de Henrique de Figueredo, và à recebir el habito de essa Religion: no me pareciò fuera de proposito, ni de humanidad encomendarlo à V.P. assi por su nobleza, y ser criado de mi casa, como por los servicios, y merecimientos de sus passados con los Reyes mis antecessores, y finalmente por su buen esfuerzo y virtud. Ruego à V. P. que con su acostumbrada blandura lo favorezca de suerte, que en èl se acreciente el valor, y la devocion que lleva: y no pondrè esta obligacion en el menor lugar de las muchas que tengo à V. P.*

Carta del Rei D. Manuel, à el gran Maestre de Rodas.

Las cartas de agradecimiento tienen campo mas largo, para en ellas desparcir la pluma, y el entendimiento, pues quien mas se obliga, y encarece lo que recibe, escrevirà con mejor termino, no saliendo de los de la carta missiva: y los Antiguos no desconocieron esta galanteria, pues Libanio, respondiendo à Demetrio, que le obligava à que le escribiesse, respondiò ansi:

¶ *No dais lugar à que os pida nada,* Carta de

por-

Libanio à Demetrio. *porque me lo embiais todo. Apenas los arboles dan bien su fruto, quando vuestros criados me le traen; y de lo que basta en los campos se siente la falta yo no la tengo, còmo me abrè en esto? que el Labrador quando el tiempo le niega el agua, entonces la pide; pero si llueve, contentase de ver, que favorece el Cielo sus esperanzas.*

La queja en cartas se deve hacer con toda moderacion, que la urbanidad requiere; y puede en estas servir para exemplo, y memoria, la que Olimpias Madre de Alexandro respondiò à su hijo, à una en que èl se nombrava por hijo de Iupiter, que decia:

Carta de Olimpias à Alexandro. *Mucho me alegro con la victoria que alcanzastes de la Ciudad de Tiro, y con todas vuestras venturas y bazañas; pero tuve por grande afrenta mia ver que os nombrais por bijo de Iupiter en la carta que desta nueva me escrevistes: Estimarè en mucho, bijo mio, que quieteis en esso el pensamiento, y no me lleveis à juicio ante la Diosa Iuno, que algun grande mal me ha de ordenar, sabiendo que por carta vuestra me llamais man-*

manceba de su marido.

Y si no me pareciera un poco afecta-da una carta que Angelo Policiano escribiò à el grande Lorenzo de Medicis, la pusiera por exemplo de la moderacion de quejas, porque decia:

¶ *El Poeta es semejante à el Cisne en la blancura, y suavidad, en ser aficionado à las corrientes del agua, y amado de Apolo; con todo, dicen, que el Cisne no canta sino quando el viento Zèfiro respira; no es pues mucho, que yo sea mudo tantos dias siendo Poeta vuestro, si vos que sòis mi Zèfiro en ellos me faltais.*

Carta de Angelo Policiano, à el Duque de Florencia.

Las cartas de donaire, ò de galanterìa, tienen mas campo, y libertad para poder usar en ellas algunos terminos fuera de los limites de nuestras reglas; porque assi en estenderse mas, como en sugetarse menos, quedan desobligadas de las primeras leyes, que es brevedad sin afectacion, claridad sin rodeos, propriedad sin metaforas; pues el termino de la gracia y galanterìa, en esso se diferencia del sesudo y puntual, no negando, que ai algunos que no pierden la

gra-

gracia, ni el seso, como es una que Libanio escribiò à Aristenito, que decia:

Carta de Libanio à Aristenito.

¶ *Adende os hallais, sè que decìs siempre mal de mì; y yo à el contrario, no pierdo ocasion de decir bien de vos: pero quien à ambos conociere, no darà credito à ninguno.*

De las demàs ai tantos, y tan diferentes exemplos, que serìa agraviar cada una de las otras, traer aqui algunas bien escritas. Solo dirè, que una especie dellas es narrativa, motejando lo mismo que cuentan, ò de las nuevas que dan, que no son por esse respeto poco agraciadas. Ai otras de las de disparates, que pareciendo que se desvian en las palabras, del proposito que toman, dan à entender como en enigma el pensamiento de quien las escribe, y son estas graciosas con sutileza. Otra es de las de murmuracion en materias leves, como satiras menores; y unas, y otras tienen la galanterìa en el pintar, y descrevir las personas, y cosas con apodos graciosos, encarecimientos desusados, agradables palabras, frasis humildes, acomodadas siempre à el sugeto. Y cierto to que en esto tuvieron mano particular los Portugueses, que escribieron à lo gracioso, que ni los Italianos en la frasi burlesca, ni los Españoles en el estilo picaresco, les igualaron.

No os consentirè yo esse salto (dixo Solino) dexando tantos exemplos en descubierto, si no tuviera pensamiento de cobrar la demasìa en otra ocasion; y assi por esso, como por ser ya passada tanta parte de la noche, os pido que hagais la voluntad del señor Don Iulio, con essas cartas Reales de estado, y govierno, que las està deseando como la vida, pues la suya es nadar en altura de cosas semejantes. Yo os agradezco (respondiò el Hidalgo) la buena opinion en que me teneis, pero igualmente me cōntentan todas las cosas en que habla el señor Leonardo: y porque siempre las ultimas me quedan pareciendo mejor que las primeras, puedo dessear esse tercero genero de cartas; y si desde èl bolviere à el primero, harà el mismo efeto en mi satisfacion. Para responder à esse favor (replicò Leonardo) avia menester el tiempo que he de gastar en las

car-

cartas que me quedan; y ansi, en lo uno, ò en lo otro me aveis de perdonar. No dexò el Doctor passar los cumplimientos adelante, diciendo, que eran en perjuicio de terceros; y prosiguiendo Leonardo, dixo:

Las cartas del tercero genero, que por las materias importantes, y diferencia de las personas, son mas graves, y levantadas, no dexan de seguir la regla y precetos de las humildes, aunque se inclinen algunas dellas à la oratoria, aprovechandose de la elegancia, y razones para persuadir, consolar, alabar, ò reprehender. Y supuesto que dellas estàn llenas las Coronicas, y Anales de todos los Reinos, referirè algunas que parezcan menos vulgares y mas breves, para exemplo; como es una que los Consules C. Fabricio, y C. Emilio escribieron à el Rei Pirro sobre una consideracion en materia de Estado, que decia:

Carta de Fabricio, y Emilio à el Rei Pirro.

¶ *Por los agravios que de vos tenemos recebidos, el mayor cuidado nuestro es haceros guerra con animo enemigo y brazo esforzado; pero para exemplo comun de fidelidad, nos pareciò conservaros*

ros la vida, porque con la pèrdida della no nos faltasse un contrario valeroso à quien vencer. Nicias vuestro Privado estuvo con nosotros, pidiendonos precio por os dar muerte oculta, en que nosotros no consentimos, haciendole perder la esperanza de sacar fruto de su maldad. Juntamente assentamos daros este aviso, porque si algo sucediere, no se presuma que saliò de nuestro consejo; y no siendo el intento de èl pelear por precio, premio, ò engaño, vos à falta de cautela perdais la vida.

Tambien me parece digna de memoria una con que Sisigambis madre del Rei Dario lo reprehendia, y aconsejava en la segunda jornada contra Alexandro, que fue la que se sigue:

Carta de la Madre de Dario.

¶ *Dieronme nuevas de que juntais poderosos exercitos de todas vuestras gentes, y de las agenas, para de nuevo ofrecer batalla à Alexandro; no sè à què efeto, pues el poder de toda la redondez no basta para pelear con los Dioses inmortales que à èl le favorecen. Dexad essos pensamientos altivos, y apartaos de la vanagloria dellos, concediendo à la grandeza de Alexandro alguna cosa; que mejor es dexar lo que no podeis tener, para gozar libremente lo que posseeis, que queriendo mandarlo todo quedar sin nada.*

Cada uno de los presentes alabò estas cartas con tanto estremo, que no dexaron, que con ellas acabasse Leonardo su obligacion, porque dixo (Don Iulio) ya que por el voto de Solino estas son las cartas, que entran en la jurisdiccion de mi curiosidad; no consiento que en los exemplos sea este genero mas limitado, mayormente, que deste se saca otra doctrina mas que la de las cartas, que es la variedad de las historias, y ocasiones dellas. A mì (respondiò Leonardo) aun me queda caudal para passar adelante, si las horas se bolvieran atras; mas dividirè (como dicen) la contienda por mitad, refiriendo una carta, que el gran Señor de los Turcos escribiò à los Amazones, y la valerosa respuesta, que ellos le embiaron; y decia la primera:

Carta del Tur- ¶ *Si por defensa de vuestra libertad sustentàrades guerra contra mi poder, no no os tuviera tanto por enemigos, como por valerosos Ciudadanos, que por la patria, hijos, y parientes, y amigos poneis las vidas. Pero con ninguna razon me persuado, que los que dexaron tantos años governar el Reino à mugeres (como he oido) rehusen agora el imperio y govierno de hombres valerosos.* co à los Amazones.

A esta carta respondieron ellos otra que decia:

¶ *Este Reino de las Amazonas, que como por afrenta nuestra nombrais, con su mesmo exemplo nos aconseja no obedezcamos à otro; porque tenemos por infamia y torpeza, que el esfuerzo varonil sea vencido del espiritu y brazo femenino: por lo qual deveis juzgar por invencibles en armas, y dignos del govierno, y principado del mundo, à hombres, que entre ellos hasta las mugeres aprendieron à reinar.* Respuesta.

Y porque con exemplos gentilicos y barbaros no dè fin à la conversacion desta noche, dirè por remate una carta, que el Venerable Sacerdote Beda escribiò à Carlos Martelo Rei de Francia, y à los demàs Potentados de aquel Reino, sobre la entrada de los Moros en España, que decia:

Carta del Venerable Beda à Carlos Martelo Rei de Francia.

¶ *En quanto se mueve la peligrosa y cruel guerra en la Christiandad, se apareja notable ruina à toda Europa: porque los Sarracenos, ocupada la Africa y Libia, comenzando desde Ceuta, tienen conquistada toda la tierra de España, sino es la de las Asturias, y Cantabria. Africa, que el Capitan Belisario cobrò à los Romanos, y que ciento y setenta años obedeciò à su Imperio juntamente con la España y Andalucia, han tomado los Moros, haciendola obedecer à sus falsos ritos, con grande ignominia, y afrenta del nombre Christiano. Què cosa puede aver mas excelente, valerosa y pia, que contra estos enemigos de Dios tomar las armas? Què hicieron los Suevos, los Alemanes, y los demàs Varones del nombre Christiano, que con tan grandes destruiciones teneis perseguidos? Cerca estàn, y sobre vuestras cabezas los Sarracenos, que con sobervio yugo amenazan toda la redondez de la tierra. En ellos teneis hermosissimos Reinos, gruessas Ciudades, ricos despojos, y os esperan gran-*

grandes triunfos de la victoria. Y principalmente incomparable premio de gloria con Christo nuestro Salvador, que para tan santa empressa con continuos gritos os estava llamando.

Cierto (dixo el Doctor) que se pudiera dilatar la noche por el interès de tan provechosa doctrina; mas porque en esta no se ha de dar fin à nuestro exercicio, queden algunas preguntas, que agora escuso, para otra ocasion, pues agora no la han tenido las cartas amorosas, ni las de desafio. Las primeras (replicò Leonardo) dexè, por ser improprio de mi edad el tratar dellas. Las segundas, por no embarazarme con el duelo que està reprobado. Pero queda el campo libre para los mancebos. Con esto se dispidieron, dandose buenas noches. Y el estudiante fue encareciendo à el compañero, lo mucho que le avia espantado ver tan gran Corte en un Aldea: Que las cosas halladas à donde no se esperan, son de mayor admiracion, y de mas estima.

DIALOGO IV.

DE LOS RECADOS, EMBAXADAS, y Visitas.

AManeciò el Sol tan claro y gracioso, que algunos de los amigos por gozarlo, con ocasion de la caza, se esparcieron por los montes; mas despues de hora de Visperas, visitò el Estudiante en compañia de Pindaro à el Doctor Livio, con quien passaron la tarde en un su jardin en buena conversacion, esperando la de la noche; à la qual ellos fueron los primeros que acudieron, y se hallaron en casa de Leonardo; que comunmente en los Letrados se enciende mas el desseo de saber, que en los otros, à quien les costò menos. Sentaronse à vista del fuego, que por causa de los huespedes estava mejor dispuesto y prevenido; y despues de gastar algunas palabras de cumplimiento, llegaron Don Iulio, y Solino, à quien to-

todos hicieron mucha fiesta; y reprehendidos de la pequeña tardanza, dixo Solino: Grande rato ha, que yo pudiera gozar esta compañia, si no me detuviera en esperar respuesta de un recado, que embiè à el Señor Don Iulio. Y yo (respondiò èl) sino os encontràra, aun no avia entendido à vuestro criado; porque de manera escureciò lo que me embiavades à decir, que ni aun por discrecion pude entenderlo: no os deshagais dèl, que para lo que fuere de importancia vale à peso de oro. A esto se comenzaron todos à reir, y dixo Solino: Mi criado, Señor Don Iulio, tiene disculpa en ser necio, porque es mi mozo; que si supiera mas, sirvierale yo à èl: mas los criados de los grandes, como vos, essos han de ser discretos, pues son tan buenos como yo. Y con todo, yo os conocì un criado, que en dar un recado, lo pudiera ser del que os embiè, que no es de los peores de su ralea, que ya comienza à leer carta mensagera; mas en los recados aun agora lee por nombres, y no lo acierta à ninguna cosa. Poca paciencia tengo (dixo el Doctor) con criado, do, que desperdicia el entendimiento de su amo: embiais un recado concertado, discreto, y cortesano; y el necio que lo lleva, mudale los trastes, y desentona con una necedad que os desacredita, como con los mios me ha acontecido mil veces. En los vuestros no es mucho (dixo Solino) que dais los recados guarnecidos de Retorica con sus vivos de latin, que son mas peligrosos en la boca destos, que vidro en mano de niño; mas los mios que no passan de quatro palabras en lenguage corriente, y que assi los buelvan del revès, y me hagan caer en verguenza; no es desgracia? Agora yo os prometo, que los de importancia yo mesmo los lleve, como aconteciò à un cortesano ausente, que llevò èl proprio la carta à su muger: y los que huviere de dar mi criado que sean suyos, por no andar remendando el sayal de su naturaleza con el trabajo de mi doctrina. De aqui adelante la boca hace juego; digo que lo que mi mozo dixere, èl lo dice, y que no me tiene de dar por author de sus impertinencias. Cierto (dixo Leonardo, dexando de tratar de mis recados

dos y los vuestros, que importan menos; y de otros, en que va tan poco) que es una de las cosas de mayor consideracion, à los Reyes, Principes, y Republicas, y à los Grandes embiar sus embaxadas, visitas, y recados con hombres de authoridad, discretos, y bien doctrinados; en cuyas razones, y proceder consiste muchas veces el buen sucesso de lo que pretenden. Y assi los Reyes, Principes, y Republicas en las materias de estado, las Ciudades, y Pueblos en las ocasiones de Cortes, los Señores particulares en las visitas, deven siempre escoger hombres, que en el entendimiento se aventajen à los otros; porque no solo consiguen el fin de la peticion, de quien los embia, mas lo acreditan. Y porque à las veces, por respectos, privanza, y valer, se anteponen los menos suficientes para estos cargos; se echan à perder negocios de una Republica, en que consiste la quietud, y honra della. Poco à poco (dixo Pindaro) se fue el señor Leonardo à la materia de los recados, que no estàn fuera de su lugar, despues de tener el suyo las cartas mis-

missivas: y bien se puede passar la noche à la sombra de tan buen sugeto. Disculpado estoi (respondiò èl) con el trabajo, que la passada cayò à mi cuenta para huir dèl; pero no de aprobar vuestra advertencia. À todos los demàs pareciò que serìa acertado tratar la materia de mas atràs, y pidieron à el Doctor, que tomandola por su cuenta comenzasse. Bien pudiera usar (dixo èl) del previlegio del Señor Leonardo, y de otras para mi escusa; pero aunque los tenia, y qualquiera de los presentes mas suficiencia para esta carga, por no ponerles mal fuero, me doi por obligado.

Que cosa es recado y de donde se diriva. Digo que recado es nombre, que entre nosotros tiene la etimologìa, i signification mui dudosa por el modo, en que usamos dèl; porque si huviessemos de derivar este nombre del verbo Italiano *recare*, que es traer, ò del verbo *recapacitare*, que es recapacitar (de donde ellos llaman recapito, ò recado) nunca dixeramos dèl tanto, como en nuestra lengua significamos; mas si le buscamos el origen del latin, hace mas à nuestro modo, por la diferencia del men-

mensagero, à el que lleva recado: que el primero, *missagerit*, hace las cosas que le mandan; y el segundo, *recautus est*, es hombre acautelado, que sabe lo que ha de hacer en lo que està à su cuenta, que assi conviene mas con nuestro modo de hablar quando decimos, hombre de recado, que quiere decir de importancia; puesto à buen recado, que està seguro y con cautela; tardar, y arrecaudar, que es llevar à el fin lo començado; pero sea lo uno, ò lo otro, ò ambas, el principal recado de todos, es el del Embaxador, y estos son de dos maneras. O el que el Principe embia à otro por ocasion sucesiva; ò el que de ordinario assiste en su Corte, para conservacion de la benevolencia, y amistad, que entre ellos ai. Estos segundos tenian los Romanos en las Provincias cerca de la persona del Consul, que las governava con titulo de Legados, y con ellos despachava los negocios de importancia. Mas à los primeros llamavan ellos Oradores, por ser mui semejantes en el oficio de persuadir, mover, y obligar: y aun en nuestros tiempos se han aprovecha-

De los Embaxadores.

Embaxadores y Oradores.

chado muchos deste arte, siendo escogidos para el cargo de Embaxador. Yo (dixo Leonardo) tengo un cartapacio no pequeño de hablas, y oraciones de Embaxadores Portugueses hechas à grandes Principes, y no poco doctas y elegantes: como fue una, que hizo el Obispo Don Garcia de Meneses à el Papa Sisto, yendo por Embaxador, por mandado del Rei Don Alonso el Quinto, y por Capitan de una armada, que èl embiava contra los Turcos en favor de la Iglesia en el año de mil y quatrocientos y ochenta y uno. Otra que hizo el Doctor Diego Pacheco à el Papa Iulio, yendo con el Arzobispo de Braga, por Embaxador, à dar la obediencia por el Rei Don Manuel en el año de mil y quinientos y cinco; y otra que hizo el mismo Doctor à el Papa Leon, yendo con Tristan de Acuña, à darle la obediencia, con aquel famoso ornamento, que aun toda via es celebrado en la Iglesia Romana, assi por su mucho valor, como por la gran devocion de aquel pio, y Catholico Rei en el año de mil y quinientos y catorce; à la qual el Papa respondiò en publico

Obispo D. Garcia de Meneses Embaxador.

Doctor Diego Pacheco.

Tristan de Acuña Embaxador.

con

con un doctissimo razonamiento lleno de alabanzas del mismo Rei. Y no es esta costumbre sola de nuestros Embaxadores, mas de todos los estrangeros, assi quando eran embiados à este Reino, como à otros. Y viniendo à èste, por Embaxador del Rei Francisco de Francia à el Rei Don Manuel, que estava en Almerin en el año de mil y quinientos y seis, Monsiur de Lanjaca, Governador de Aviñon, le hizo una docta oracion en su llegada; fuera de otras muchas, con que pudiera alegar. Dessos exemplos ai muchos (dixo el Doctor), y continuando con lo que conviene mas à el fin de nuestro intento, deven ser escogidos para este cargo de Embaxadores, hombres de las familias mas ilustres del Reino, de los ilustres los mas discretos y cortesanos, destos los mas animosos y liberales; de los animosos los mas apersonados, y de todos los mas bien acostumbrados: y son todas estas partes tan necessarias à el Embaxador, que con la falta de qualquiera dellas, ò arriesgan el credito del Principe, que los embia, ò el negocio de que và à tratar por su parte.

Monsiur de Lanjaca Embaxador

Pri-

Primeramente ha de ser ilustre por la authoridad de su Rei, y de su Reino, y de los ilustres dèl, y por honra tambien del Principe à quien es embiado; pues ha de hacer las partes del uno, y assistir à el lado del otro: y assi en este Reino, y en los vecinos à èl vemos cada dia que entran Embaxadores mui llegados en sangre à las casas de los Reyes que los embiaron, y salir otros de la misma calidad; lo qual no solo tiene exemplo de los de Europa, mas de Persia, y Iapon, y otras remotas partes de Oriente. Despues de ilustre, ha de ser discreto y cortesano; porque parece que mas que todas las otras partes le està requiriendo el mesmo cargo, que tenga aviso, entendimiento, discrecion, y cortesìa, para tratar las cosas convenientes à su embaxada, encubriendo, disculpando, ò persuadiendo, lo que à su Rei conviene, que esto es la diferencia que ai entre el que lleva recados, y el Embaxador: que el primero refiere lo que le mandan que diga; el otro dispone, ordena, y concluye lo que le encomiendan que haga. Uno lleva el recado en la lengua,

Diferencia entre

y

y el otro en el pecho; como dixo un Embaxador de los Romanos à los Cartagineses en la guerra de Sagunto, que llevava la paz, y la guerra dentro del pecho: y assi no viniendo ellos en lo que los Romanos pedian, declarò la guerra. Demàs desto como el Embaxador es un tercero, y conciliador del amistad de dos Principes; ninguna cosa le es mas importante, que el entendimiento: y tambien el ser cortesano le importa mucho; pues su principal assistencia es en el puesto, y cerca de la persona del Principe, y con comunicacion de los principales Señores del Reino; y à las veces por esta parte, siendo agraciado y grato à aquel, à quien es embiado, acaba mas facilmente los negocios y pretensiones de quien lo embia. Ha de ser animoso y liberal; lo primero, porque en las materias que tocaren à guerra, tregua, y liga, ò confederacion con su Principe, no se muestre por su parte amilanado, timido, ni pusilanimo, antes obligue con su exemplo à que lo respeten, y teman: y tambien porque en la ocasion, en que se le ofreciere à el señor à quien assiste, acredi-

Embaxadores, y recadistas.

dite con consejo, y obras las armas de sus ascendientes y naturales; y lo segundo, porque con la magnificencia se conquistan mas voluntades y animos estrangeros, que con qualquier otra valia por grande que sea; y supuesto que esta parte à todas las personas ilustres es necessaria, y en todos los cargos de guerra, y oficios de paz, es tan estimada: en el de Embaxador, es mucho mas provechosa, para saber el aviso, ò secreto, ò intento, y cautela, que conviene à el de su embaxada, y para mover los ministros, y validos; en cuya mano, ò consejo està su negocio. Conviene demàs desto, que sea el Embaxador hombre apersonado, que por là vista obligue à respeto, y veneracion: que en otro modo el cuerpo pequeño en personas de grande lugar les quita mucha parte de lo que les deve. Y un doctor nuestro de mui grande nombre, y pequeña estatura, mandò poner à el pie de un retrato suyo una letra, que decia:

La presencia disminuye la fama.

Cuento galano. Y otro del mismo grado, y no de mayor cuerpo, yendo deste Reino con una em-

embaxada a un Rei asaz poderoso, viendolo tan pequeño le preguntò motejandolo; si el Rei su hermano tenia en su Reino otros hombres mas bien dispuestos, que embiar à semejante cargo? à lo qual èl respondiò valiendose del entendimiento y animo que tenia: que en la corte del Rei su señor, avia muchos hombres de grande persona, y partes, à quien encomendar aquel cargo; mas que para su Magestad, le pareciò que èl bastava: y por esso lo avia enviado.

Finalmente es de mucha importancia ser de buenas costumbres, para con su templanza, continencia, y buen termino, conservar, y acreditar el buen nombre, y fama de su Rei, la honra de su patria, y de su misma persona; y porque con alguna demasìa de sus costumbres, no haga con que se desminuya, y pierda el respecto, libertades, y exenciones, que tienen los Embaxadores. Como aconteciò à los de Persia, que vinieron à el Rei Amintas de Macedonia, que fueron muertos por traza de Alexandro hijo del mismo Rei; el qual no pudiendo sufrir su estraña disolucion, embiò

Exemplo de Embaxadores descompuestos.

algunos mancebos de bellissimos rostros en habito de damas, que los sirviessen à la mesa, llevando escondidos puñales, con que se vengassen de qualquier deshonesto acometimiento de los Embaxadores, que usando de su demasiada luxuria, fueron muertos à puñaladas. El Rei de Persia ofendido de que no se guardassen con los suyos las leyes de los Embaxadores, embiò un poderoso exercito contra el Rei Amintas; pero el General dèl, sabiendo como avia passado el caso, se retirò, sin querer dar batalla à los Macedones. Tambien importa mucho que los Embaxadores sean escogidos de sugeto acomodado à los negocios de que han de tratar; que tal ocasion se ofrece, en que conviene ser humildes; y otras en que es mejor mostrarse arrogantes; tal en que ayan de ser animosos, y arriscados, y otras blandos y disimulados. Francisco Dandalo, Embaxador de Venecianos à el Papa Clemente Quinto, para levantar el entredicho à el Senado contra quien estava aitado por razon de las cosas de Ferrera; estuvo postrado por el suelo grande espa-

Francisco Dandalo Embaxador de Venecianos.

pacio en la presencia del Sumo Pontifice, con una cadena de hierro à el cuello: y con tantas lagrimas, y palabras lo obligò, que alcanzò lo que pedia. Este por su grande humildad fue llamado perro, y por su valor sucediò en el Ducado de Venecia.

Por el contrario Orsato Iustiniano, hombre de letras y animo generoso, Embaxador del mismo Senado à el Rei Fernando de Napoles, que por el mal animo, que contra los Venecianos tenia, no hacia dèl la cuenta y estimacion que su valor merecia. Orsato mostrava hacer tan poca inclinacion, que el Rei indignado mandò hacer tan baxa la puerta por donde entrava à hablarle, que por fuerza le hiciesse inclinar la cabeza. Pero èl entendiendo la intencion de Fernando, entrò con las espaldas delante, y bolviendose derecho en la sala, hizo la misma cortesìa, que acostumbrava. Otro dia hallandose en un banquete, que el Rei mandò hacer, dandole de proposito los convidados tan estrecho lugar, que se escondia su autoridad, dexando el que tenia, se sen-

Orsato Iustiniano Embaxador.

tò sobre una rica ropa rozagante, que traìa, y acabado el banquete se la dexò quedar alli como los demàs assientos. A mi me parece (dixo Leonardo) que los atributos mas importantes del Embaxador, y que le deven ser anexos, son esfuerzo, y entendimiento, que son como dos exes, en que se rebuelve el mayor peso, y sustancia de las cosas de estado, lo qual se colige de los exemplos que traxistes, y de otros muchos; porque el esforzado, y entendido en nada falta, ni en aquellos à que su Rei lo embia, nì en lo que à sì mismo deve, ni à la ocasion, de que se puede aprovechar. Como aconteciò à Pompilio Embaxador à el Rei Seleuco, sobre conservar amistad con los Romanos, ò romper con ellos guerra; que respondiendo el Rei, que se aconsejaria de espacio, en lo que le estava mejor, y entendiendo el Romano, que aquella dilacion se fundava en flaqueza, y cautela; con el baston, que traìa, hizo un circulo en la tierra, dentro del qual quedò Seleuco, diciendole que antes que dèl saliesse, se avia de determinar en

Pompilio Embaxador de Romanos.

la

la respuesta de su Embaxada. Y con esto obligò à el Rei à acetar la paz que le pedia.

Lucio Postumio Embaxador à los Tarentinos.

Y en caso diferente Lucio Postumio Embaxador à los Tarentinos echandole por desprecio sobre las ropas muchas inmundicias con grande risa, y escarnio; el Romano les respondiò animosamente: vengaos agora de la risa à vuestra voluntad, porque teneis mucho que llorar, quando con vuestra sangre se laven las manchas deste mi vestido. Essos casos (acudiò D. Iulio) son de mera jurisdicion de esfuerzo, y cavalleria, aunque sean acompañados de entendimiento, porque el valor del animo à todo acude, y en nada pierde punto. Y sino ved la estimacion, que hicieron los Reyes Catholicos de nuestro Prior de Ocrato Don Diego Fernandez de Almeida, quando estando ellos sobre Granada, y el Prior, siendo Embaxador del Rei de Portugal, la ayudò à combatir valerosamente, sacando con mil alabanzas de aquella conquista honradas heridas: y queriendo el Rei desviarlo antes, porque no convenia à el

D. Diego Fernandez de Almeida Embaxador à los Reyes Catholicos.

el cargo que traìa; respondiò: Que sì el oficio lo defendia, su sangre y animo lo obligavan. Y en què cuenta tendria el Rei Felipe Primero de Portugal à Federico Baduaro, que los Venecianos le embiaron por Embaxador à Genova, siendo èl Principe de España, que estando con ellos à los Oficios divinos en el segundo lugar, sucediò llamar el Principe para sì à el Duque de Saboya; y señalando à el Veneciano, que le diesse el lugar; èl no lo quiso hacer. El Principe con señas, y palabras asperas, lo mandò muchas veces quitar dèl; el Veneciano respondiò, que antes avia de dexar la vida, que aquel lugar, porque con la muerte de un particular, no se hacia afrenta à un Senado; mas que se le haria mui grande, si diessen el lugar que le era devido, à persona inferior en el merecimiento. En quanto à la disimulacion y sufrimiento, solo en los esforzados acostumbra à hallar confianza, para tener por cortesìa, lo que pudieran estrañar con arrogancia. Como aconteciò à Guberto Dandalo Embaxador de Venecianos à el Papa Nicolao Tercero, que jamàs

Federico Baduaro Embaxador Veneciano.

Guberto Dandalo Embaxa

màs fue oido, ni pudo alcanzar entrada del Samo Pontifice, por enojo que tenia contra el Senado sobre la possession de Ancona; hasta que viendo èl lo poco, que importavan sus muchas diligencias, fingiò un dia, saliendo con alegre semblante, averle hablado, y alcanzado el fin del negocio en que estava, y sin esperar otra cosa, se partiò para Venecia, à donde preguntandole el Senado, lo que avia passado, respondiò: no hallè à el Papa en Roma, ni quien me supiesse decir à donde lo hallaria. *dor Veneciano.*

Mui principales (dixo el Doctor) son las partes del esfuerzo, y entendimiento en el Embaxador, pero tiene igual necessidad de todas las otras, para representar con la nobleza la persona de su Rei; para con la magnificencia adquirir las voluntades de los ministros, y criados; para con la gravedad, y blandura hacerse querer, y grangear autoridad; para con el conocimiento de las cosas de estado, y experiencia dellas, acertar en las que se le ofrecieren; y para con la disposicion y gentileza de la persona llevar una carta de abono en la

vis-

vista de todo lo que se conociere de sus obras. Mas porque no parezca, que voi fuera de lo que comencè, y que los Embaxadores no llevan recados; es cierto, (que aunque los suyos sean de mayor confianza) que llevan por escrito mucho de lo que han de decir, de lo que han de callar, y de lo que han de pedir, ò conceder, pero à eleccion del tiempo y ocasion. Y las palabras, quedan subordinadas à su entendimiento; y para esto dan los Reyes, y sus Consejos supremos, largas instrucciones, regimientos y ordenes, de còmo se han de aver en las cosas los Embaxadores; que son mas largas, quanto por mas apartadas las Provincias, à que les embian. El oficio (dixo Leonardo) es de tanta importancia, que ninguno otro pide mayor caudal de partes de naturaleza, y de las adquiridas por experiencia: y sabrèos yo decir, que huvo en este Reino famosos hombres desta profession, y tales que quiriendo nombrar algunos haria manifiesto agravio à otros muchos. Mas si el gran Duque de Florencia vencido de la eloquen- *Hermo.* cia y partes de Hermolao Barbaro (que es-

estava en su corte, por Embaxador de los Venecianos) con tantas mercedes y favores, lo persuadia à que quedasse en su servicio; no faltaron otros, que aviendo salido deste Reino con el mismo cargo, causaron mayor invidia à los Principes, y Monarcas mas poderosos: y alguno tuvo lugar en los Tribunales supremos de la Corte de España, que para negocios particulares de un Principe deste Reino fue enviado à ella, que por la grande satisfaccion, que en ellos diò de su persona, fue elegido para los de una Monarquia tan dilatada. Pero no es de espantar, que de un Embaxador y mensagero particular se hiciesse un Consejero de estado, siendo criado de la casa de un Señor, del servicio del qual, como de cavallo Troyano, salieron Heroes famosos, y varones insignes, en todas profesiones; de donde salieron Viso-Reyes, y Capitanes Generales, para Oriente; Soldados para Capitanes, y Maestres de Campo, que defendieron, y honraron el Norte; Cavalleros, y Bailìos, que sustentaron à Malta; Fronteros famosos, que se señalaron en Africa. Todos

lao Barbaro Embaxador de Venecia.

dos

dos criados de la misma casa; à donde se hallaron siempre en grande copia espiritus que honran à Marte, y engrandezcan à Minerva, causando invidia à los mas aventajados en los exercitos, y presidios Españoles, y à los mas insignes en las Escuelas, y Universidades mas famosas de Europa.

Aveis levantado este discurso de manera (dixo Solino) y es la materia dèl tan altiva, que me parece, que yo y Pindaro somos esta noche bolos, sin ninguno de nosotros hacer basa, que aun hasta este mal juego me causò mi mozo; que no juzguè que dèl saltassedes à cosas tan diferentes: holgarè de saber si aveis de quedar en esse tono, porque os dexarè en terno con el dueño de la casa, y el señor Don Iulio, è irme he à buscar mi vida. Aun no teneis razon de os quexar (respondiò èl) que antes por me llegar poco à poco à los criados, dexè mucho de lo que toca à los Embaxadores; despues de los quales se siguen los Agentes, y Procuradores, que las Ciudades, Villas, y Lugares embian à Cortes, y otras veces à visitas, y ocasiones de los

Agentes y Procuradores.

los Principes, que no menos deven ser escogidos para estos cargos; buscando en ellos las partes mas necessarias, que son discrecion, experiencia, y persona, quando no puedan concurrir todas las demàs: porque la Ciudad, ò Villa que embia à el Principe su Procurador, ò Agente, en esse mismo hace representacion de su suficiencia. De un Ciudadano se cuenta (dixo Don Iulio) que siendo embiado por Procuradar de Cortes, se le olvidò en el camino lo que su Ciudad le encomendò, y se bolviò à dormir à su casa, à preguntar à su muger el negocio à que iva; y fuera mejor eleccion si le embiàran à ella, pues no se le olvidò. De otro oì yo (prosiguiò Solino) que jurava por vida de la suya al Rei Felipe I. que se avia de cubrir su Magestad para le hablar en nombre de una Ciudad deste Reino, fuera de otras impertinencias, que en la platica dixo, mas dignas de risa, que de credito: y uno conocì yo, à quien se le cayeron los guantes y el sombrero de las manos, dando un recaudo de una Ciudad à un Principe, y levantandolo olvidò lo que queria

de-

decir; de manera, que no se acordò de palabra. Essos malos sucessos (prosiguiò el Doctor) dan testimonio del mucho cuidado, con que se han de elegir los hombres para tales cargos. Lo qual no importa menos à los Titulares, y Hidalgos, que embian à visitar à otros en ocasiones de pesames, ò parabienes por personas, que sepan acomodarse à la tristeza, ò à la alegria que requiere el caso, para el credito, ò buena opinion, de quien los embia. Cierto (acudiò Leonardo) que no juzgarà bien quanto esso importa; sino quien ya se averguenza de oir visitas descaminadas, como le hizo una à un hidalgo, à quien yo tratè particularmente; à el qual estando mui triste y apassionado por la muerte de un hijo, visitòlo de parte de un personaje un Capellan bien apersonado. Y dixole: el Señor. N. ha estimado en mucho esta ocasion para embiar à visitar à su merced, y ofrecerse à su servicio. A este cuento hicieron todos mucha fiesta, y Solino que hallò entrada à los suyos acudiò luego. No sè si vendrà mui à proposito; pero tambien yo he de decir mi historia

Visitas de particulares.

en

en razon de la advertencia, y cuidado que deve tener quien visita en nombre ageno, pues se vè que mas son desatientos que ignorancias los yerros destas materias. Una señora apassionada por la muerte de su hermano, recibia las visitas en una camilla como las mas lo acostumbran: à esta embiò à visitar otra parienta suya, por una persona de autoridad, que entrando en la primera sala la hallò tan escura, que arrimandose à las paredes esperò à una dueña que le sirviesse de gomecillo, la qual lo llevò por la mano hasta una puerta estrecha, à donde avia una grada mui alta, y alli lo soltò para passar adelante, el qual no alcanzò tan bien à la grada que no diesse primero con los hocicos en el umbral de la puerta, y salido del peligro guiòlo la dueña de la misma manera hasta cerca de la camilla donde lo bolviò à soltar: esta persona entendiendo que tenia otra puerta como la passada por no errar la grada por baxo, levantò el pie de manera, que le puso en los pechos à la apassionada señora, que dando un grande grito le hizo caer de hocicos. Muchos

chos que estavan en la sala, y tenian escondida la luz à los que de nuevo venian à ella, levantaron tan grande risa, y alboroto, que desautorizaron del todo el sentimiento, y pesar, y se caia cada uno por su parte sin se poder valer. Como Solino tenia gracia natural en lo que decia diò mucha à este cuento, que fue celebrado con risa de todos. Y si ansi es (prosiguiò èl) que en estos ai tantos desatinos, è inadvertencias, no ai que espantarse de criados menores, que unos son por naturaleza tan rusticos que en nada aciertan, y otros por malicia tan depravados, que no quieren saber sino es lo que es, en favor de su maldad.

Diferencia entre criados necios, ò maliciosos.

Una question se ofrece agora (dixo Pindaro) que aunque ratera es en materia provechosa, conviene à saber: si es mejor servirse un hombre de un hombre, de un mozo simple, y necio, ò de un malicioso, aunque sea sagaz, y experto. Yo estoi mejor (respondiò Don Iulio) con el que me engaña, que con el que me enfada, porque la confianza que hiciere de mi mozo serà segun la opinion que dèl tengo para poder engañarme en po-

poco, y del negocio, ni puedo confiar en un recado mis razones para fuera de casa, ni las obras de dentro della; que el que ignora lo que ha de decir, menos sabe lo que le conviene callar: de mas de que es grande disgusto andar hombre siempre enseñando à un rustico sin provecho, que no tomarà en su vida tinta de discrecion por mas que lo cuezan en ella. A mi me parece otra cosa (dixo Solino) en razon de aquel proverbio: Antes asno que me lleve, que cavallo que me derrueque. Por el refran (respondiò Leonardo) entiendo que quereis defender à vuestro mozo. Sino lo hiciere bien quedarè yo en su lugar (respondiò èl) porque el mozo necio no puede desacreditar con su ignorancia el entendimiento de su amo, que no està obligado à sacarlo de la Universidad de Salamanca; ni el malicioso, y experto, no dexa de errar mas que los otros, porque no deprende lo que està bien à su señor, sino es à el intento de su maldad, y da algunas veces por recado lo que le parece, en lugar de lo que le mandan, y quando no trueca las palabras, ò el sentido dellas, muda el tiempo, po, y ocasion del recaudo, và quando quiere, y no quando os importa, quitaos el credito en las obras, si lo conserva en las palabras, porque dicen: que qual el amo tal el criado: mas os desacredita con la murmuracion, de lo que os acredita con el recado, y quando os lisongea es quando os roba, y engaña; el simple sino dice lo que le decìs hace lo que le mandais, contentase con lo que dèl fiais, y no trata de penetrar lo que pretendeis, y muchas veces sus yerros caen en gracia como las sutilezas de los otros causan perjuicio. Buenas son essas razones (dixo Feliciano) pero es cruel cosa, que por el mozo necio juzguen por otro tal à su amo, pues es regla de derecho, que hace por sì lo que manda hacer por otro; y si la vitoria de los Soldados se atribuye à el Capitan, las acciones, y palabras de los mozos por que no se han de juzgar, por de quien los govierna, y embia; y menor daño es qualquiera de los otros, que el de parecer un hombre necio à cuenta de su mozo: y sobre todo no se ha de pintar tan perverso el malicioso, que haga mal, di-

diga mal, presuma mal, y sea negligente, que los mas dellos cantan de quien roban, y de essotro modo no es pintar criado, sino enemigo. Y nò sabeis vos (aludiò el Doctor) que todos los criados, ò la mayor parte dellos lo son de quien los sustentan? Y assi dice la sentencia de Euripides, que no ai mayor, ni peor enemigo, que el criado; y Democrito dice, que el criado es cosa tan necessaria como amarga. Luciano dice: que los criados siempre tienen malicias, y traiciones armadas contra sus amos. A muchos tengo yo por enemigos (dixo Feliciano) pero peor lo serà el necio que el que no lo fuere, y no solo sustentarà enemigo en casa, mas lo tendrà por señor, que como dice S. Geronimo, no ai mayor servidumbre que mandar à un necio. Yo tengo poder en causa propria (dixo Solino) para acudir por los criados con testimonios de muchos fieles, y verdaderos à sus señores. Euripides, y los demàs deven de entender lo que dixeron de los esclavos, que como les tenemos quitada la cosa mas principal, y mas suya, que es la libertad, siempre

De los Esclavos

nos tienen odio, y nos dessean, y procuran mal, porque la vileza de su animo no sufre mostrar valor en la sugecion. No me parece à mì essa buena razon (acudiò el Doctor) porque por dicho de Seneca, ningun esclavo ai mas vil que el libre que sirve por su voluntad (y no entran en esta cuenta los nobles, y honrados, que sirven à los grandes por respetos razonables) y de los esclavos à quien hizo tales la ventura de la guerra, ò otra desgracia, tenemos los libros llenos de exemplos de valor, y fidelidad en que dexaron muchos atràs à los proprios hijos. Y si no ved si hizo alguno lo que el esclavo de Publio Catieno, que dexandolo su amo por su universal heredero por la fidelidad con que lo avia servido, èl por mostrarse agradecido en la muerte, se echò vivo en la hoguera en que quemavan el cuerpo de su señor, y muriò con èl; mostrando que estimava mas tal servidumbre, y esclavitud, que la vida, y riquezas que le dexava. Erotes esclavo de Marco Antonio se matò de pesar de ver à su señor vencido de Augusto. Eupero esclavo

Valor, y fidelidad de Esclavos

Esclavo de Publio Catieno.

Erotes Esclavo de Marco Antonio.

vo de Lucio Graco, que se matò sobre su cuerpo. Y un esclavo de Papinianc, que viendo que los enemigos entravan en una heredad, en que su señor estava, para matarlo, trocò con èl el vestido, y metiò en el dedo un su anillo de valor, y echandolo fuera por una puerta, saliò por la otra à recebir la muerte, que avian de dar à su señor. Y Federico de Ebechin esclavo de Conrado Emperador, que sabiendo que venian para matar à su señor lo hizo salir de su Palacio, y se acostò en su cama, adonde creyendo los enemigos que era Conrado lo mataron. Y otros muchos esclavos sin nombre, que merecian que el suyo quedasse eterno por memoria de su fidelidad. Ni se puede poner en olvido aquel grande animo de Lazaro Cherdo, esclavo, de nacion Serviano, que viendo à su señor cautivo de Turcos, y despues muerto, deseando vengar su muerte por precio de su vida, fingiendo que venia huyendo de los Ungaros, entrò en el campo Turquesco; y diciendo que queria hablar à Amurates, primero Emperador de aquel Imperio, lo matò à puñaladas, donde

Eupero Esclavo de Lucio Graco. El Esclavo de Papiniano.

Federico Esclavo de Cõrado.

Lazaro Cherda Esclavo Serviano.

no pudo huir sino perder la vida valerosamente. Dessos esclavos (replicò Solino) no tràto yo que merecian ser señores, como tambien huvo criados que merecian ser servidos de sus Amos: que tambien Diogenes fue esclavo, y preguntandole Xeniades que lo comprava, en què sabia servir, respondiò, que en mandar hombres libres, por lo qual Xeniades lo libertò, diciendo: Aqui te entrègo mis hijos para que los mandes. Y Epiteto que se llamava esclavo de sì mismo. Y à Fedon esclavo de Cebes oì decir, que Platon dedicò un Libro de la inmortalidad; pero à nosotros no nos cayeron en suerte estos esclavos, sino la gente mas barbara del mundo, como es la de toda Ethiopia, y algunos esclavos de Asia, que es de la gente mas vil de las Provincias della; que unos, y otros tratan los Portugueses con riguroso cautiverio en aquellas partes, vendiendolos para el servicio de las minas de Indias de España, como condenados à muerte, y assi se pueden llamar estos con razon, enemigos mortales de sus señores. Tambien (dixo el Doctor) ha avido en este

Dicho de Diogenes.

Dicho de Epiteto.

Rei-

Reino esclavos ilustres de mucho valor, entendimiento, y sangre, conocidos por tales, y tratados como si estuvieran en libertad, que cautivaron en nuestras Fronteras de Africa, en cuyas historias no me quiero detener, por no alexarme mas del intento de nuestro Discurso de los Recadistas, que unos, y otros representan la persona de quien los embia, en lo que toca à el recado que dan; lo qual à mi me parece que està bien probado con la costumbre que los Antiguos tenian, en embiar à los suyos, que no hablavan por tercera persona, como nosotros usamos, que decimos, dice. N. que os besa las manos, y pide esto, encomiendaos estotro, acuerdaos tal cosa. Antes usavan. N. os dice beseos las manos, ruegoos esto, encomiendoos estotro, acuerdoos tal cosa, representando en las palabras la misma persona que lo embia à decirlas, y desta menera corria riesgo nuestro amigo Solino, representando por su mozo; pero lo que à mi me parece es, que el recado sea tan breve que pueda darlo sin yerro quien lo lleva, y tan claro que lo entienda sin trabajo la persona

Recados como los davã los Antiguos

à

à quien se embia; y con esto, y con vuestra licencia me tengo por desobligado de lo que en esta materia podia decir. No por mi parte (dixo Don Iulio) porque dexais fuera un oficio de mas habilidad que todos los que aveis dicho, en cuya profession entra la del Embaxador, agente, procurador, y recadista, y aun otros muchos que es el del tercero, ò alcahuete. A esto se rieron todos, y dixo Leonardo: El Doctor callava esse oficio por ser mas vil, y reprobado, que los demàs, y emplearse en materia tan odiosa à la Republica; pero sin entrar en el fondo dèl nos pudiera decir alguna cosa por encima. Bien sè (respondiò el Doctor) que para meterme en desconfianza levantais essa liebre, y no os engañeis, que tanto se deve tratar de oficios viciosos para huir dellos, como de los virtuosos para seguillos, y desseallos, y supuesto que es tan vil. Yà los Romanos dieron leyes à su profession, segun escribe Pedro Crinito, las quales estavan escritas en el Templo de Venus; y Licurgo aquel grande Legislador de los Lacedemonios tambien les diò reglas, y exen-

Recados de los terceros, y alcahuetas.

exenciones, supuesto que les assienta mejor el castigo con que nuestros derechos los regalan; mas si ai oficio de mucho caudal, y poca honra, es el del Alcahuete. Porque ai algunos à quien no hace ventaja Tulio en el hablar, Caton en el disimular, Salustio en el persuadir, Terencio en el representar, Ovidio en el fingir, Lucano en el encarecer, Diogenes en el despreciar, Ulixes en engañar, Momo en el desdeñar; y todas las Artes, y ciencias del mundo tienen, y emplean en aficionar con engaño voluntades inocentes: y para declarar sus partes necessarias, fuera acertado pintar à el contrario las de el Embaxador, con quien solo conviene en ser discreto, y experimentado, pero de ser baxo, vil, despreciado, avariento, chocarrero, mentiroso, ingrato, y sufridor de todos escarnios, y burlas; porque no solo es de su profession engañar, mas tambien estar sugeto à toda ignominia, è infamia que merece su exercicio. Mui cruel estais contra ellos (dixo Don Iulio) y no teneis razon, quando vituperais su oficio olvidaros de la grandeza de sus partes; pues el Al-

ca-

cahuete, descrive, afecta, y encarece mejor que un escritor: persuade, aconseja, y convence, como un Retorico: finge, disfraza, y representa, con figuras, espantos, meneos, è hipocresìas, en las acciones, y palabras, como un Comediante: pinta, viste, toca, acomoda, guarnece, dora, argentea tocados, vestidos, y retrata los rostros, y faiciones mejor que un Pintor: sabe mas de la naturaleza de las personas con quien trata que un Filosofo: vende lo falso por verdadero como logico: conoce las enfermedades, y achaques de los que lisongea como medico: obliga, y engaña en el interès como legista: adivina los tiempos, y ocasiones, y voluntades mejor que un Astrologo. No ai finalmente arte liberal, ni mecanica de que no se valga, y en que no haga ventaja à sus professores. Aun me parece (dixo Solino) que aveis de llegar à Celestina, que supuesto que el oficio es del genero comun de dos, acomodase mejor à el femenino; y pues de Embaxadores decendimos à criados, no es de espantar que tropecemos en tan ruin gente. Pareceme (dixo el el Doctor) que aposta quereis profanar mi autoridad; no os quiero dar esse gusto à mi costa; y no passemos de aqui en esta materia, y tambien porque es mas tarde de lo que parece, demos lugar à que el señor Leonardo se recoja. Con esto se levantaron todos, y se despidieron festejando, y agradeciendo cada uno à el otro lo que avia dicho: que tanto se contenta el discreto de la buena razon agena, como el necio de su ignorancia propria.

DIALOGO V.

DE LOS ENCARECIMIENTOS.

NO perdian tiempo los de la conversacion en llegarse à los intereses della, y era en todos tan igual el desseo, que ni aun la ocupacion de cada uno los desconcertava; porque el gusto en que se eleva el entendimiento hace menores todos los remedios ordinarios de la hacienda y familia. Llegada da la noche entraron juntos en casa del huesped con grande alborozo, dando cada uno en el camino su voto, en eleccion de la materia en que se avian de gastar aquellas horas; pero tomado asiento sin darlo à lo que se avia de tratar (dixo Don Iulio): Por cierto señores que estoi absorto con una cosa que os quiero decir, que temo de las razones, y de la edad faltar à el decoro que conviene à el sugeto dellas, porque en los mancebos las palabras de mera alabanza de una muger, aun siendo mui compuestas, parecen lascivas, y mas faciles de presumir un engaño de aficion en mis ojos, que de persuadir un espanto à entendimientos tan levantados como los vuestros: pero sea lo que fuere, y corra mi credito el riesgo que ordenaredes, que con todos los que huviere me aventùro. Què novedad es esta señor Don Iulio? (dixo Solino) Què Sermon quereis hacer? Que pedìs la bendicion, y nos teneis suspensos à todos con el desseo de oiros. Esta mañana (prosiguiò èl) me pareciò de casa, y por gastar en ella el dia con menos cuidado del des-

desseo de la noche, me fuì por detràs de nuestra sierra, alargandome à la parte del mar un grande espacio de camino. Y rebolviendo sobre una fuente que nace à el pie de una peña, à quien hacen sombra unos altos madroños, y otros arboles llenos de verdes ramas como en el mejor tiempo de la Primavera, enlazados con unas vides silvestres que los ligan, que aun de todo punto no han despedido sus hojas; vì junto à ella, y cubierta con ellas el mas hermoso rostro que yo imagino que puede aver en el mundo, para satisfacion de unos ojos aficionados. Era de una muger en habito de peregrina, que fiada en la soledad de aquel desierto, y por gozar de los rayos del Sol, que en aquel lugar se esparcian, con el tocado echado sobre las ramas, haciendo de la fuente espejo, concertava sus cabellos, y eran ellos tales, que no solamente hacian perder à el Sol la hermosura, mas cubriendo otro mas hermoso, que era el de su rostro, contentavan de manera à el desseo, que no hacia mucho por passar dellos à delante. Yo sin advertir en el silencio con que

Historia con encarecimientos de hermosura.

era

era razon que me escondiesse, por no serle pessado, quedè tan fuera de mi, que afloxando las riendas à el cavallo lo dexè tropezar entre los ramos; y fuì sentido de la hermosa peregrina, que levantando los ojos, à cuya obediencia los cabellos se apartaron, qual suele herir el relampago de entre las nubes, me saltearon la vista con una luz estraña, descubriendo juntamente aquel tesoro de ricas piedras, que encubria el oro de los cabellos. Los ojos eran dos estrellas de diamante, en cuyo fondo se parecia un verde escuro de esmeraldas, que comunicando aquella hermosa color la claridad de los rayos que despendian, robaria las almas de quien los mirasse; y baxando dellos era toda tan llena de perfeciones, que el menor lugar en que se empleava la vista tenia desusados estremos de hermosura. La boca era un lazo de todos los pensamientos amorosos, y nunca vì cosa tan pequeña en que cupiessen tantas grandezas; parecìome un rubì partido por mitad, que con un perfil leonado se dividia, dentro del qual se veìan como por vidriera las perlas que has-

hasta entonces encubria la verguenza con que quedò de averme visto. La coluna que sustentava este edificio era un cuello de cristal jaspeado de unas venas rojas y azules mui delgadas, que me representaron en aquella hora la color del cielo sereno, que aparece por la rotura de dos nubes blancas, à que hacia parecer mas hermoso el circulo de la sombra con que se engastava en el aspero picote de la esclabina que vestia: apeème, y en este mismo tiempo echò ella el tocado sobre el cabello poniendo los ojos en la fuente como en espejo, mas como sus madejas eran mas largas que la blanca toca con que los quiso encubrir, davan nueva por los estremos de las puntas, guarneciendo de fino oro aquel grossero trage; hablèle con la cortesìa à que la modestia, y gravedad de su rostro me obligava, y ella sin mostrar otro alboroto de mi presencia mas de vestir de escarlata la blanca nieve de que parecia ser, me respondiò preguntando si estava cerca el lugar, y si era aquel el camino: yo que no perdia con los ojos un solo movimiento, lo que los suyos hacian,

cian, me pareciò que todo lo que avia visto era sombra de su gracia y apacibilidad, con que hablò con una voz tan delgada que penetrava lo interior del corazon, y tan suave que lo deshacia, y con una modestia tan grave que no dava lugar à poner en ella los ojos derechamente, sino con un respecto armado de recelos. Preguntèle de dònde era, y à dònde iva, encareciendole el peligro en que ponia su belleza de ser ofendida, fiandola de desvios tan solitarios: mas ella despreciando todos los temores, y haciendo mas dificultosa su jornada por lo que della dependia, que por los trances que à su cuenta se me representaban; diò à entender muchas cosas, con que yo perdì la memoria y osadìa de le preguntar otras, y ofrecerle algunas de las que acostumbran à aver menester los que fuera de su patria experimentan los males de las agenas. Y demàs de estar yo atajado con su vista, lo estava ella tanto con mi presencia, que perdì el interes de la vèr, por el respeto de no la enfadar; despedìme triste, y estoi arrepentido y codicioso de la tornar à vèr,

de

de manera, que no apàrto el pensamiento del lugar donde mis ojos la dexaron. Y porque me parece que aun deve de ser mas estraño el sucesso que la trae en aquel trage, que la novedad de su gentileza, à que se deve todo el cortesano tributo de voluntades bien nacidas; pido à el señor Leonardo, que por la mejor via que le pareciere, sepa desta estrangera, que por esta noche deve de estar en el aldea: oirà della misma su historia, y yo acreditarè con la vista lo que tengo dicho de su hermosura. Bien aveis andado señor Don Iulio (dixo el Doctor) en tomar primero carta de seguro para lo que aviais de decir, porque los encarecimientos de essa peregrina son mas pinturas vuestras, que gentilezas suyas; porque no ai muger en las obras de naturaleza tan perfeta en la tierra, como la ha sabido fingir vuestro entendimiento, ò aficion: y a cuenta della me parecia bien que assentassemos el retrato de belleza tan sobrenatural, que en materias de Amor todo lo que reluce es oro, y todo lo que hace sombra es Sol, y solo con esta disculpa salvareis

reis loores tan desusados. Aficion de lo que vì, no la puedo yo negar (replicò èl) mas he la vista de la peregrina (decid lo que quisieredes contra mis razones) y en sus partes he de hallar armas con que defienda lo que dixe. Leonardo se ofreciò entonces à hacer diligencia con mucho cuidado; y bolviendose à Solino que tenia los ojos puestos en el suelo, le dixo: Vos que callais quereis alegar servicios à el señor Don Iulio, porque vuestra naturaleza no dexa passar esta mercaderìa sin registro. Estava agora (respondiò èl) pensando en los libros de cavallerias, que ha pocas noches que defendì, y desseava dar un cavallero andante à aquella peregrina; que si una cosa destas apeteciera mi amigo Pindarò, què encantamentos no rompiera, y què poesìas, y obras heroicas aparecieran de nuevo en el mundo: què alabastros, marfiles, marmoles, cristales, topacios, jacintos, y esmeraldas rodàran por essos aires: que supuesto que el señor D. Iulio saliò deste encuentro mas elegante de lo que se esperava; Pindaro con su licencia tiene en esta materia mas derecho

ad-

adquirido, y no se contentarà con baxar del Cielo las estrellas, y el Sol en semejantes loores, mas aun los Arcangeles, Querubines, Dominaciones, y Potestades avian de tener lugar en ellos.

Razō de los encarecimientos de Amor.

No serà fuera de proposito (dixo el Doctor) divertirnos agora en esta materia, en descuento y recompensa de las passadas, y gastar esta noche en saber la causa, y estilo de los encarecimientos enamorados, que es pensamiento que ya me desvelò en otra edad. Yo asseguro (dixo Leonardo) que à ninguno de los presentes descontente vuestra eleccion, y yo particularmente estimarè seguilla tomando el primero voto del Licenciado, que por huesped, estudioso, y cortesano se le deve el lugar. Mi voto (respondiò Feliciano) es de poca importancia, y el lugar, devido à otro, mas con toda humildad acetarè el que me dieren; y si con mi razon quedàre corto, barato es el saber, que se compra con errar primero: y assi digo, que los encarecimientos nacidos de Amor deven parecer estraños (por desiguales que sean) à ningun juicio aficionado, porque el amante para pintar la hermosura de una dama que satisface à sus ojos, y pensamientos, dificultosamente hallarà en las cosas criadas à que la compàre con que èl quède satisfecho que la encarece; porque aunque sean hermosas las estrellas, no le agradan tanto, como sus ojos, y siendo el Sol tan bello, se alegra menos con la claridad de su luz, que con ver el rostro de quien ama, y son de menos valor para su gusto, y desseo, el oro, las perlas, rubìes, esmeraldas, y zafiros; que la risa de su boca, y gracia de su vista, y de no imaginar en la tierra un Amante cosa que se iguale à el objeto de su aficion, dà en el desvario de compararla à los espiritus, que no alcanza con el entendimiento, subiendo con èl por las Hierarquìas mas elevadas; la causa es, porque el amor hace las cosas tan hermosas à sus ojos, que lleva mucha ventaja à la naturaleza, que criò unas y otras, y la codicia, y opinion que engradeciò muchas dellas; que hasta en el gusto, como dice Plauto: ni aun lo que tiene sabor sin amor es sabroso, ni ai hiel tan amarga que con èl no parezca suave, que no solamente con

sus

sus poderes dà perfecion à las cosas, mas tambien las convierte en otra sustancia. No soi de contrario parecer (dixo Leonardo) mas pareceme de forma los encarecimientos de que hablais, que todos poco mas ò menos no salen de ciertos limites, porque en baxando de la pedreria, los que son menos lapidarios empiezan en coral, marfil, porfido, alabastro, rosas, nieve, oro. Y por mi voto la passion de Amor no avia de guardar regla cierta en las palabras, y loores, antes encarecer su dama con las cosas que à su gusto, y opinion sean mas hermosas; y como las aficiones son tan diferentes, assi lo serian las alabanzas, y encarecimientos. Para loar (replicò Feliciano) no ai tantos caminos como para tener aficion, porque luego dais en un camino ordinario, que es tan bella como el Sol, tan clara como la Luna, tan blanca como la nieve, tan rubia como el oro, y de aqui adelante. A mi me parece (dixo Solino) la razon del Licenciado, que el Doctor tenia talle de esplicar los loores de una dama con exemplos caseros, llamandola fresca como su huer-

Limites de los en careci - mientos.

huerta, linda como su jardin, clara como su fuente, y alta como sus hojas; y como los amantes para encarecer no se contentan con poco, todos llegan à lo que puede ser; todo lo blanco es cristal, y diamantes; lo colorado rosas, y rubìes; lo verde esmeraldas; lo azul zafiros; y lo amarillo oro, y jacintos: y hasta las madres de los niños, à quien naturalmente tienen excessivo amor no les saben llamar poco quando los toman en los brazos, luego les dan titulos, de mi Duque, mi Marquès, mi Conde; en las piedras, mi rubì, mi diamante; en las flores, mi clavel, mi rosa: quanto mas loando à mugeres en quien todo encarecimiento queda corto, y avergonzado, por la fuerza con que tiene captivos los sentidos, y las potencias de los que han de hablar en ellas. Y para conclusion de todo diga Pindaro lo que siente en este particular. Los encarecimientos de que usan los Amantes (dixo Pindaro) menos son suyos que adquiridos de los famosos Poetas que los enseñaron, dexandolos escritos en sus obras, porque como retratadores de las obras excelentes

Encarecimiẽtos de Amor natural.

Encarecimiẽtos derivados de la Poesìa.

tes de la naturaleza buscaron tan altivos materiales para dar vivas colores à la hermosura; y no es mucho que pintando un rostro hermoso de la tierra, se acomodassen colores, y atributos celestes. Pues quando para dibujar cosas del mismo cielo, usaron tantas veces de semejanzas, y encarecimientos de la riqueza de la tierra; como lo hizo Ovidio en la casa de Febo con techos de marfil labrado, y ladrillos de oro, con paredes de topacios, jacintos, y esmeraldas. Y lo mismo hizo pintando los Pavones de que en el cielo llevavan la carroza de la Diosa Iuno, que despues acrecentò en obra, y labor Marciano Capela. Y como el frasis poetico es el mas excelente, y levantado, y por tal escogido de las Sibilas, y Oraculos para usar dèl, tambien hicieron los amantes la misma eleccion, entre los quales qualquier menuda consideracion de un bolver de ojos, es arco, aljava, y saetas de Cupido, con todas las demàs alegorias, y tranformaciones, que los Poetas usaron. La verdad es, (dixo el Doctor) que la perfecion de la hermosura animada, no se pue-

Exēplos.

Hermosura del anima

vence los encarecimientos. puede devidamente encarecer, con alguna semejanza, que no tenga espiritu, porque todas le quedan mui inferiores. Lo qual declarò bien una dama Florentina, que preguntada què le parecia una figura de muger de alabastro hecha por un famoso Escultor de aquel tiempo, ella sin responder con palabras, hizo que una criada suya hermosa, y bien proporcionada se desnudase las partes que la figura mostrava desnudas, y luego à vista de la natural belleza perdiò la pintura la fama, y valor que antes tenia. Yo vì tambien un Hieroglifico de la hermosura, que declara ingeniosamente este pensamiento, la figura del qual era una muger con la cabeza metida entre las nubes, el cuerpo desnudo, mas rodeado de un resplandor que no lo dexava ver distintamente, en la mano derecha un lirio, y en la otra un compas, significando con la cabeza metida en el cielo, y en el resplandor, que solo con las cosas dèl se podia encarecer, impidiendo à la vista humana los rayos derivados de la belleza divina; el lirio denotando la gracia de las partes naturales, porque en color, y pu-

Hieroglifico de la hermosura.

pureza fue siempre simbolo de la hermosura: el compàs, la medida, proporcion, y correspondencia de los miembros en que consiste toda la perfecion della. Mas Pindaro todo lo quiere atribuir à su profession, y en esta parte no tiene poca justicia, porque solamente con la licencia poetica pueden entrar los desvarios de los enamorados por ser mui iguales el furor poetico, y la locura amorosa. Pero ya que los encarecimientos estàn aprobados con tan buenas razones estimàra yo oir alguna en disculpa, de los que viven, mueren, y resucitan à cada passo, y que andan sin almas como cantaros, y sin corazones como hurones, que à mi ver, es gente que por previlegio de Amor vive eceptuada de las leyes de la Naturaleza.

Los encarecimientos de los que dicen que viven, mueren y resucitan

La razon (respondiò Feliciano) es la misma, porque quien encarece la causa igualmente exagera los efectos; la pena de un disfavor, el termino de una crueldad, ò esquiveza, es el mayor tormento de la muerte à el que ama; y un favor, y blandura que recibe en su aficion, es en su estima el mayor bien de

la

la vida: y quanto al estilo de vivir sin alma, y sin corazon lo declara maravi-

Los que amã viven fuera de sì

llosamente un Poeta moderno, diciendo en un Soneto à su Dama, de la qual estava ausente, que una parte del alma con que vivia le quedava, mas la con que imaginava, entendia, y amava tenia siempre con ella. Ni es otra cosa los desvarios, y desatientos de los que aman, sino vivir en cierto modo fuera de sì, como pareciò à Propercio, diciendo: que el que se entrega à el Amor pierde el juicio; y lo que yo veo es que pocos en presencia de la cosa amada quedan con èl. Tambien S. Geronimo (dixo el Doctor) escribe que el amor de la hermosura ès un olvido de la razon; y assi llaman los Poetas à el Amor enemigo della: y què mayor exemplo se puede imaginar desta verdad, y mudanza de

Exẽplo de Hercules.

los que aman, que el de Hercules, à quien los Embaxadores de Lidia hallaron recostado en el regazo de su amada, mudandole los anillos de los dedos, y ella con la Corona Real en la cabeza, y el famoso Thebano con un zapato della en

Exẽplo

lugar de corona. Què menos esperado que el

el de Dionisio Siracusano, que por mano y parecer de Mirta su amiga despachava los negocios importantes de su reino? Què mas estraño, que el de Themistocles Atheniense, famoso Capitan de Grecia, que enamorado de una dama, que cautivò en la guerra de Epiro, usava en una dolencia que su amada tuvo de los mesmos remedios que à ella le hacian, tomando los jarabes, purgas, y sangrias como la mesma dama, y lavandose el rostro por regalo y gentileza con la misma sangre della? Què mayor fineza que la de Lucio Vitelio Emperador, que enamorado de una hija de un su esclavo, à quien avia libertado, de tal manera perdia el juicio, que teniendo una esquinencia no usava otro remedio, mas que un unguento que hacia de miel con saliva de su dama, imaginando que la virtud de ser suya le podia dar salud, untando con èl la garganta? De manera (dixo Leonardo) que Amor quita los sentidos, y el juicio à quien se emplea todo en sus cuidados. Y yo tenia para mì, y oì siempre decir, que no podia el necio ser buen enamorado, lo que agora

de Dionisio Siracusano

Exẽplo de Themistocles.

Exẽplo de Lucio Vitelio Emperador.

ra

ra veo que contradice vuestra opinion, pues los que aman no tienen entendimiento. Solo el discreto (respondiò Feliciano) sabe ser Amante, y por esso pierde el juicio en las manos de Amor, que el necio mal pudiera perder en ellas lo que no tiene. Y respondiendo mas en forma à vuestra duda; el Amante por serlo no queda necio, mas parecelo en muchas acciones de los sentidos, y entendimiento, porque transportado en la imaginacion de lo que ama, se descuida de todo lo que no es su passion. Estrañamente (acudiò Solino) me contenta oir essa razon, para disculpar conmigo los malos sucessos de enamorados à quien no sabia tan buena disculpa, que assaz grande es para olvidar cosas menores quien està fuera de sí, porque dexados essos exemplos de Amantes, cuya grandeza de estado hace mayor, y mas notable el desatino con que en las manos de Amor renunciaron el entendimiento; de otros de menos estofa, y mas modernos sè yo descuidos que podian entrar en historia en esta ocasion, y por me aprovechar della.

Yo

Yo conocì un Cortesano mui empe-peñado en finezas de amor, que passea-va en un terrero donde tenia su dama en un quartago, que ya lo tenia por hado estar en èl todos los dias como en ataho-na; acertò en aquel à ser mas favoreci-do de la señora, que de quando en quan-do le aparecia, cebando con su vista los desseos del enamorado mancebo, que por seguir la casa se olvidò del tiempo, y de las horas de comer, entrandose la calurosa siesta que hacia en aquel tiem-po; el cavallo que no devia de estar tan aficionado à aquella estancia como à su pesebre, paravase muchas veces en el passeo, sin aver acuerdo, ni espuela que lo despertasse, hasta que una vez estan-do el Amante parado, puesto la mira en el blanco de la ventana, acertò à passar un macho que llevava unas varcinas de paja, à la qual el rocin arremetiò con tanta furia, que asiendose las copas del freno en los lazos de la varcina llevò à el quartago, y enamorado por todo el te-rrero, adonde se resintiò del rapto sin poderse valer contra las coces del ma-cho, y risa de los muchachos: pero no

Histo-rias, y exẽplos risueños de los de satientos de Amor.

es

es mucho recebir dellos afrentas, quien de uno tan mal acostumbrado, y burlador fia su libertad.

Otro que en las guerras de Amor aun no era armado Cavallero, passeava à pie à vista de su desvelo, ya con los ojos en la ventana, ya cuidadoso en la postura, y gala de su buen trage; la dama que aun no tenia aquella aficion descubierta, ni publica, porque no notassen los que passavan, los meneos, y donaires que el Amante hacia, le hizo señas de que se passava à una ventana mas pequeña que caìa sobre una esquina de las mismas casas: el galan atendiendo mas à la mudanza del puesto con los ojos en lo alto, que à los passos que dava, diò con la cabeza un grande encuentro en la esquina, con que perdiò la vista, y atollò en un monton de mezcla fresca que estava apilada junto à la pared, quedando hasta las rodillas mas enjalbegado, que cantarera de Alhama. A todos parecieron los cuentos de Solino mui graciosos, y dixo Leonardo: Siempre es Amor culpado en essos sucessos, y no tengo por grande tacha to-

do

do lo que sucede à su cuenta, que por esso lo pintan ciego, y son conocidos por tales los que lo sirven; pero à mi me parecia, que quando el Amante pierde el tiento, y el sentido de todo lo demàs, devia quedar discreto y avisado para sola su dama, que es el objeto en que todo se emplea; que para hablarla le sobràran razones galanas, respuestas agudas, terminos de sutileza y cortesìa, y yo por la experiencia hallo lo contrario; que de los novios y de los Amantes se cuentan las primeras necedades. No sè (dixo Solino) si dirà agora Pindaro, que tomaron esso los enamorados de los Poetas, como los encarecimientos. Los Poetas (respondiò èl) no estàn en opinion de necios, y el que mas los quiere deslustrar, y hacer mal, los llama locos, lo qual podria ser que el arrebatarse y alexarse de sí los Amantes con el aficion, como los Poetas con el furor divino que los excita, aprendieron dellos; por lo qual vuestra buelta no hizo buena chaza, mayormente que essos primeros yerros son de otra generacion, y ningun parentesco tienen con la necedad, antes es

Las primeras necedades de los novios, y de los Amantes.

es un modo de atajarse, y suspender un hombre su entendimiento con mucha razon: porque no puede decir cosa que parezca bien à los otros la primera vez que habla con aquella à quien ama, que es passo donde los mas discretos lo pierden. Pareceme que està en lo cierto mi compañero (dixo Feliciano), que yo sé de hombres que entre otros podian hablar sin miedo, tenerlo mui grande à estos primeros encuentros; que cierto me parece mas respeto que se deve à la hermosura, que falta, ni culpa que se puede atribuir à el entendimiento: pues lo verdadero es lo que Amor apura, y engrandece. Y por esta razon los Atenienses le levantaron una estatua en la Academia de Palas como à Sabio, y le dedicaron una Escuela los Samios, significando que en sola la de Amor se alcanza con perfeccion todo lo que por las del mundo variamente se aprende, y con mucho discurso de años se alcanza: el aviso en el hablar, la discrecion en el escrevir, la blandura en el conversar, la policìa en vestir, la gracia en el parecer, la cortesía en el tratar, la liberali-

Los Antiguos honraron à el Amor como à Sabio.

Las cosas q̃ se aprenden en las Escuelas de Amor.

lidad en el despender, el esfuerzo en el pelear, la largueza en el jugar, la humildad en el servir, y la puntualidad en el merecer. Del pensamiento y juicio de los Amantes salieron à el mundo las empressas discretas, las quimeras escuras, las ideas levantadas, los motes avisados, los versos excelentes, los enredos sutiles, las cartas galanas, las fabulas bien fingidas, los primores, los estremos, y las finezas, todo es dotrina sacada de las Escuelas de Amor; y pues en ellas se alcanza todo, no es mucho que se hàlle un termino de hablar encarecido y levantado sobre todas las cosas vulgares que tratamos, puesto que el juicio deste acierto no se deve hacer por hombres libres desta passion amorosa (si puede aver alguno à quien no cupiesse en suerte padecella) y bastava sin otros exemplos aver hecho eleccion della el señor Don Iulio, que en todas las partes de Corte, y gentileza puede servir de espejo à los mas apurados. Vos me obligais por tantas vias (respondiò el Hidalgo) que quedo desconfiado de poder pagar ni aun con encarecimiento lo que mereceis,

ni

ni con restitucion los loores injustos que me daìs, que solo son devidos à vuestro entendimiento; y pues la vitoria desta batalla quedò por èl en mi favor, quierome aprovechar della, y del cuidado que me diò el dia con recogerme à casa, y hacer mas largo el reposo de la noche. Essa resolucion (dixo Leonardo) es en daño de todos, y mucho mas de sentir, porque à pura fuerza nos obligais à que consintamos en ella: mas como en lugar de pressa tragistes de la casa empressa tan dificultosa, guardais horas para pensar en ella à nuestra costa. Antes (respondiò èl) para reformar en el sueño las que me desvelè en la madrugada. A esto se levantò, y los demàs dandose buenas noches lo ivan siguiendo; y dixo Solino: el señor Don Iulio và à soñar en aquel tesoro encantado, que le apareciò en la fuente, y para este cuidado no quiere compañia: que si la comunicacion de los bienes de Amor hace mucho mayor la gloria dellos en los contentos; à los que solo lo estàn de su pensamiento, ninguna cosa es mas agradable que una memoria solitaria.

DIA-

DIALOGO VI.

DE LA DIFERENCIA DEL AMOR y de la Codicia.

CAda uno de los Amigos otro dia hizo curiosa diligencia por saber algunas nuevas de la Peregrina, que Don Iulio tanto avia encarecido la noche antes; y no hallando della ninguna noticia, tuvieron la historia por fingida: juntàronse à las horas acostumbradas à la puerta de Leonardo à tiempo que tambien el Hidalgo llegava, y que el viejo los venia à esperar à el pretil de la escalera con un huesped que le vino, que era un Clerigo ya de edad, de persona, y abito autorizado, que de los demàs fue luego conocido, por ser Prior de una Iglesia, que estava cerca de alli. Sentàronse agasajandolo entre si con la devida urbanidad: y despues de preguntarle por su salud; como estavan con desseo de sacar à terrero à Don Iulio, hicieron señal à Solino que comenzasse; pero Leonardo no le diò lugar à la buena voluntad que èl tenia, y adelantòse con la pregunta, diciendo: Bien pensava yo señor Don Iulio, que aquella hermosa Peregrina era encantada, y que fue traza de vuestro entendimiento hacer à todos Cavalleros de essa aventura, pero à mì solo la encomendasteis, que por la edad pudiera ya estar jubilado de tal empressa: yo la tomè por obedeceros, y anduve con harto cuidado en su seguimiento, sin aver atinado hasta agora con el camino que vos la perdistes. Mia fue sola la desgracia (respondiò èl) pues perdì con vos, y los demàs el credito de lo que dixe, y con mi desseo la gloria de lo que pudiera tornar à ver en su hermosura. Essa levantasteis vos tanto sobre las Estrellas (replicò Solino) que se deviò de aposentar con ellas en el Cielo, y despreciar la posada desta Aldea. Parèceme (acudiò el Prior) segun lo que os oigo, que nos podiamos mostrar el juego, porque la ocasion que me traxo à este lugar, y lleva à Lisboa, es una estraña Peregrigrina que à noche apareciò en nuestra Aldea, de cuyos sucessos, y hermosura se podian contar grandes estremos, que ya puede ser que sea de la que hablais. Con esta nueva se mostraron todos los amigos mui alborozados, y Don Iulio contento; y Leonardo respondiò à el Prior: No imaginè que tenia tanto bien junto en teneros en esta casa: afirmoos, que si ella no fuera vuestra, que no podiades pagar mas bien la posada, que con tan buenas nuevas; por lo qual os pido que no las dilateis, contandonos mui particularmente de essa Peregrina, que tiene tan obligados los desseos de los que aqui estamos, como agora, colgados de los ojos, y oidos de lo que nos aveis de decir. Ayer tarde (prosiguiò el Prior) à el tiempo que ya el Sol se iva encubriendo con las alas de la noche, estando yo con la obligacion del rezado à vista de la Iglesia, lleguè à hacer oracion à la puerta della, en la qual llegò à hablar conmigo una muger en abito de Romera, que si mi vida tuviera meritos de que Dios embiasse algun Angel à hablar conmigo, pudiera imaginar que ella lo era, porque su belleza passava los limites de encarecimiento humano; y con una voz que correspondia bien à la honestidad de su rostro, y humildad de su trage, me hablò (aunque en lengua estrangera) de modo, que se dexava entender mui sin trabajo: preguntòme si hallaria posada en algun Hospital, ò casa de Caridad de aquella tierra en que passase la noche, y por la mañana guia de confianza, para poder llegar à la Ciudad, ofreciendo que ella pagaria bien à quien la encaminasse. Yo, que en el merecimiento de su vista hallè que era poco todo lo que le podia ofrecer, quedè elado, pero con todo le dixe: Señora, esta tierra es mui pequeña; y para lo que vos representais, otra mayor me parece limitada. Yo, supuesto que Sacerdote, y desta edad, tengo en mi casa una hermana viuda, y sobrinas, que os sabràn servir mejor que las naturales de el Aldea; hacedme merced de acetar la posada qual ella es, y à cuenta de lo que faltàre à lo que vos mereceis, la voluntad que es mui grande. Ella me diò las gracias del ofrecimiento,

con

con pocas palabras mostrando que lo acetava; vine con ella à mi casa, à donde fue agasajada, y servida con grande gusto, por el que las mozas tenian por se estar remirando en las gracias de su belleza. Despues de la cena, en que la Peregrina hizo poco daño, le pedimos nos contasse la causa de su peregrinacion, y còmo sin compañia avia venido à parar à nuestro lugar: y ella mudando la color, con un suspiro entre algunas lagrimas, y con tan discretas razones quales no sabrè yo agora referir, con la perfecion propria (puesto que algunas palabras eran de lenguage ageno) contò lo siguiente.

EN la Isla de Irlanda en la Ciudad de Dublin, principal de sus Estados, en el mayor alboroto, y disension de los Principes della, que con la diferencia, y variedad de las Setas de Inglaterra, à cuyo Rei obedecen, venian en total ruina, y destruïcion de aquella Provincia, nacì de generosos Padres tan regalada de los halagos, y engaños de la Fortuna en mi principio, quanto despues

pues la sentì esquiva, è inhumana en mis desgracias: no tuvieron mis Padres otro fruto en que empleassen el Amor paternal, y la grande copia de riquezas que posseïan (que hacïan notable exceso à la calidad de su sangre) mas que à mì, que con esta buena suerte era embidiada de todas las de mi edad, y pretendida de los mas ilustres mancebos de toda Irlanda. En lo mejor de mis tiernos años (que à estos acostumbra morder siempre por varios modos la embidia venenosa de la dura Parca) de una arrebatada enfermedad perdiò mi Madre la vida; y yo como en la mia aun no avia probado otros males, senti este primero con grande pena: mas como la suerte me tenia para ensayo de nuevas desgracias, despues de tenerme asaeteado el sufrimiento, en pocos meses despues perdì mi Padre, y señor, à quien mucho amava, y quedè metida entre parientes codiciosos de mi herencia, y Amantes fingidos, que obligados de las riquezas della me procuravan por Esposa. Tenia yo à todos los que me ofrecian poca voluntad, y grande obligacion de

to-

tomar estado conveniente à los respetos de mi nobleza. Y como los favores en que me criè me enseñaron à ser altiva, que este es uno de los grandes daños que causa la prosperidad; puse el pensamiento, en quien con desprecio, è ingratitud castigò mi arrogancia. Avia en aquella misma Ciudad un Principe, mui llegado por descendencia à la sangre Real de Bretaña, lleno de muchas gracias de naturaleza, que aunque me era mui desigual por su nacimiento, tenia tan pocos bienes de fortuna, que hacia yo en mi dote confianza para pretenderlo. Alcanzò èl desto algunas señales que tuvo en poco, no advirtiendo, que la voluntad de una dama siempre pone en deuda à un espiritu generoso, que conoce el precio de ellas. Sucediò pues, que teniendo yo ya de mi pretension pocas esperanzas, lo eligieron los de la Isla de Lister, Ragrin, y las demàs de la parte Oriental de Irlanda por General de una Armada de Cossarios, à fin de hacer una presa mui importante en el mar Oceano; y como à las veces el castigo de los malos intentos es la misma fortuna (aunque otras

tras como ciega los favorece) se perdiò esta Armada con una tormenta, en la qual la mayor parte de la gente pereciò, y la que quedò del miserable naufragio se salvò en una Baïa, donde fue cautivo de un Turco Cossario, que lo llevò à Argel; y allì por el poco secreto de los suyos, quedò su General conocido por quien era. Y como la sangre de donde decendia, junto con el cargo que llevava, lo hacian de mayor precio para los que lo cautivaron, quedò impossibilitado su rescate, y èl sin remedio en aquella prision algunos años; hasta que la necessidad, y aprieto della me aconsejaron, que de nuevo emprendiesse aquello de que con sus desprecios estava desconfiada, embiandole à ofrecer liberalmente mi dote para rescate de su libertad: y èl con el desseo della, y obligado desta memoria, teniendo por menores prisiones las que de nuevo le ponia, que las que èl traìa, acetò la oferta, y embiòme en satisfacion un escrito en que me jurava por su esposa. Puse yo sin mas cautela en execucion mi intento, perdiendo la aficion à las muchas riquezas que tenia, por la honra, y gus-

Liberal Oferta.

gusto que esperava de aquellas bodas. Tornò libre à su patria, y mudò de improviso la intencion que avia fingido para alcanzar el remedio à costa de mi engaño: estrañòle el mundo esta crueldad; y mis deudos viendome sin dote y sin marido, y el que lo avia de ser tan ingrato, y en la opinion de todos tan culpado, me llevaron à demandar por justicia en los Tribunales supremos, à donde despues de convencido, fue juzgado por mi deudor, y esposo. Mas como mi voluntad no era que èl lo fuesse contra la suya, esperè el tiempo mas conveniente para declararla. Obligado en fin de la justicia, y despues della rendido à los consejos de los principales deudos que lo tratavan; el dìa en que se avia de desposar conmigo, cumpliendo por sentencia dada, antes de le dar la mano, metì en la suya un papel en lugar de la mia, que era finiquito, y carta de pago de todo lo que por èl avia dado, y juntamente de lo que èl con tanta ingratitud rebusava, escogiendo para castigo de mi altivez la humildad de la Religion mas aspera; causò esto en toda la Isla gran-

de

de espanto. Y yo con lo que de mi dote quedava, aborreciendo la Patrìa como à madrasta, determinè luego buscar en Reino ageno segura morada. Y porque la fama de la Religion Portuguesa, y de la famosa Ciudad de Lisboa (à donde muchas Religiosas de ilustre sangre de Bretaña viven santamente en clausura) me traìa mas aficionado el desseo; embiè por algunos Mercaderes de confianza el mayor caudal que posseìa, à quien hasta mi llegada lo guardasse. Y luego que tuve certeza de que este dote mas necessario estava seguro, huyendo las afrentas, y odios de mis naturales, me embarquè con lo demàs que me quedava, y con prospero viento tomè puerto en Galicia, visitè la Casa, y Sepulcro del Glorioso Apostol Santiago; donde caminando por tierra libre ya de las enredos de mi ventura, no pude escapar de la codicia de los criados que me acompañavan, que olvidados de la fè que me devian, y poco aficionados à la Catholica, que professava à su vista con tanta firmeza, me robaron las joyas, y dinero que traìa, dexandome en estos montes desamparada.

da. Sentì mas esta ultima desgracia, por ser la que me hallò con la paciencia casi rendida à los trabajos del viage, que vencieron la costumbre, y flaqueza femenina; y tambien por me hallar sola en la confusion destos caminos: pero si por los que parecen tan errados me quiere Dios guiar à el mas seguro; yo pongo en sus manos el sufrimiento, y por el (Señor) os pido como à ministro suyo, que en todo lo pareceis, que aunque os dè cuidado, me embieis desde aqui en compañia de confianza hasta donde de aquellas bienaventuradas Rèligiosas sea conocida, que à su vista podrè luego satisfacer su diligencia. A vos os pagarà el Cielo este trabajo, y à estas Señoras el amor con que favorecen mi desamparo; que el mayor consuelo que deven tener los perseguidos de la suerte, es saber que à qualquier tiempo que se acogieren à Dios, hallaràn en èl blandura; que toma à su mano pagar largamente las buenas obras que en el discurso de sus trabajos recibieron.

Esta historia contò la Peregrina con los ojos llenos de agua, con que bañava va de quando en quando las rosas de sus mexillas, y à ninguno de los que alli estavan faltaron lagrimas. Yo le dixe: Señora, si el estado que buscais con tanto desseo no fuera mejor que el que os robò la ventura, mucho era de sentir la que os ofende; pero como el camino de los que Dios escoge es tan diferente del que siguen aquellos que le huyen, no podeis en este tener mayor seguro, que saber que os acompaña en los trabajos presentes, y que os ha de dar el galardon, y premio de todos; y para que yo tenga en ellos alguna parte de merecimiento, me ofrezco à el remedio de los que quedan, hasta que tomeis lugar en essa clausura. Lisboa es lugar grande, y la mucha confusion de gente la hace una Babilonia; y vos es razon que con la decencia, y comodidad que vuestra persona, y calidad requiere, os deis à conocer: por lo qual si quisieredes descansar con mi hermana, y sobrinas, ya criadas vuestras en esta Aldea, yo irè à la Ciudad, y procurarè serviros con todo cuidado. Esto me agradeciò la estrangera con mui buenas

pa-

palabras, mostrando tambien en las colores del rostro señales de obligacion: y hoi antes de mi partida me hizo una memoria de lo que por su parte avia de preguntar. En el camino me atajò la jornada una ocasion forzosa, que me hace passar la noche tan cerca de casa como veis; mas con el mayor interès que podia esperar, pues demàs de las mercedes del Señor Leonardo, gòzo la conversacion de tantos amigos, y señores, que es el fin à que se podian dirigir otras jornadas mayores. Ya agora (dixo Don Iulio) no seràn tan culpados mis estremos, pues con los que dice el Señor Prior de la Peregrina, quedan acreditados, y passan sus obras tanto adelante de mis palabras, que dexa su Iglesia, y familia por servirla, en lo que yo aun no me supe ofrecer. Y contò à el Prior como encontràra andando à caza à la mesma estrangera, y lo que en aquella conversacion avia passado, sobre los loores con que quisiera pintar su hermosura. Ningunos le podeis dar (prosiguiò èl) que no quedassen los mayores ençarecimientos, deviendo mucho

à

à la verdad: y el mayor espanto que yo hallè en los de su gentileza fue, que siendo ella tal, huviesse un hombre bien nacido, que sobre obligaciones tan forzosas la despreciasse. Esso (replicò Don Iulio) no tengo yo por espanto, que de esse modo se acostumbra à vengar la suerte de la naturaleza, quando en la perfecion de sus obras no la puede igualar: mas representaseme à mì, que serìa hombre noble, mas sin entendimiento (como ai muchos) pues huyò de tantos, y tan poderosos atributos, como eran, hermosura, riqueza, magnificencia, corresia, y humanidad, todos empleados en su favor. Y à mì (acudiò Solino) me parece ingrato, mas discreto, huyendo el yugo de una muger que le venia dos veces à ser señora; una por los poderes naturales de su belleza; y otra, por la deuda, y precio de su rescate. Mi voto es (dixo Pindaro) mui diferente; antes jùzgo, que lo que acetò por necessitado desechò por codicioso, viendo que se avia despendido con su libertad el dote que dorava las perfeciones de su esposa, que nunca lo de-

La suerte encontrada cō la naturaleza.

Muger dos veces Señora.

xà-

xàra de ser, si fuera tan rica como en el principio en que lo libertò, porque la Codicia, y Amor son grandes competidores. No me descontentan las opiniones (dixo Leonardo) mas ya que os entrasteis entre essos dos enemigos del sossiego humano, sea la question, y la materia de la conversacion de esta noche à cuenta dellos; y pregùnto à el Doctor; Qual de los dos es mas poderoso, y obliga à los hombres à mayores estremos?

Codicia, y Amor competidores.

Qual es mas poderoso de ambos.

Si huviessemos de dar credito (respondiò el Doctor) à la experiencia, y tomar los sucessos del mundo por argumento, con pocas porfias se manifestaria la verdad de vuestra pregunta; mas tratando primero de las razones, veamos en què se parecen, y los poderes en que los antiguos igualaron à el Amor, y à la Codicia, que de ambos dexaron hieroglificos, y figuras. Pintaron pues à el Amor niño, hermoso, con los ojos cubiertos con una vanda, desnudo, con alas en los hombros, y armado de arco, y saetas. Niño, por facil, y halagueño; hermoso, porque la belleza es ob-

Pintura de Amor y su declaraciõ.

objeto de los Amantes; desnudo, porque no se puede encubrir; ciego, porque no vè, ni conoce la razon; con alas en los hombros, por ligero, y mudable; armado, por fuerte, poderoso, y cruel. A la Codicia pintaron muger desnuda, con los ojos cerrados, y alas en los hombros. Desnuda, por la facilidad con que por sus efectos se descubre; ciega, porque no vè ningun respecto humano en razon de lo que dessea; con alas, por la velocidad con que sigue aquel objeto, que debaxo de la especie de provecho se le representa. Assi, que solo en las armas, y en el sexo femenino hallamos en la pintura diferencia; pero si consideramos los efectos de la codicia, ò fue, que en la pintura de muger las quisieron cifrar todas, ò que les faltò lugar para tantas armas; porque si Amor es fuerte, y poderoso, y lo vence todo (como dixo el Poeta) èl mismo confiessa, que à todos los estremos fuerza, y obliga la sed del oro à los humanos. Si Amor, como poderoso, lo fingieron Dios cruel (como dice el Poeta Seneca) no solo la Codicia Dios del A-

Pintura de la Codicia, y su declaracion.

va-

variento, y codicioso, es mas el mesmo oro que dessea (como dellos dice un Doctor Santo.) Si le llamò cruel por los daños que en el mundo hicieron sus poderes; mas Reinos assolados, Ciudades destruidas, y daños inmortales se hicieron en el mundo por codicia, que por Amor. Y antes de llegar à los exemplos con que se puede provar esta verdad, veamos en su nacimiento què cosa sea Amor humano, y lo que es Codicia. A èl llamaron muchos Autores, furor, y este difiniò maravillosamente un Doctor Griego, que dixo, que Amor era un desseo irracional, que facilmente se emplea, y con grande dificultad se pierde; y de la Codicia escribe otro mas moderno, que es un apetito fuera de medida cierta, que la razon dà à entender, que no tiene modo, ni fin; y cierto que cada uno dellos podia trocar con el otro su difinicion sin quedar engañado: porque lo mesmo es, excesso de un desseo irracional, que apetito fuera de los limites de la razon; y lo mismo es ser facil en emplearse, y dexarse con dificultad, que no tener modo,

Difiniciones de el Amor, y de la Codicia.

ni fin. Mas aunque en la pintura, y nacimiento los pudieramos igualar, los efectos de la codicia son con mas fuerza, y vehemencia que los del Amor; porque si hace ciego à el Amante para perder la lumbre de la razon, toda via no lo hace vil, antes lo engrandece; y el codicioso es ciego para no ver razon ni honra, y para abatirse à todas las vilezas, è infamias, que se sugeta el interès; si lo pintan desnudo, para no poderse encubrir: con mas vergonzosas muestras se pinta la codicia lo que en la misma pintura de muger està declarado. Si es ligero el Amor para emplearse, con todo, busca siempre la hermosura como objeto suyo, y obra, à quien honrò la misma Naturaleza; y la Codicia se emplea en las mas humildes è indignas cosas de la tierra, como dellas pueda sacar fruto el codicioso; que à Vespasiano olia bien el dinero que cobrava de los orines de Roma; y en lo que es atrevimientos y osadìas, mui atràs se quedan los Amantes de los codiciosos: romper las entrañas de la tierra, y llegar à vista del Infierno por sacar el oro; ba-

Exemplo de la Codicia de Vespasiano.

baxar à lo hondo del mar por buscar perlas; descubrir nuevas Regiones, sufrir climas estraños, y barbaras gentes, con fin de grangerìa, y acrecentar el caudal, obras fueron de Codicia, y no de Amor; como tambien lo fue la navegacion que en la empressa del Vellocino de oro se comenzò; y si Amor es cruel, mucho menos lo parece en las obras que la codicia, pues el Amante ofende con suavidad amorosa, y à los estraños con animo compassivo, tanto mas noble, quanto èl lo es mas que la codicia, que mata en el mundo mas hombres en un solo dia, que Amor en muchos años: assi, que à mi parecer en competencia, ella tiene mas poderes, y en la semejanza se parece tanto con el Amor, que es el mismo, con tal diferencia, que èl ama à la hermosura humana, y la codicia la riqueza.

No consiento (dixo el Prior) que vuestro entendimiento haga tan grande agravio à el Amor, como es igualar con èl la Codicia; porque quanto en los poderes tengan grande semejanza, en la nobleza y nacimiento tienen mucha mayor desigualdad; que supuesto que el Amor, considerado como apetito carnal, sea excesso de un desseo fuera de razon; significado como aficion humana, es una fuerza, que une, ò dessea unir dos vidas en una, la del Amante, y de la cosa amada: y es este Amor tan natural à todos, que es defecto y torpeza no saber amar, como dice S. Chrisostomo. Y por el contrario, Aristoteles llama à la Codicia desseo fuera de Naturaleza. El Amor nace tan noblemente, que tiene por objeto à la belleza humana, y à los dotes naturales mas excelentes, como son gracia, juicio, sèr, parecer, y perfecion. Y assi dice San Agustin, que amamos cosas buenas, pero con amor mal intencionado: y la Codicia, como es vicio del entendimiento, y apetito preternatural, siempre es mal nacida, inclinada à cosas baxas. Assi, que sean los poderes, y las pinturas quan parecidas quisieredes, son las naturalezas de ambos mui diferentes. Pareceme señor Doctor (dixo Feliciano) que aquella razon ha de hallar muchos votos contra el vuestro; mas yo por llegarme à lo

Amor cõsiderado como apetito.

Codicia deseo preternatural.

Codicia vicio del entendimiento.

lo mejor parado, ni quiero ir contra èl, ni me he de encontrar con el del señor Prior; antes ayudado de la doctrina de ambos, acrecentarè mi pobre caudal, entrandome entre tan buenas partes por la de Amor: y digo, que aunque èl, y la Codicia sean semejantes en el poder, en lo que es amar son en todo desiguales, porque no se ama la cosa por lo que es. Y si por amor de sì propria no se ama, menos se puede amar lo que no se conoce; y assi, serìa yerro llamar Amor à el del codicioso, que se emplea en cosas que por sì no merecen Amor, y en otras de que no tiene ningun conocimiento. Amar à una persona que obliga, y sugeta nuestra voluntad, es tenerle amor por lo que ella es, y por esso la desseamos unir con nosotros por natural apetito; mas emplear la aficion en el dinero, en el oro, que no lo amamos por lo que es, sino por lo que con ello se alcanza, no puede ser amor. Y menos lo serà amar lo que no conocemos, como hace el codicioso à muchas cosas que no viò, por el interès que dellas espera; y no tratando aun de què

Amor,

Amor, no se considera solo en lo que ama, sino tambien en la cosa amada, y que falta correspondencia siendo ella insensible. El Amor todo se emplea en el interès de los sentidos, y este falta en todos ellos à el codicioso; porque si su temerosa color lo captivàra, ni aun dessa lo dexa usar su captiverio: de donde vino à decir el Poeta Horacio, que el oro para los Avaros no tenia color, porque lo enterravan segunda vez, pues por essa, y por su nacimiento le pueden llamar desenterrado: ni con la voz deleita los oidos, ni con la suavidad del olor recrea, ni con el tacto agrada, ni con el gusto satisface. Digalo Midas, que lo pidiò à los Dioses por dòn; y como le quedò por mantenimiento, pereciò en la abundancia de lo que tanto avia desseado. Diga Pithio (el qual diò à el Rei Dario el platano, y vid de oro) el gusto que hallò en la cena que su muger le ordenò? el qual con su demasiada codicia no dava lugar à que sus ciudadanos se empleassen en otro trabajo, mas que en beneficiar las minas de oro, en cuya ruina muchos dellos perecian

Exemplo de Midas.

Exemplo de Pithio.

cian miserablemente; por lo qual viendo las Matronas de la Ciudad tanto daño, fueron juntas à pedir à la muger de Pithio, que compadeciendose de tan grande mal rogasse por ellas à su marido, pidiendole que hiciesse à los suyos mejor tratamiento: y ella, à quien no faltava entendimiento, ni piedad, conociendo que era en vano querer vencer con ruego su codicia, ordenò à Pithio una cena esplendida en un dia de fiesta, en la qual todas las viandas que le diò eran formadas de oro. Alegròse mucho con ellas à la primera vista, y con la magnificencia del aparato con que las servian; pero quando por el discurso del banquete no viò ninguna de què pudiesse comer, preguntò por las viandas verdaderas, confessando de aquellas que eran fingidas: Còmo (respondiò entonces la sabia Matrona) quieres que te traiga otra comida, si solo en el cuidado de la que tienes delante ocupas todos tus vasallos? Pues no se labran los campos, ni se cultivan los arboles, ni se pescan los rios, ni se cazan las aves, ni se crian los animales por el continuo exer-

Ardid excelente contra la codicia.

exercicio de sacar oro, contentate tambien con el fruto dèl por mantenimiento; y con este ardid enmendò en alguna parte su demasìa. Bien parece que entendia esta verdad Halaino Emperador de Tartaria, que venciendo en Baldaco à el Califa, Maestro de la Seta Mahometana, que era el mas poderoso Rei que entonçes avia en el mundo, viendo que por no ayudarse de sus riquezas, y no gastarlas en sueldo, no avia tenido resistencia contra el exercito de los Tartaros; despues de captivo lo mandò meter en una sala, entre el oro, y joyas preciosas que antes tenia, sin consentir que se le diesse otro mantenimiento, diciendo, que de aquel comiesse à su voluntad; y assi entre la grande abundancia de sus riquezas el miserable Califa muriò de hambre. Pues si el oro por sì no puede satisfacer à el gusto, ni deleitar los sentidos, sino con el engaño de lo que con èl se alcanza, còmo puede ser capaz de amor?

Vos (dixo Pindaro) temistes à el Doctor, mas no le seguistes; pero yo ayudado de vuestro recelo, y de su autotoridad, me he de valer de la primera opinion que propuso, y es, que el Amante, y Codicioso no se diferencian en mas en el amor, que en el empleo dèl: y para esto me fundo en una opinion moderna, que tiene por sì muchas autoridades antiguas, y es, que ninguna persona ama mas à otro que à sì mismo, ni puede tener amor à otro, sin primero amarse à sì: y del amor que se tiene nace el dessear, y amar las cosas à que se aficiona, è inclina mas su naturaleza: amo esto porque me parece bien; ò quiero unir à mì por lo que me quiero, y desseo todo lo que me agrada, y satisface por mi respeto: y por esso llamaron à el amigo, un alma en dos cuerpos; y como dice el proverbio, mi amigo es otro yo, quiero para èl todo lo que para mì quiero, y àmolo con mi alma unida con la suya. Aristoteles dice, que el amigo se ha de igualar en el amor con el que cada uno tiene à sì: luego tanto quiere, y dessea el Amante el objeto de la belleza en que se emplea, como el codicioso el oro que quiere para sì. Y quanto à la objecion que el oro no se

Amigo, un alma en dos cuerpos.

ama

ama por lo que es, sino por lo que vale, y por lo que con èl se compra, y alcanza; vuestros mismos exemplos diràn por mi lo contrario, que el codicioso, y avaro antes perderà la vida que rescatalla con oro, à quien quiere mas que à ella; y antes perecerà de hambre, que satisfacerla con despender lo que tiene en mas estima que la hartura; que para èl es mayor daño gastar, que todos los otros. Como Lucilo cuenta de un avariento llamado Hermones, que soñando una noche que gastava cierta cantidad de dinero, fue tanta su passion, y dolor, que pensando que era verdad se ahogò. Y assi dice San Geronimo, que tanta necessidad tiene el codicioso de lo que possee, como de lo que le falta, pues le falta animo para usar della: y dice en otro lugar, que sola la avaricia, y codicia hizo en el mundo pobres, porque asaz lo es mas que todos el que todo lo dessea; y posseyendo, mendiga, y padece como si le faltàra. Luego cierto es, que el oro es, y el que ama el codicioso, y no à lo que con ello se compra, pues no lo quiere para comprar,

Efectos de la codicia, y avaricia.

si-

sino para posseer. Y respondiendo à la delectacion de los sentidos que el Amor humano ofrece , y en la codicia falta, osarè decir , que el oro aun enterrado, parece mejor al codicioso , que à el Amante la hermosura que apetece ; y que es mas suave à sus oidos el rumor , ò sonido del dinero , que la blandura de todos los requiebros , y galanterias enamoradas ; y què ningun gusto para èl es igual , como el que tiene de tocar, tratar , y rebolverse entre el mesmo dinero. Lo qual se puede ver con grande admiracion en aquel afamado codicioso Emperador Caligula , que despues que à muchos obligò que lo instituyesen por su heredero , à los quales despues de testar hizo matar con ponzoña (riendose de que huviesse hombre que quisiesse vivir mas , despues de aver testado) demàs de instituir en su casa publica mancebìa de todos los vicios , de que llevava grande tributo , se lanzava desnudo entre el dinero que destas infames obras procedia , y dando sobre èl mil bueltas , tenia en menos todos los demàs deleites que los hombres compravan

van à peso de oro. Cierto es pues, que el oro ama, el oro quiere, y con el oro se deleita el avaro, y codicioso; que si lo deseàra para emplearlo en lo que con èl se alcanza, perdiera el primero nombre, y pudiera merecer el de rico, prudente, y liberal, porque el oro, y las riquezas, como dice San Leon Papa, no son de suyo malas, ni buenas; mas el bueno, ò mal uso dellas engrandece, ò desacredita à quien las possee: y assi, no es rico el que mucho tiene, sino el que con lo que tiene se contenta; y no ai mayor pobreza, que por emplear el desseo en un baxo metal, que sin buen uso no aprovecha, dexar los hombres lo mucho que con su valor pueden adquirir.

Las riquezas no sõ buenas, ni malas, sino el uso dellas.

Todos (dixo Solino) daràn su pellizco à esta liebre; Leonardo que la levantò quedòse en el cubil, y yo me quedè detras de los galgos sin dar un grito, harè mucho si agora quisieredes mallar lo que han dicho bien todos: con todo, mi opinion es, que quanto aveis dicho en la grandeza, y poder de la codicia es errado, y que se avia de atri-

buir

buir à el oro, y no à ella: y tratando de la pintura, en que la rebolvistes, y quisistes semejar con el Amor, tengo por mui errada la declaracion della; y puesto que sea contradecir à tan grandes entendimientos, la he de explicar à mi modo, que me parezca que la pintaron los Antiguos, muger por su flaqueza, pues es tal, que se rinde à qualquier pequeño, y vil interès; desnuda como desvergonzada, por quan sin respeto ni moderacion se atreve à cometer qualquiera infamià; con alas, por la ligereza con que se abalanza à qualquier pressa, como ave de rapiña; ciega, por pedidora, mendiga, è importuna. Y si esto no es, vengo à presumir que la fingieron con el rostro de muger; y las plumas de ave como Harpìa, que en la etimologia propria de su nombre manifiesta el robo, y condicion del codicioso. Y assi como la Harpìa daña, y descompone todos los manjares à que llega, assi la codicia estraga, y corrompe todas las virtudes; por lo qual me parece que ningun parentesco tiene con el Amor, que en la nobleza es tan desigual,

Exposicion galana de la pintura de la Codicia.

gual, y por los loores de su excelencia tan conocido. A lo que se pudiera bolver nuestra porfia, y arguir mil historias estremadas, es à tratar de los poderes del oro, y del valor, è interès que ya en los tiempos antiguos, y en el presente de agora puede tanto, que obligò à decir à un Autor, que esta es la verdadera edad de oro, porque solo èl señorea los animos de los hombres; y viniera esto mas à proposito de vuestra Peregrina, que con èl y su hermosura no pudo vencer un corazon ingrato. A mì me parece (respondiò Leonardo) que vos teneis mui buena razon, si no la guardàrades para tan tarde; pero en la noche de mañana se harà justicia, que en esta, es razon que se dè à el huesped lugar conveniente para el reposo, pues ha de ir à la Ciudad, y bolver en el mesmo dia. Por no mandar en casa agena (dixo el Prior) no defiendo mi parte; mas prometo, si bolviere à horas que pueda pasar la noche tan bien como esta, de no la perder. Entonces se levantaron los demàs, y se despidieron; y el Prior gastò muchas palabras en ma-

Nuestra edad de oro.

ni-

nifestar à Leonardo la invidia que llevava de aquella compañia, à lo qual le respondiò con la que à todos hacia con la vista de la Peregrina que dexava en su casa; que aunque la buena conversacion es manjar del alma, la vista de una estraña hermosura que roba la de todos, tiene mucho mayor poder sobre el desseo.

DIALOGO VII.

DE LOS PODERES DEL ORO, y del interès.

EN el mismo tiempo en que los Amigos se juntaron para su acostumbrado exercicio, se apeava el Prior en el patio de Leonardo, que el desseo que le causava la noche del dia antes lo hizo tornar mas presto de la Ciudad, fue recebido con alegria; y despues de preguntarle del buen sucesso de su jornada, le dixo Solino: Agora veo que robò la ventura la empressa de aquella

lla Peregrina, à el señor Don Iulio; pues la diò, à quien la dexa de ver, por oirnos. Aì vereis (respondiò el Prior) quan poderoso es el oro, que hasta para oir hablar dèl, dèxo la propria casa, y en ella la vista de tan estremada hermosura. No sois vos (acudiò Leonardo) el primero que la dexasteis por oro, ni usais en esta ocasion como avariento; pues venìs con este titulo de codicia, à enriquecer à todos, y à esta casa. Vos (respondiò èl) me empeñais para me empobrecer con la merced, y cortesia que me haceis; de manera, que siempre mi yerro es dorado para contentar à los codiciosos, quando parezca à Solino culpa dexar la vista de mi huespeda, por el interès de vuestra conversacion. No es solo èl el que os acusa (dixo Don Iulio) antes yo de que la dexeis me quejo, aunque de que la acompañàsedes tenia celos. Solo essos faltavan (respondiò Solino) para que la conversacion quedasse de oro y azul; que si dello se batiera moneda, ninguno de nosotros se quejàra de pobre, porque la de los cumplimientos es la mas corriente de todas.

Por-

Porque el mayor mal que el Avariento hace al oro, es impedirle la corriente con la prision en que lo encierra, pudiendo con èl hacer hasta las prisiones agradables y hermosas; que para esso imagino que se inventaron las cadenas y ajorcas de oro; que dèl sirven para ornato, y de los otros metales para castigo. No me descontenta essa razon (dixo Leonardo) porque si al oro quando sale de la mina, antes de ponerlo en sus quilates, llaman los artifices oro bruto; quànto con mas razon merece este nombre, el que el avariento tiene escondido y encerrado? y à este proposito dirè una historia que leì esta mañana; y si fuere largo por lo que callè la noche pasada, se puede descontar lo que agora dixere.

Historia sobre los poderes del oro.

Huvo en Italia en uno de los mas conocidos lugares della, un honrado Padre de familias, nobilissimo por generacion, rico de bienes procedidos de la herencia, y nobleza antigua de sus pasados, dotado de muchas partes y gracias naturales, y tan liberal de lo que posseìa, que mas parecia despensero de las riquezas, que carcelero dellas. Tuvo este en su mocedad un hijo tan industrioso, y experto en los negocios de mercancìa, que juntò en pocos años grande copia de dinero, lo qual èl guardava con tan solicito cuidado, como acostumbran los que lo adquieren con codicia, y trabajos. Era notable espanto à los naturales, vèr en un viejo la largueza y liberalidad de un mancebo, y en un mozo la avaricia y tenacidad de viejo. El Padre, que lo veìa corresponder tan mal à sus inclinaciones, y que ya con la edad y continuacion de gastar largo estava menos rico, muchas veces le decia y aconsejava con blandura, que conservase con lo que avia ganado, la honra que tenia de sus passados, y no degenerasse de ellos, por seguir la vileza del interès: que usase de las riquezas como noble, y favoreciese à la vejez de quien lo avia criado, y honrase à los pequeños hermanos que tenia, y fuese provechoso à los amigos y parientes, benigno à los pobres, y no se captivase à el trabajo de atesorar riquezas sin fruto. Mas como hablar à un muerto, y acon-

aconsejar à un avariento es cuidado vano, ningun efecto hacian los paternos ruegos en su mala naturaleza. Sucediò que el Senado de aquella Republica, por la nobleza, y persona del mancebo, y por la industria y sagacidad que mostrava, lo eligieron en compañia de otros, para ir con una Embaxada à Roma al Sumo Pontifice. Despues de su partida, viendo el Padre la ocasion, que avia mucho que deseava, mandò secretamente hacer llaves falsas, con que entrò en la recamara del hijo, y abriò los cofres en que estava depositado aquel inutil tesoro; y con la brevedad que el desseo le pedia, se vistiò à sì, y à su muger è hijos costosamente, diò librea à sus criados, comprò ricos aparadores y vaxillas, hinchò la cavalleriza de hermosos cavallos, hizo limosnas à muchos pobres, acudiò en ocasiones à parientes y amigos necesitados, despendiò en fin aquella plata y oro, que el hijo con muchas vigilias avia juntado, de la manera que èl quando florecia en riquezas usava dellas. Gastado el dinero, llenò los sacos en que antes estava, de menudas piedras y arena; y puesto todo en la misma orden en que el hijo lo dexàra, los cofres, y la recamara como de antes; bolviò el hijo de su Embaxada, y sus pequeños hermanos lo salieron à recebir à la entrada de la Ciudad vestidos costosamente, y con el magnifico aparato de que entonces usavan. Viendose el hermano rodeado dellos, quedò confuso, y les preguntò de dònde huvieran tan ricos vestidos y tan hermosos cavallos? à lo qual ellos con una simplicidad inocente respondieron, que su Padre y señor vivia con diferente largueza de la que antes tenia, y que otros vestidos y cavallos de mayor precio les quedava. Entrando despues en la casa de su Padre, ni a ella, ni à èl conocia, por el diferente estado en que le avia dexado: y como en esta mudanza no se le quietava el corazon, fuese con mucha priesa à donde lo tenia puesto, entrò en su camara, abriò los cofres, y viendo que los talegos estavan llenos, y de la manera que èl los avia dexado, se quietò; porque no dava lugar à mas vagarosa

ex-

experiencia, la priesa con que los compañeros lo llamavan y esperava el Senado. Despues que diò fin à aquella obligacion, que à èl le pareciò no seria tan costosa; encerrandose de espacio en su aposento, abriò las arcas y los talegos, en que le pareciò que estava su bienaventuranza, y viendo el engaño de arena y cascajos que dentro tenian, comenzò à gritar con grandes lamentaciones y alaridos, y el primero que de todos acudiò fue el generoso padre viejo: preguntandole què tenia, de què se quejava, y quièn lo avia ofendido? Ai de mì (dixo èl) que me robaron las riquezas, que con tantos trabajos y en tan largo discurso de años tenia grangeadas. Còmo es posible que te ayan robado (respondiò èl) si yo veo essos cofres y talegos llenos, que parece que no han sacado nada de ellos, ni ellos pueden caber mas? Ai triste de mì (respondiò el hijo) que de lo que estàn llenos no es del oro y plata con que yo los dexè, que no tienen agora mas que piedras y arena sin provecho. A esto respondiò el generoso Padre sin hacer mudanza en el

ros-

Respuesta maravillosa para los Avaros.

rostro : Ah engañado hijo ! què te importavan à tì que estos talegos estuviesen llenos de oro fino , ò de arena gruesa , si tu avaricia no te dexava hacer en las obras diferencia della ? Cesaron los gritos , mas no el sentimiento del hijo con esta respuesta , que à mí me parece que se tenga en cuenta entre las mas cèlebres del mundo.

Yo la tengo por tal (dixo el Prior) y la historia maravillosa para nuestro intento : y anduvo mui bien el padre en cumplir en vida el testamento del hijo ; porque como dice Publio Mimo, ninguna cosa hace el avaro buena sino es morirse , porque dexa lo que tiene à quien pueda usar dello. Y el mismo (dixo Feliciano) escribiò , que para nadie el avariento es bueno , y para sì peor que para todos , pues ni despende , ni se aprovecha : y en este sentido me parece maravillosa la alegorìa de la ingeniosa fabula de Midas , que pidiendo à los Dioses (como codicioso) que todo lo que tocase se le convirtiese en oro, perecia de hambre en la grande abundancia de lo que pidiò ; y quando la neces-

El avariẽto quãdo se muere, hace cosa buena.

Fabula de Midas.

cessidad le hizo mudar la peticion forzado del mal que como bien procurava, le mandaron que se fuese à lavar en el Rio Pactolo; que hizo correr lo que èl queria estancar, poniendo en sus doradas arenas para comunicar à todos, lo que Midas para sì solo queria tener usurpado. Bien se representò en Midas (acrecentò Pindaro) un codicioso en el pedir, y no saber aprovecharse; que por esso dixo Seneca, que mas facilmente se atreveria à alcanzar de la fortuna que diese è hiciese bien, que no de un codicioso el dexar de pedir. Mas dexemoslos à ellos en su engaño, y hablemos del poderìo del oro, que es para lo que Solino nos convidò la noche pasada. Còmo es cierto (dixo èl) que para oro todos se convidan de buena voluntad, y vos por la que teneis à este metal, parece que estuvistes de punto sobre la materia. No la apuntè (respondiò Pindaro) por esse respeto, mas por contentarme la que escogistes; y es mi desgracia tal, que para los otros alzais por oros, y para mì por espadas. Yo me quiero meter entre ellas (dixo D. Iulio) y si ansì les parece à los demàs, diga Solino todos los males del oro, pues tiene buena mano para decir mal, y Pindaro todos los bienes; y sobre lo que ambos dixeren, quedarà lugar à los demàs de dar sus razones. Errasteis señor Don Iulio (dixo el Doctor) que para que Solino diga mal en el sentido que vos quereis, ha de decir bien del oro, y Pindaro los males. Doime por vencido (respondiò èl) y yo por obligado (dixo Pindaro) à obedecer. Todos festejan la eleccion; y ordenando que fuese el primero, comenzò desta manera.

Invectiva contra el oro. Si las causas se conocen por los efectos, y ellos dan fee de la excelencia ò vileza dellas; quàl lo fue de mayores males y daños en la redondez, y metiò à los hombres en mas peligrosos trabajos que el oro? à quien con mucha razon podian todas llamar pestilencia del mundo: y puesto que los notables exemplos de las destruiciones y ruinas que en èl ha hecho, pedian mas tiempo que el que agora tengo para tratar dèl; quiero comenzar primero por su nacimiento; para que muestren sus arriscados

El oro peste del mundo.

dos principios, los desastrados sucessos para que la malicia humana lo descubriò. Y no despreciando lo que dice Plinio tan doctamente, que no contentos los hombres con lo que la superficie de la tierra producia para su recreacion y mantenimiento, la hermosura de los arboles, la diversidad de los frutos, la belleza y olor de las flores, la verdura de las yervas, el esmalte de las violetas y alhelies, y abundancia de las legumbres; quisieron desentrañar del centro della los secretos que la benigna naturaleza nos escondia.

Nacimiẽto del oro

Nace el oro en las entrañas de los montes, en las arterias ocultas de los peñascos; y subiendo como arbol de la profunda raiz de donde comienza, va esparciendo los ramos con desigual medida, convirtiendo el Sol con su poder aquella materia dispuesta y propinqua, hasta que llega à ser oro, y se demuestra por dudosas señales en la faz de la tierra: que luego de aquel preñado se muestra triste, dandolo por indicios de la riqueza que encierra, yerva descolorida, delgada, sutil y sequerosa, arena

Señales de la tierra aurifera.

y

y barro liviano, seco y sin provecho; y hasta las aguas que por entre las venas descienden, salen crudas y con sabor pesado. Esperimentando estas señales la industria humana, entra haciendo guerra à el profundo, caminando por debaxo de los montes sustentados en colunas de la misma tierra, dexando la vista del Sol y de las estrellas, poniendo las vidas à riesgo de las ruinosas maquinas que mil veces los oprime; que tanto nuestra sed hizo cruel à la benigna tierra, que parece menor temeridad sacar del profundo del mar perlas y aljofar, que de su seno el enemigo oro; que aun entonces, no tiene su sèr mas de en las esperanzas: despues de sacado con tan costosas diligencias, nacido como parto de venenosa Vivora, rompiendo las maternas entrañas, con el fuego se aparta, apura, y perficiona, quedando menos apto para el servicio de los hombres en la cultivacion de los campos y arboles, y mas aparejado para su destruicion y ruina: porque ò se labra para ostentaciones y demasìas de la vanidad, ò se bate y acuña en mone-

Discrecion de las minas de oro.

Fundicion del oro.

neda, cuyo precio tiraniza los poderes y gracias de la naturaleza: quitò el oro el valor à todas ellas, è hizo en sì estanco de todos los comercios del mundo, en el qual antes que èl apareciese, se trocavan las cosas unas por otras; con una composicion y trato mas conforme, y obligado à la necessidad y conformidad de la vida, que à los robos de la codicia, maldades de la Avaricia, y superfluidades de la vanidad; y apoderòse tanto de todo lo que en la tierra avia, que llega à ser precio hasta de la libertad de los hombres, contra el derecho natural en que vivian. Fueron creciendo sus atrevimientos; y si antes de salir del centro de la tierra comenzò à matar hombres; salido della, se levantò contra el Cielo, haciendo guerra cara à cara à todas las virtudes: quitò luego la vara de las manos à la justicia, y echando en su balanza, previrtiò el fiel de su igualdad. Digalo Comodo Emperador, que todos los crimines de homicidios, è insultos desiguales, redimiò à precio de oro, vendiendo por èl publicamente, no solo la pena de los de-

La justicia rendida del oro.

Exemplo de Comodo.

delitos, mas los proprios lugares y oficios de Jueces. Cerrò los ojos à la misericordia, para no compadecerse de los afligidos; como se viò en el exercito de Tito Vespasiano, que teniendo cercada à Jerusalen, los moradores que oprimidos de la hambre se salian de la Ciudad, con licencia suya se tragavan primero una pequeña moneda de oro, para que en el pasage la pudiesen escusar de los enemigos; los quales sabiendo esta astucia, à dos mil que en dos dias salieron de la Ciudad, partieron por medio para sacarles del cuerpo la moneda, por no esperar que en el termino comun de la naturaleza, de aì à poco espacio la despidiesen: y assi, aquella pequeña cantidad de oro, qual si fuera finissima ponzoña, les quitò la vida. Derribò la coluna, y quebrò los brazos à la fortaleza, atados con las prisiones de su interès. Digalo Aquiles, que por èl vendiò à Priamo el cuerpo de Hector Troyano. Y Aulo Postumio, que à precio de oro dexò la empressa de la guerra de Iugurta, y la gloria de la victoria. Desterrò del mundo la Fidelidad, pues por èl vendia Ni-

Oro contra la misericordia.

Codicia de Vespasiano.

El oro cõtra la fortaleza.

Codicia de Ulises y de Aulo Postumio

Oro contra la fidelidad.

cias

cias à los Romanos, la vida del Rei Pirro su Señor. Demonica la Ciudad de Efeso, à Breso Capitan Francès, que de industria la ahogò con el peso de oro. Tarpea Romana la entrada del Capitolio à los Sabinos, à la qual defraudaron de su intento matandola con las armas que traìan en las manos, y no con el oro que ella pretendia. Depravò la piedad y veneracion que los Antiguos tenian à los muertos, no perdonando à sus sepulcros. Como el Rei Dario engañado con el letrero del de Semiramis, que decia, que si algun Rei su sucesor se viese en necesidad, abriese aquel sepulcro, y hallaria un gran tesoro: èl confiado creyò el letrero, y rebolviò la piedra, y hallò otro que decia: Si no fueras codicioso, no anduvieras desenterrando los muertos. Los Romanos desenterravan los muertos de Corinto para quitarles la moneda con que se enterravan. Para lo qual es notable aquel caso estraño, que cuenta Paulo Diacono de Rodoaldo Rei de Lombardia; el qual porque su padre se mandò enterrar con las insignias Reales de oro,

Codicia de Nicias, de Demonica, de Tarpea.

Oro contra la piedad.

Codicia de Dario

Codicia de los Romanos.

Codicia de Rodoaldo.

abriò

abriò una noche secretamente la sepultura; y despues de robar y despojar el cuerpo muerto de su padre, le apareciò San Juan Bautista, en cuya Iglesia estava aquel cuerpo enterrado, y reprehendiendole rigurosamente, le mandò en castigo del atrevimiento que cometiò, que jamàs entrasse en aquella Iglesia: y assi, queriendo alguna vez el Rei entrar en ella, el mismo Santo le echò fuera. El oro sustenta y favorece à todos los pecados capitales. A la Sobervia con sus pompas, aparatos, y vanidades. Las vaxillas de Midas, las grandezas de Creso, los esclavos de Claudio, el teatro de Neron, las casas de Clodio, y todos los demàs excessos de la vanagloria, procedieron del oro. La Avaricia, en èl, como en materia propria, se conserva y acrecienta. Por ella dexava Ochò riquissimo Rei de los Persas, de salir de casa, por no dar ciertas monedas de oro à las mugeres que lo salian à recebir, como era costumbre de aquel Reino segun Plutarco. Neron despojava por el oro à las matronas bien vestidas, y robava las tiendas de los

El oro favorece à todos los pecados.

A la sobervia. Exemplos.

La Avaricia en el oro. Exemplos.

los mercaderes. Y Angeloto, de quien escribe Pontano que era tan avariento, que se levantava de noche à hurtar la racion de sus proprios cavallos; y siendo hallado por el cavallerizo à escuras en el huerto, lo azotò pensando que era de los esclavos de la cavalleriza. La Sensualidad en el oro se cria, pues la fuerza dèl rompe la Pudicicia, como los Antiguos ingeniosamente significaron en la fabula de Danae, à quien Jupiter engañò, convertido en rocìo de oro. Dèl nacieron los estrupos de Comodo, los incestos de Caligula, las luxurias de Heliogabalo, los adulterios de Julio Cesar; pues solo la perla con que conquistò à Servilia madre de Bruto, le costò quince mil ducados. Por oro tiene la Ira hechos abominables estragos y homicidios en el mundo. Pigmaleon matò à su cuñado Sicheo, por robarle el tesoro que tenia. Polinestor quitò la vida à Polidoro, de quien era tutor, por robarle la herencia de las riquezas que esperava. Las demasìas y suciedades de la Gula, el deleite y demasìa de los manjares, con èl se compran: de las mesas de Cleo-

La Sensualidad en el oro. Exemplos.

El oro favorece à la Ira Exemplos.

A la Gula favorece el oro. Exemplos.

Cleopatra, de los jardines y banquetes de Luculo, de los manjares y combites de Heliogabalo, èl tiene la culpa. La venenosa Invidia, con èl, como en su objeto natural, se emplea todo. Herifile, invidiosa de las manillas de oro de Adrasto, entregò à la muerte à Anfiarao su marido: y Julio Cesar, invidioso de las riquezas de Portugal, se hizo salteador de las Ciudades della. La Pereza y descuìdo, sobre el oro descansa y se quieta: èl hizo perezosa y muda la lengua de Demosthenes, con el precio que le dieron porque no orase: y el simbolo y hieroglifico de la Pereza fue el Galapago, por el espacio y peso con que se mueve. Què cosa con mas dificultad y tardanza se da priesa, que un rico? y si la diligencia cayò en suerte à la pobreza; pues la necesidad fue inventora de las artes y sutilezas; el peso del oro entorpece los sentidos, empleados todos en aquella materia: y por conocer esta verdad Crates Thebano, echò a fondo su oro en el mar, para poder deprender la Filosofia estando libre dèl. Pitaco y Anarcaso no acetaron el que Creso les ofre-

La Invidia del oro nace. Exemplos.

El oro hace Perezosos. Exemplos.

ofrecia: Anacreonte bolviò à la cara à Policrates el oro que le dava: y Curio no quiso acetar de los Samnites el grande peso del que le traìan. Fue el oro finalmente la ruina de todos los bienes que merecian este nombre, y un veneno mortal para la vida humana: y si muchos la perdieron, yendo en sus alcances por el centro de la tierra, y otros abriendo las entrañas en que èl se cria, por remotos climas, entre irracionales Etiopes fenecieron; no estàn seguros del mismo daño, los que dentro en sus salas y encerrado en sus cofres lo posseen: y haciendo pausa en sus males (que quererlos contar todos fuera proceder en infinito) solo un bien tiene el oro, que yo no quiero dexar à cuenta de los loores de Solino, que es el que los Griegos declararon en aquel su celebrado proverbio, que dice de lo que sirve à el oro, la piedra de toque; sirve el oro à el hombre, pues en el toque dèl, como en espejo de desengaños se conoce. Y si èl desta mi invectiva se tiene por agraviado, venganza le tiene ofrecida la ventura, hasta lo que de sus males me queda por decir.

Todos quedaron por estremo satisfechos de oir la platica de Pindaro, y el Prior la alabò de bien ordenada y elegante; y gastaron en esto algunas razones, teniendo los ojos en Solino, que comenzando à hablar, con agraciadas muestras los obligò à silencio; y dixo:

Bienes del oro. Supuesto que yo pudiera decir del oro, como la raposa de Isopo de las ubas à que no llegava; ni quiero tomar tan humilde venganza de quien me huye, ni como algunos acostumbran, decir mal de mi proprio desseo: la empressa es facil, y solo en lo mucho que ai que decir della dificultoso; pero si la muchedumbre à los discretos empobrece (como uno dellos dixo) no puede ser que la del oro haga este efecto tan desigual, pues en èl consiste toda la riqueza. Bien lo puedo invocar como poderoso, y dessear à lo menos una boca de oro, de que salieran dignamente sus loores; mas es tan enemigo de lo que le quiero, que por ofenderme à mì huirè dellos. Y comenzando del nacimiento deste desseado metal, que quanto mas le queremos culpar, mas le engrandecemos; *Nacimiento del oro.*

mos; nace (como Pindaro dixo) en las entrañas de los montes, porque hasta la misma naturaleza nos enseñò à hacer dèl tesoro, poniendo tantos muros de tierra para defenderlo, para que tambien la dificultad y rareza le dè mayor valor: luego saliendo de la mina donde se cria, y probado con el fuego en que se apura, comienza à hacer competencia con su hermosa color, à las mas bellas obras de la naturaleza. El mas noble de los Planetas que es el Sol, nos parece de color de oro, y su luciente carro, con rayos de oro, alumbra la tierra: y el fuego mas noble y poderoso de los elementos, de su color se viste: y el arco del Cielo que en las tempestades de la tierra nos assegura, perfilado de oro se descubre. Las nubes à el poner del Sol, de su color guarnecen los Orizontes; las rosas blancas y encarnadas, los lirios rojos y azules, las azucenas blancas, la manzanilla, las flores silvestres, con una rosa dorada en su metad se guarnecen, y para aficionar los ojos de los hombres; los frutos de los arboles quando llegan à su deseada perfe-

El oro compite con las mas bellas obras de naturaleza.

cion; y las sementeras, en la fertilidad de sus espigas se tornan de oro; y las mas hermosas criaturas humanas, con las cabezas doradas muestran su belleza: y à esta imitacion traen los Principes y Monarcas del mundo oro sobre la cabeza, los Papas en las Tiaras, los Emperadores y Reyes en las Coronas, los Obispos en las Mitras, las Matronas ilustres en los tocados, y cuellos sobre el pecho, y colgando de las orejas, y en los dedos y en los brazos haciendo voluntarias prisiones de su hermosura. En el culto divino èl adorna y hermosea los Templos Sagrados, las Cruces, Imagenes, Retablos, Calices, Patenas, Lamparas, y Candeleros. Con èl se adornan los techos, frisos, colunas, pedestales, y todos los ornamentos y vestiduras de la Iglesia. Batido en moneda, es precio y rescate de las cosas de mayor valor, sin que en èl se comenzasse el trato y comercio del dinero, pues antes que lo acuñassen de oro, huvo de plata, cobre, y laton. Assi que sin perjudicar à sus loores, el mal uso que tienen dèl los avarientos, le podiamos con mu-

El oro hermosea todas las virtudes.

mucha razon llamar hermosura del mundo, y ornamento y guarnicion de todas las virtudes. La Humildad cargada de oro se inclina mas, y es mas hermosa, como fue la de Primislao primero Rei de Bohemia, que en el mayor poder de su riqueza y señorio mandava traer ante sì las abarcas de Pastor, con que se avia criado, vinculandolas en mayorazgo à sus descendientes, para antidoto contra la sobervia de la dignidad Real. Y dexando exemplos estrangeros: nuestra Reina Santa Isabel, y nuestro Infante Don Fernando, y nuestra Infanta Doña Sancha, Doña Blanca, y Doña Iuana, y el Conde Establé Don Nuño Alvarez Pereira, bien doraron con su grandeza y poder la virtud de la Humildad. Con el oro se exercita y pone en platica la liberalidad, que sin èl pareciera virtud sin manos. Què mal las tuviera Marco Antonio Triunviro, para aquel exceso de magnificencia que usò con un amigo, si no lo tuviera; porque mandandole dar por su Tesorero veinte y cinco mil escudos, pareciendole à el avariento criado que aquella largueza nacia de

A la Humildad. Exẽplos.

El oro materia de la liberalidad, y caridad. Exẽplos.

de la ignorancia de su Señor, le mostrò aquella cantidad de dinero sobre una mesa, diciendole, que aquello era lo que mandava dar. Mas el Romano, por desmentir la malicia del Tesorero (que entendiò luego) le dixo: hiciste bien de avisarme, que no pensè dava tan poco; acrecienta sobre estos otros veinte y cinco mil, y dale cinquenta. Lo mismo, y casi por el mismo modo, oì que sucediò à un Principe de España con su Padre, mandando dar à una moza humilde treinta mil escudos. Y viniendo à nuestros exemplos, bien dorò y engrandeciò à la liberalidad con sus poderes nuestro primero Rei Don Alonso Enriquez, que en las tierras que conquistava, edificò mas Iglesias ricas, que Palacios Reales, y casas pobres. Bien lo siguieron los demàs sus descendientes en diferente modo. Don Pedro el Justiciero, con los pobres, que hasta la manga del brazo derecho mandava hacer mas larga y cumplida, para alcanzar à todos en el hacer mercedes (como el mismo Rei decia); su hijo el Rei Don Juan el Primero fue tan liberal con los vasallos que lo sirvieron, que dexàra sin patrimonio la Corona, si el Rei Don Duarte su hijo no hiciera la lei mental, en que limitò su largueza. El Rei Don Manuel, con los poderes de su riqueza, y la magnificencia de su condicion, assombrò à las naciones estrañas, y el nombre Portuguès hizo mas honrado. La Castidad parece mas excelente y hermosa guarnecida de oro, que en el humilde trage de la pobreza: y por essa fue tan loada en Scipion, que siendo poderoso, rico, y vencedor, quando en Cartago le ofrecieron cautiva una hermosa dueña, bien nacida, y en lugar de gozar della, la embiò honradamente acompañada à su marido, con el rescate que le ofrecian por su libertad. No faltò esta excelencia en muchas doncellas de la sangre Real deste Reino, que dexando riquissimos dotes de la ventura, ofrecieron à Dios este de la naturaleza. Y si es celebrado el Rei Don Alonso el Casto en España, no desmerecia este nombre el Rei Portuguès, que persuadido de su valeroso animo y errado consejo, perdiò la vida en los campos Africanos. La Paciencia, quànto es

El oro honra la Castidad Exẽplos.

La Pa-

ciencia sobre el oro mas lustres. Exẽplos.

es mas loable, y excelente en el poderoso y rico, que en el miserable, en que no tiene execucion la Ira, nì la venganza? Rico y poderoso en el mundo era Filipo Rei de Macedonia, que preguntando à los Embaxadores Atenienses lo que le querian, respondiò con inconsiderada libertad uno dellos: que vello sin vida. Y èl bolviendose à los otros con mucha blandura, dixo: Decid à los Atenienses, que mas modesto es quien sufre estas palabras, que los Sabios de Atenas, de quien ellos se precian. Y si cuentan del Rei Don Alonso Primero Rei de Napoles, que sabiendo que un criado suyo decia mal dèl, le hizo muchas mercedes, con que le obligò à decir despues mil loores de sus obras; y el Rei sabiendo esto, dixo: huelgo que estè en mì mano que digan bien de mì; tambien huvo Rei en Portugal, que en muchas ocasiones usò del mismo termino, como se vè en la Coronica del Rei Don Iuan el Segundo, y de muchas memorias del Tercero; no olvidando la paciencia del Rei Don Dionisio con su hijo, y la del Reî Don Pedro siendo

Prin-

Principe, con su Padre. La Templanza, medida por vasos de oro, y aun à vista dèl, es mas estimada; como la de Curio, que con el oro de los Samnites delante, no dexò la olla de coles y nabos que cocinava; antes respondiò à los que lo traìan: que no era el oro necesario, à quien con tan humildes viandas se sustentava. La Templanza en nuestros Reyes naturales es tan loada, que de mui pocos sabemos que beviessen vino, y de ninguno que comiesse demasiado; y tanto pareciò esto bien à las naciones estrangeras, que la Emperatriz Doña Leonor, hija del Rei Don Duarte de Portugal, y muger de Federico Tercero Emperador de Alemania, no teniendo generacion, y averiguando los Medicos, que por la frialdad de aquella provincia no concebia, pero que si beviesse vino tendria hijos; ella no consintiò en el remedio: y Federico dixo, que mas queria à su muger esteril, que mal acostumbrada. La Caridad subida sobre colunas de oro, se levanta sobre las estrellas; y aun los que sin lumbre de fè la conocieron, con el poder del oro la

La Templãza en los ricos mas agradecida. Exẽplos.

La Caridad levantada sobre el oro. Exẽplos.

la sustentaron; como Simon Ateniense poderoso y rico, que mandava abrir las puertas de los jardines y huertas que tenia, para que entrassen libremente los necessitados à coger sus frutos: mandava à sus criados, que hallando algun viejo mal vestido, trocassen con èl los suyos para mejorallo: dava todos los dias mesa franca, y banquete publico à todos los que mendigavan por la ciudad; y à los pobres de calidad sustentava con limosnas secretas. No fueron en esto nuestros Reyes y Principes Portugueses inferiores, como lo testifican los varios Hospitales, Monasterios, Casas de Caridad, y santas costumbres, que dexaron en este Reino, para acoger Peregrinos, sustentar y vestir pobres, y curar enfermos y heridos; en lo qual fueron entre los otros insignes los Reyes Don Alonso Primero, Don Iuan Primero, Segundo, y Tercero, y el insigne Cardenal, y devotissimo Rei Don Henrique. A la diligencia con mucha razon la calzaron los Antiguos espuelas doradas, pues el duro estorbo de la pobreza, como lo pintò Alciato, impide las alas,

La diligencia cõ espuelas doradas. Exẽplos.

alas,

alas, y limita los passos à la diligencia. Con oro, y con los poderes dèl, conquistaron Alexandro, y Cesar en mui limitados años la redondez de la tierra. Nuestro Rei Don Dionisio, con los poderes dèl acrecentò en su Reino quarenta y quatro Villas con Castillos y Fortalezas, y eximiò la Orden de Santiago de Portugal; instituyò la de Christo, y hizo los primeros estudios de Coimbra. Y los Reyes Don Iuan y Don Manuel descubrieron y ganaron para la Fè las tierras del Oriente con tanta invidia, como espanto de las naciones estrangeras. De manera, que si los Avarientos usan mal del oro y de las riquezas, y hacen con èl guerra à las virtudes; ninguna cosa ai, que tanto como èl las engrandezca y levante. Y si los codiciosos en su conquista pierden tantas vidas, muchas mas se compran y rescatan à precio de oro. Y dexando el balsamo de oro tan admirable en las heridas, y el oro potable tan celebrado de los estiladores para enfermedades; quàl riesgo de la vida, quàl peligro ò necesidad della, quàl opression y captiverio no redi-

Institucion de la Orden de la cavalleria de Christo.

Fundaciõ de los estudios de Coimbra.

Descubrimiento de la India.

La Fè cõ el oro estendida.

Efectos del oro. dimiò el oro? El hizo la hermosura de las Ciudades, la belleza de los edificios, la fortaleza de los exercitos, la bizarria de los trages, la galanteria de las cortes: con èl se alcanzan las honras, dignidades, titulos y privanzas, y hasta los loores y las mesmas gracias de la naturaleza: todos lo buscan, lo dessean, y conquistan; y aun los otros metales se quieren convertir en èl por medio del Alquimia: los Animales se rinden à su hermosura, pues no aì caza mas cierta, que la que se toma en lazo de oro; ni mejor pesquerìa, que la que se alcanza con anzuelo de oro. Y es tan grande la fuerza de sus poderes, que se atreviò à decir un Autor, que en la mayor furia de un Leon, de un Tigre, ò de otra qualquier fiera, si le echaren monedas de oro delante, amansàran con ellas su braveza. Y passando por todas las cosas de la tierra su valor, pueden los ricos subir al Cielo por escalas de oro, y darle con èl assalto y baterìa, poniendo las balas y saetas deste metal en las manos de la Caridad: y de subirse èl tan alto nace estàr de mì tan lexos,

co-

como està de ser digno de sus loores mi humilde talento; que si fuera de tan ilustre metal, todo lo alcanzàra.

A todos pareciò estremada la oracion de Solino, puesto que algunos la esperavan menos grave, mas agraciada; y assi le dixo Leonardo: Pareceisme esta noche mas Orador insigne, que murmurador galano: huelgo que errando yo la eleccion, acertàssedes vos tan bien los loores. No os agradezco (respondiò èl) los que me dais, por quanto de antemano os vengastes dellos; pero si quereis ver en otro con gravedad lo que de mì esperàvades con satira y agudeza, pues los bienes y males del oro estàn comenzados; diga el Señor Prior agora los poderes del interès, que en el sucesso de su Peregrina hallarà largo campo para esta materia. Essa es mui larga (dixo el Prior) y son passadas muchas horas de la noche: y yo no me escusàra con ellas, si no imaginàra, que todas las verdades que caen sobre este sugeto han de parecer murmuracion. Porque decir que el interès todo lo vence y à todo alcanza, es sentencia antigua, *Poderes del interès.*

y

y experiencia moderna; pero si particularizo los modos y terminos con que dà la batalla, serà ir con los dedos à los ojos de muchos: y si digo que el interès quebrò los cetros Reales; quièn me defenderà dellos? Si afirmo, que tuerce y derriba las varas de la justicia; quàntas se levantaràn para castigarme? Si oso decir, que profana las leyes, y ofende la inmunidad de las Iglesias, temo que aun en la mia, me nieguen la entrada. Si digo que es carta de seguro de salteadores, coto de homicidas, castillo de facinorosos, merecimiento de descuidados; quàntos se levantaràn contra mi verdad? Solo dirè en un cuento breve, lo que de su valor se puede presumir en la necesidad, y serà juzgar por las uñas à el Leon, y por la huella de Hercules la medida de su grandeza.

Cuento galano. Un hombre curioso bien intencionado y no mal entendido, anduvo algunos años en la milicia del Oriente; y viniendo dèl à este Reino para pretender, traxo entre algunas cosas de menos valia que curiosidad, unas imagenes de Santos, y Angeles de marfil maravillo-

sa-

samente labrados; y despues de entrar en su pretension, diò cuenta à un amigo pratico en las cosas de Corte del estado de sus negocios: aconsejòle lo que convenia; y buscando entre las muebles que avia traìdo pieza que se pudiera ofrecer à un ministro con quien tenia inteligencia, escogia aquellos Santos de marfil que lo tenian mui aficionado. Còmo (dixo el amigo) no tragistes de la India algun Pagod, ò Idolo de oro de essos Gentiles? Para què? (le preguntò el poco experto pretendiente.) Ah! (respondiò el amigo) que para lo que vos pretendeis mas pueden diablos de oro, que Angeles de marfil; y assi, no me parece que està mal el dicho vulgar del pueblo, que el interès es diablo: y pues el tiempo es tan corto, sea esto una cifra de lo que se puede decir de sus poderes; que son tan grandes, que à mì me quitan la libertad de hablar contra el desseo que tengo de obedeceros: y siendo ellos tales, y el oro el principal interès de todas, mui bien le caben con los males que Pindaro dèl dixo, los loores con que Solino lo celebrò, haciendo do la diferencia solamente en el uso dèl. Que si San Agustin le llamò enfermedad de la sobervia, flaqueza de las virtudes, materia de trabajos, peligro del posseedor, señor insufrible, y esclavo atraidorado; San Ambrosio lazo del demonio; San Chrisostomo escuela de vicios, y dolencia del alma; y si dèl naciò à Creso la Sobervia, à Heliogabalo y à Sardanapalo la Luxuria, à Neron la crueldad, à Comodo Vitelio la Gula: Si por èl Policrates muriò en la horca, Creso en la hoguera, Craso degollado, Heliogabalo arrastrado, y otros ricos tuvieron fines semejantes; no tuvo la culpa el oro, sino la mala naturaleza de quien lo posseìa, ò la codiciosa sed del que lo desseava, pues èl en los animos liberales no impide el camino de las virtudes, antes èl le da fuerzas, lustre, y grandeza: como en un Constantino Magno, que enriqueciò la Iglesia Romana; un Carlos Quarto, que comprò con èl la vida; un Emanuel, que honrò el nombre Portuguès, y dilatò la Fè Catholica por el Oriente; un Lorenzo de Medicis, que honrò à Florencia; un Leonardo

Nombres que los Sãtos pusieron al oro.

Exẽplos del buen uso del oro.

Lau-

Lauredano, que libertò à Venecia; un Carlos Brugi, que socorriò la esterilidad de Flandes; y otros muchos que lo supieron despender valerosamente: de manera, que en èl està la condenacion, ò justificacion; la muerte, ò la vida de quien lo possee, ò dessea; para lo qual me parece estremada aquella historia que tocò Ausonio poeta en un su Epigrama. Que un hombre desesperado con una passion que tuvo, se iva à ahorcar en un lugar secreto, llevando consigo la soga en que avia de dexar la vida. Sucediò, que con la fuerza que hizo, cayendo una parte de tierra en aquel lugar, se le descubriò un tesoro, à cuya vista mudò luego el pensamiento, y llevando lo que hallò, dexò en su lugar la soga que traìa. Y viniendo despues el que alli lo avia escondido, y hallandolo menos, y en su lugar la tentacion de su desventura, hizo porque perdiò el tesoro, lo que el otro dexò de hacer por averlo hallado; de modo, que à uno diò vida el oro, y à otro matò la avaricia dèl. Con tan buena historia (acudiò Don Iulio) levantandose, es

Cuento galano.

P ra-

razon que vamos satisfechos, y dexemos à el señor Prior descansar, supuesto que por el interès de su conversacion dexara yo muchos de los que otros dessean; porque si la opinion de los cudiciosos diò precio à el oro y pedrerìa, à la conversacion de los Sabios no la puede quitar la misma ventura.

DIALOGO VIII.

DE LOS MOVIMIENTOS, y decoro en el platicar.

FUese el Prior de la casa de Leonardo, en descubriendose el dia; y en ella, en viniendo la noche se juntaron los amigos, sintiendo grandemente la falta que les hacia su presencia; fue esta la primera cosa de que trataron, y entre otras dixo Feliciano: Por todas las razones se devia dessear la conversacion de tan discreto y docto cortesano, como es el Prior en todo tiempo; mas en este de las noches de Inviervierno mucho mas : en ellas ocupàra èl mui bien su lugar ; porque demàs de saber , y autorizar lo que dice con el fundamento de las letras y curiosidad que tiene , es mui compuesto y agraciado en lo que habla ; y por estremo me pareciò bien aquel modo de encarecer negando en la materia del interès , y el de escrevir con brevedad en las historias. Quanto mas le oyèredes (prosiguiò Leonardo) os parecerà mejor ; y sabed, que antes de traer aquellos habitos , parecia mui bien en los de Corte , y que debaxo de los largos puede aun dar liciones della à muchos de capa , y espada. Parte es el hablar bien (acudiò Don Iulio) que lo lleva todo tras sì ; y no consiste este bien solo en las razones discretas y palabras escogidas , sino en el buen modo, y gracia de decirlas ; lo qual yo comparo à una mesma cosa escrita de buena , ò mala letra ; que la buena la hermosea , y da sèr , color , y gracia ; y la mala desconcierta , embaraza , y afea las razones , siendo todas unas : y no faltaràn mui cerca exemplos desta verdad. Huigamos las comparaciones para la doctrina (dixo Pindaro) y mejor serìa que fuesse esta la materia, en que se gaste este rato. Aun toda via sè os quedaron sobras de la noche passada (replicò Solino) pues os adelantastes de la compañia ; pero yo la quiero hacer à vuestro voto, si se ha de estar à los mas. Ni à mi me descontenta (dixo Leonardo) si el Doctor nos abre el camino. Siempre (respondiò èl) me echais adelante, como à los frailes legos en las processiones, quiero tambien imitarlos en la obediencia ; pero acuerdeseos, que son dos materias las que tocò el señor Don Iulio, conviene à saber, la gracia y composicion del rostro, y cuerpo en el hablar ; y el concierto de las palabras, y discrecion de las razones. Essa division parece escusada (dixo Leonardo) porque la gracia no se aprende, ni se puede alcanzar por arte, pues es dòn de sola Naturaleza. Todas las cosas della (replicò el Doctor) se perficionan y mejoran en el arte ; y para que sepais esta verdad, tomarè por mi cuenta aquello en que os parece que ai menos que decir, y quede à la vuestra la demasìa.

Pri-

Primeramente, à el movimiento, y gracia del hablar llamò Marco Tulio eloquencia del cuerpo; y Quintiliano dixo, que con todas las partes dèl se ha de ayudar à la platica: y puesto que esta doctrina parece que convenia entonces à los Oradores, como agora à los Predicadores; con todo esso, todos los hombres tienen platica, y conversacion; y en todo tiempo es cosa necessaria. Y assi pintaron algunos á el hieroglifico de la Retorica con una mano abierta, y otra cerrada. Mui contraria me parece essa lecion (dixo Don Iulio) à la policia de la Corte; à donde es regla, que el hombre ha de hablar con la lengua, y tener quieto el cuerpo, y las manos. Yo concertarè essa regla con las mias (replicò el Doctor) que el hombre en el hablar no ha de parecer estatua, ni titere; y luego vereis, que lo que quiero decir es lo mesmo, en que os quereis anticipar. El primero instrumento de la platica es la voz; y para que esta sea agraciada en el hablar, ha de tener estas propriedades: ser clara, blanda, llena, y compassada; porque la voz escura confun-

De la eloquencia corporal.

La gracia de la voz, y sus propriedades.

funde las palabras ; la aspera y seca , les quita la suavidad; la mui delgada, y afeminada , hace impropria la accion de lo que habla ; la mui apresurada , embaraza y rebuelve las razones , que por sì pueden ser mui buenas. No trato en las que la naturaleza inhabilitò para esta perfecion , como la voz del tartamudo, del ceceoso, y del rustico grossero, mas en la del cortesano tòmo yo estos atributos ; porque ai algunos que hablan con la voz tan metida à dentro,que quedan las palabras para sì , y los oyentes à escuras , que les es necessario estàr adivinando lo que les quieren decir : otros que pronuncian con tanta aspereza , que espinan las orejas de los que los escuchan : y otros que hablan tan apresuradamente, que parece que llevan espuelas en la lengua. A las veces (dixo Solino) tengo yo tambien de soltar la mia en lo que es la voz llena , que decìs, quisiera saber la diferencia ; porque yo tengo, que aun es peor la mui gruessa que la afeminada , porque ai hombre, que quando habla mas parece sòn de baxon, que espiritu de voz : y tambien en-

enfada ver un hombre erizado de barba y cejas, como un pino, y salir con una voz flauteada. El medio (respondiò el Doctor) en todas las cosas es la perfecion dellas; y si os acordais, tambien dexè à fuera la voz grossera, como à quien la naturaleza privò de la gracia en el hablar. Despues de la voz, los ojos dàn mucho espiritu à las razones; porque como ellos son las ventanas del alma, por ellos se comunica la vida à las palabras: y assi, han de ser claros, alegres, y movibles, porque los mui largos y estendidos entristecen; los mui pequeños y fruncidos, mueven à desprecio; los mui abiertos, pasmados, y salidos hàzia fuera, causan temor: y puesto que los ojos por risueños, nunca pierden gracia, parece que en las platicas graves, y de importancia no han de ser mui chocarreros. En esso teneis vos mucha razon (dixo Don Iulio) que ai hombres que van espaciando la vista por lo que hablan; pero no os olvideis de las cejas. Tambien la accion del hablar toma mucho dellas (replicò el Doctor) porque arrugadas causan ceño, y muestra que habla un hom-

Espiritu y viveza de los ojos para hablar.

El aire de las cejas.

hombre con melancolia, ò enojo; baxas, representan tristeza, ò verguenza; mui arqueadas, significan espanto; y levantadas, alegria. Y no menos conviene la composicion de la barba, que caida sobre el cuello, muestra desconfianza ò porfia; y puesta en el aire, vanagloria: y el cuello que no se ha de tener tan levantado, que cause sobervia en las palabras; ni tan baxo, que no pueda sustentar la cabeza, la qual no ha de estar tan firme, que parezca que la espetaron en èl; ni se ha de rebolver à todas partes como veleta. De la misma manera, la boca ha de estar quieta, quando habla, sin estar mordiendo los labios, ni torciendose, ni hinchando con las palabras; ni con la risa se ha de mostrar tan descuidada, que las derrame por los lados; ni tan apretada, que ofenda à la buena pronunciacion y gracia dellas, lo qual và mas en la lengua Portuguesa que en otras muchas, porque sabemos, que todas las naciones Orientales naturalmente oprimen la voz en la garganta quando hablan, como los Indios, Persas, Assirios, y Caldeos. Y todos los Mediterraneos re-

Compostura de la barba.

Del cuello.

De la boca.

Diferencia del pronunciar de las naciones.

refieren las palabras à los paladares de la lengua ; como hacen los Griegos, Frigios , y Assiaticos ; y todos los Occidentales , como los Franceses, Italianos, y Españoles , mueven las palabras entre los dientes , y las pronuncian en la punta de la lengua ; puesto , que en algunos lugares conquistados en otro tiempo de los Africanos, quedaron usos y palabras, que aun obligan à su pronunciacion; mas los que están mas exemptos della son los Portugueses , como aqui se tocò en la primera noche de nuestra conversacion. Demàs destas partes del rostro, tiene el movimiento del cuerpo su lugar ; que puede parecer airoso , quando habla , mostrandose grave , compuesto, ò inclinado , segun las materias sobre que habla en los cuentos, historias, gracias, ò galanterìas, no representando lo que dice con meneos de comediante, ni con modestia, y compostura demasiada , mas con una buena sombra , y un termino en el persuadir sossegado, en el relatar mas veloz , en el arguir vivo, en el disculparse ò defenderse mui blando; ni hacer badajos de los pies quando ha-

bla

bla sentado, meneandolos siempre; ni estar con los ojos en ellos quando passea. Sobre todas las demàs acciones, y ademanes, que he tocado, se ayuda la platica del movimiento de las manos, que ha de ser con un bolverlas con compostura, con que el discreto favorece las palabras que dice, no hablando con ambas juntas, ni llegando con alguna cerca de la vista de los oyentes; y guardando estas, y otras advertencias semejantes, puede hacer un hombre una agradable gentileza en el platicar, enmendando algunas faltas de la Naturaleza, ò favoreciendo con cuidado las gracias de que ella le dotò; no tratando de los incurables, à quien ya no pueden aprovechar estos remedios, mas los que à falta dellos, ò con el largo discurso de las malas costumbres se vinieron à hacer incurables. Parece que dais à entender señor Doctor (dixo Pindaro) que ai mas algunas advertencias, que pueden ser de importancia en esta materia; y para tratarla de fundamento, no es razon que queden fuera. Para essas, y para lo demàs que tengo dicho (respondiò

Del movimiento de las manos.

diò èl) nombrarè algunos vicios que son contra el buen termino de la platica; que reprobados en ella, acreditaron mis opiniones, que yo no puedo, ni quiero dar nombre de preceptos, aunque estàn fundadas en los mejores de los que desta materia escribieron.

Errores en el platicar.

Lo primero, es escucharse un hombre à sì proprio quando habla, por contentarse de lo que dice.

Lo segundo, repetir otra vez lo que tiene dicho con los ojos en los oyentes, para que le alaben.

Lo tercero, detenerse tanto en las palabras, como que las va pensando, y componiendo para decillas.

Lo quarto, irse arrimando à bordones, para que le acudan en tanto las palabras.

Lo quinto, irle à la mano à el que quiere responder, por querer hablarlo todo.

Lo sexto, bracejar mucho, y dar grandes risadas à sus proprios dichos.

Lo septimo, babosear las palabras con la humedad de la boca, por hablar con vehemencia.

Vos

Vos (acudiò Solino) formasteis aqui unos siete pecados mortales contra la discrecion y cortesìa, que no merecerà tener en ella gracia, quien en ellos estuviere culpado. Cada uno de los presentes examine su conciencia, porque recelo que hablais de proposito contra alguno. Es tan mala vuestra naturaleza (le respondiò el Doctor) que quiere prevertir mi buena intencion, y destos pecados contra la policìa sacar otros que ofendan à la amistad; pero valgame ser la vuestra conocida. Y prosiguiendo la materia de los vicios, los tres primeros nacen del amor proprio que cada uno tiene à sus cosas, à quien los Griegos
De la Filaucia. llamaron Filaucia; los quatro siguientes, ò de la ignorancia, ò de la costumbre y falta de doctrina cortesana. Escucharse un hombre quando habla, es de quan bien le parece lo que dice: y supuesto que el vicio es natural, tiene ruin patria; que el hombre que se escucha es lisongero de sì mismo, y èl se paga por sì de sus palabras, viendose y afectandose en ellas, como en espejo, conforme à los proverbios antiguos, que à cada

uno

uno parecen sus cosas hermosas; y otro, que no ai mejor musico que cada uno à sì mismo; y que à cada uno contenta su rostro y su arte, y huele bien su sudor. Otro (dixo Solino) me parece à mì mejor, que todos essos, porque los declara, y es que quien se contenta à sì, contenta à un gran necio, que no puede dexarlo de ser el que de su engaño se satisface; y no hallareis discreto de essa hechura, que no caiga en los tres primeros lazos, porque son encadenados unos con otros: y en escuchandose un hombre à sì, lo vereis ir encareciendo las palabras con las cejas, hinchendo con ellas la boca, y pronunciandolas con mucho cuidado. De essos dixo Horacio (acudiò Pindaro) que hablavan con ampollas, y està mui bien el nombre en la hinchazon de sus palabras; mas el segundo vicio, que es el de la repeticion, parece menor yerro, porque lo que es bien dicho, se puede repetir, conforme à lo que dixo el Poeta, y solo serà la culpa quando el dicho no fuere acertado. Essa estimacion no la ha de hacer su dueño (respondiò Solino) ni èl puede de poner precio à sus palabras pensando que habla oro: en obras agenas referidas por otro, tiene lugar essa disculpa, y no se pueden servir della, los que con los ojos, y con la repeticion de lo que dixeron estàn pujando hàzia vos para que se las alabeis, y os contenteis por fuerza de su razon: y meten de quando en quando, un entendeisme? estais conmigo? digo bien? què os parece? no sè si me declaro? de manera, que para encarecer su aviso hacen à los otros necios: y con esto caen luego en el tercero, que es detenerse mucho en cada palabra, soltandolas por compàs, desviando una de otra porque no se peguen; y es vicio que harà ser aborrecible à todo el mundo à quien lo tiene, y hasta à la misma discrecion harà importuna este mal uso della: y mas, que es mui cierto ser anexa esta buena parte à una habla de doliente mui blanda, que todo junto viene à ser un jarabe de sinsabores, que no ai quien lo passe. Lo quarto no entiendo bien, porque no sè à lo que llamò bordon el Doctor. Sabed (dixo èl) que los arrimos à que se pega, ò acuesta el que ha-

De los bordones y arrimos en el platicar.

habla quando las palabras le faltan, se llaman bordones: y son de dos maneras, unos que pertenecen, ò por mejor decir, que son impertinencias en las acciones del hablar; y otros en las palabras. Los primeros son mas culpables que los segundos; porque ai hombre, que no sabe hablar con vos, sin estaros desabrochando, ò limpiando las motillas, ò arrancando el pelo del vestido. Otro que à cada palabra os ase del cinto, ò trabandoos del brazo os molesta: y aĩ algunos tan desatinados, que os dan con las manos en los pechos à cada cosa que dice. Y otros, que dexan de entender con quien hablan, y lo han consigo mismos, no estando quietos con las manos, escarbandose los dientes, ò hurgando las narices, y hablando se tiran de las barbas, y muerden las uñas, y otros vicios semejantes, que sirven como unos espacios y reclamos para que les acudan las palabras: los segundos estàn dentro de la misma platica, como algunos, que tras cada palabra meten un diz que; assi que digo; tal, y qual; si señor; va, y viene; entonces; sino quando; espere

v.

v. m. assi que señor ; estais conmigo ; y otros muchos, fuera de los que vos apuntastes en el vicio de la repeticion, que son bordones de la primera classe. Cierto (dixo Feliciano) que tiene mucha razon el Doctor, en decir que este vicio, y los dos que se siguen, nacen de la poca costumbre y falta de doctrina cortesana, porque yo tuve por condiscipulo un estudiante, que en la opinion de los mas no era tenido por el que hablava peor : que por el grande odio que tenia à los bordones, inventò un modo excelente para desterrarlos de la conversacion de los amigos con quien tratava de ordinario : y fue un juego de no menor ingenio que utilidad, y por el exercicio dèl se perdiò hasta la semilla de los bordones entre aquellos amigos. No se os olviden (dixo Leonardo) los terminos de tan buen juego, que ya puede ser que ocupemos en èl una noche mui bien empleada, aunque el remedio no es necessario para los presentes, porque no son de los hombres limitados que se allegan à estos estribillos ; y si quereis conocerlos, oildes una historia, y me-

te-

teràn en ella mas bordones que tiene palabras. El quinto vicio (prosiguiò el Doctor) es incomportable, porque ai hombres tan amigos de hablarlo todo, que atajan las palabras à quien les comienza à responder, queriendo anticipar con su entendimiento la intencion agena. Essos tales (dixo Solino) hablan à dos manos, porque quieren vaya todo por ellos; y quando me hallo entre ellos, por no pedir por merced que me oigan una palabra, dexo el hecho sin parte; y como quedan hablando a rebeldìa, deshago sus sentencias à soplos. Essos habladores (dixo Don Iulio) son como cigarras, que atruanan, y no deleitan. Y es sentencia mui aprobada entre Cortesanos, que tres cosas no ha de aver entre ellos demasiadas; demasiada platica, larga porfia, y grande risada; porque quien mucho habla, à sì daña (como dice el refran) y con quien porfia no dispures; y à donde la risa sobra el juicio falta, que todos estos pertenecen à la conversacion. Essa tercera parte (prosiguiò el Doctor) es del sexto vicio, que es bracejar quando habla, y

Hombres amigos de hablarlo todo.

Regla en el hablar

festejar con risadas sus proprios dichos el que se quiere vender por discreto. Y assi, vereis algunos que hablan à panzadas; y si hallàran un pulpito delante, lo hicieran pedazos; como si la policìa pudiera sufrir el desasosiego è inquietud de su esgrima. Las risas grandes, demàs de arguir falta de entendimiento, son mas impertinentes, quando un hombre festeja sus proprios dichos; que para tener gala el que los dice, ha de quedar mui compuesto, y disimulado, y los que lo oyen risueños: y assi, los que tienen donaire en nuestros tiempos, que conocemos, y otros que dexaron esse nombre, sabian solenizar con moderado encarecimiento las gracias agenas, y disimular la risa en las suyas haciendo menos caso dellas. Dos cosas (dixo Don Iulio) se me ofrecen que preguntaros en esta materia; y sea la primera, què moderacion se ha de usar en la risa, con que un hombre soleniza el cuento, ò gracia del que habla delante dèl. Los hombres (respondiò el Doctor) no han de ser tan severos, que nunca rian, como Caton Censorino, Anaxagoras, y Socra-

cra-

crates; ni como Marco Craso, que riò sola una vez en la vida; pues es difinicion, y diferencia del hombre ser animal racional, y su propria passion de ser risible, pero no menos se ha de guardar de ser desentonado en la risa; que para que aya en esto su moderacion politica, le buscaron los Antiguos muchas diferencias: y dexando à parte la risa Ionica, Megarica, Sardonica, y Sinelusia; de las quales hablaron tantos Autores Griegos y Latinos, sacados dellos la mejor doctrina, no se ha de reir hombre con la boca abierta, que da grande sòn à la risa; ni con los labios apretados, como lo hacen los que tienen frenillo en ellos; ni solamente mostrando los dientes, que à èsta llamaron los Latinos risa de cavalgaduras; ni con una risa blanda y afeminada, como era la Ionica; mas con una buena postura, y gracia en la boca, y en el aire del rostro, con que se muestra agradecido à lo que escucha. Y si esta respuesta os satisface, bien podeis continuar con la segunda pregunta. Aunque las mias (replicò el Hidalgo) no sean mui à proposito, con el interès

Diferencias de risas.

de vuestra doctrina quedan disculpadas, como serà esta. Si en la gracia que otro cuenta, en que yo no la hallo, estoi obligado en primor cortesano, à mostrarme risueño? Obligado està el cortesano (respondiò el Doctor) à mostrarse agradable à las personas con quien platìca; y no lo podria ser, quando no se riesse en ocasion, en la qual el otro gasta su caudal para provocarlo à ella, que serìa hacerlo desconfiado de sì. Yo me doi por satisfecho (dixo el Hidalgo) y ya podeis passar al septimo yerro, en que ai poco que discurrir, segun me parece; porque no es mas que un descuido y desatiento de los que mostrando el fervor del animo con que hablan, saliban las palabras, y à las veces à quien las oye. No pienso yo (dixo Feliciano) que son essos de los que trata el proverbio, que hablan fuentes de plata. Antes (prosiguiò Solino) les llamàra yo hombres que hablan fresco: que ninguna mañana de Abril dexa tan rociado un campo de flores, como ellos la rueda de los que los oyen: y para estas inmundicias avia de tener la discrecion un almotacen de la

lim-

limpieza. Desterrados pues (continuò el Doctor) de la conversacion estos siete enemigos della, pareceria un hombre cortesano à los que lo escuchassen, hablando agradablemente, y guardando en las palabras las leyes que agora le diere el señor Leonardo; que aunque la verdadera discrecion es natural, ninguno de los dotes de la naturaleza dexa de recebir beneficio del arte, de la continuacion, y del uso. Mui presto quereis salir de vuestra obligacion (dixo Solino) y yo aun toda via esperava, que passasedes por mi puerta dando algun toque en la murmuracion, como distes en la risa; que tambien estos preceptos son fuera de las palabras. La risa sì (replicò èl) pero no el murmurar, que es culpa que no se atribuye à la platica; aunque algunos dicen, que sin essa sal, la mas discreta dà poco gusto; y es, porque ai muchas cosas que no las queremos decir, y holgamos en estremo de oirlas. Y assi, el que murmura ordinariamente agrada gustos agenos de gente ociosa, con riesgo proprio. Mas por tener paz con vos me entrarè en contiendas,

De la murmuracion agraciada das, à que no tengo obligacion, tocando en la murmuracion agraciada: y para darle lugar, la pondrè en medio de una sentencia excelente, que dice: que de los animales bravos la peor mordedura es la del maldiciente; y de los mansos la del lisongero. Maldecir es maldad, y el lisongear traicion, el motejar livianamente galanteria. El discreto, ni ha de morder, ni lamer; picar sì livianamente, y con arte y gracia de conversacion. Para lo qual dexando autoridades, exemplos, y preceptos, y cosas infinitas que pudieran gastar mucho tiempo; el Cortesano, quando hablare graciosamente, ha de considerar tres cosas; lo que habla, con quien, y delante de quien: lo primero, por huir de materia en que el que està presente desconfie: lo segundo, por no motejar con quien no sepa pesar y conocer las agudezas, galanterìas, y buenos dichos: lo tercero, por no hablar gracias, de que alguno de los oyentes se averguence; porque de otro modo, siendo la gracia pesada, perderia el nombre. No hablo de la murmuracion de los ausentes, que de qualquier

Regla en el motejar.

quier modo me parece culpable ; y bien podian servir por lei destas galanterìas las vuestras, que à todos agradan ; y que si à los oyentes no dan fastidio, tampoco à los ofendidos causa queja. Acuerdome (dixo Pindaro) que en el quinto vicio condenastes el querer uno hablarlo todo ; y no distes regla à los que hablan poco. Serìa (respondiò el Doctor) por conformarme con una sentencia que dice : à los que poco hablan, pocas leyes le bastan. Y demàs desto, hasta agora no tratè de los loores del silencio, ni de la verdad de aquel dicho : Bastantemente sabe el que no sabe, si callar sabe. Y el otro: Que el necio callando parece discreto, y el sabio hablando se verà en aprieto. Hablo solamente del modo de platicar entre los amigos, à donde las palabras no tienen mas que estas dos medidas, que son hablar à tiempo, y à proposito ; porque no en todos se puede decir, lo que es bien dicho. En las comidas se ha de huir hablar en cosas que causen asco, y ofendan el gusto, aunque en otros lugares lo puedan dar mui cumplido. Entre tristes por algun sucesso,

Hablar à tiempo y à proposito.

Hablar en los cõbites.

no

Decoro en el hablar segun las ocasiones

no decir gracias ò cuentos, que desautoricen la tristeza, y provoquen à risa. Entre enfermos no contar historias que causen temor, ò desconfianza en sus males, Entre Eclesiasticos guardarse de cosas que huelan à lascivia y profanidad. A proposito, porque ai muchos que se desvian del principio de la platica; de manera, que del primer salto van à parar à Flandes: otros que en todo quieren meter una historia que saben, contar una nueva que les llegò, un dicho que oyeron, un sueño que soñaron. Y por la delectacion que reciben de contar cosas proprias, pierden el decoro con que han de escuchar las agenas, y el tiento lo que ellos mesmos responden; y tambien me parece que yo me voi metiendo en las que no son mias que me hicieron pasar los terminos; de manera, que ni aun à mi amigo queda tiempo para continuar con la segunda parte deste discurso. Vos lo decìs todo tan bien (dixo Leonardo) que se pierde poco en lo que yo avia de acrecentar; quanto mas, que lo que se dilata no se quita, y para mañana tendrè cuidado de espacio de pensar en lo

que

que he de decir ; por no caer en el tercero pecado de ir componiendo las palabras con el espacio, que enfada. En casa llena (dixo Solino) presto se hace la cena; y en entendimiento tan rico como el vuestro, ni de cosas, ni de palabras puede aver pobreza: guardeos Dios de unos mis señores, que las piden fiadas à los libros de cavallerìas, con sus sentencias à el fin del capitulo, que si se les atraviessa un escupir de uno de los oyentes, queda barajado todo su sermon de memoria, y llevan coxeando la platica en muletas, hasta tomar assiento con mucho trabajo suyo, y de quien los escucha. Agora no lo demos tan grande à el señor Leonardo (dixo Don Iulio) que esta noche no le dexemos dormir, pues por la mañana le avemos de despertar; que las dos noches passadas fueron de huesped, y la conversacion de los que son de mas gusto roba mejor el tiempo, y con todo, la parte que se quita à el reposo siempre hace falta. Comenzaronse los demàs à levantar, y el viejo aun los detuvo en pie, diciendo: el señor Don Iulio en

to-

todo tiene intencion de me hacer merced; pero esta ocasion no es de las en que yo le quedo deviendo mas; porque antes quisiera quitar el tiempo del sueño para vivir; que de la vida para dormir. Y si es verdad, que en la conversacion de tan buenos amigos solamente se vive: quàl puedo yo tener mejor, que haciendo estas noches mas largas alargar mi edad? Que sentencia es antigua, que el tiempo en que dormimos perdemos de la vida; por lo qual llamaron al sueño imagen de la muerte.

DIALOGO IX.

DE LA PLATICA, Y DISPOSICION de las Palabras.

IVa creciendo el gusto de aquellos amigos, con el exercicio de tan provechosa conversacion de tal manera, que ninguno perdia el hilo de las materias que se avian tocado, para armarse de razones, cuentos, y exemplos, con

con que cada uno mostrasse à los otros su suficiencia; pero en la de la platica vulgar quedò Leonardo mui atajado, assi por ser cosa que todo pende de opiniones inciertas, como porque el Doctor le avia cortado la urdimbre con que avia de ir texiendo su discurso. Desseava mudar el proposito à otra cosa que hiciesse mas à el suyo; mas como aquel era el de todos, no hallava camino para desviarse dèl. Llegò pues la noche del dia siguiente, y con ella los compañeros mui alborozados, à los quales èl festejò con la misma alegria; y despues que se assentaron, les dixo: Si he de hablar verdad, yo me hallo tan fatigado con el oficio que de nuevo me distes, que no me atrevo à dar buena cuenta dèl; porque todas las que he echado para disponerme à ello, me han salido erradas, y me parece tan dificultoso hablar culta y ordenadamente en la materia que se ha de hablar en la lengua Portuguesa, que me he de llamar engaño; y el mayor de todos fue darme espacio para temer, quando yo pensè que lo tomava para prevenirme. En vos (dixo Don Iulio)

es

es gentileza esse recelo; y aunque sea fingido, yo la tengo por la primera regla de hablar bien, pues enseñais à los discretos à no hacerlo con demasiada confianza: y por lo que yo conozco de vuestra discrecion, solo en una cosa hallàra dificultad, que es poner en reglas y preceptos lo que en vos es naturaleza y costumbre: y assi, servireis mas para exemplo de quien os oye, que para maestro de los que no pueden comprehender vuestra doctrina. Si con titulo de hacerme merced (respondiò èl) quereis que desconfie; mas facil os serà esso, que à mì el acertar: mas para no errar en lo principal, digo que no puedo hacer eleccion de hablar bien, mayormente entre Cortesanos tan discretos, que cada uno me podia dar preceptos para serlo. Mas si dixere en algunas cosas mi opinion, hàgolo para con las razones de los que lo contradixeren aprender à acertar. Pareceme (dixo Solino) que las mejores dos lecciones para los discretos, son essas primeras, recelo, y humildad; y passando adelante, comenzad ya à descubrir essa Retorica nueva à la lengua

Por-

Portuguesa. Por escusar (respondiò èl) un exordio mui cumplido, lleno de preceptos y terminos, que por fuerza se han de mezclar con los de la lengua latina; y por evitar la prolixidad del arte, y engolosinar la paciencia de los oyentes para otras noches; acudirè à algunos vicios de la lengua Portuguesa, no huyendo de los terminos de la latina, ni llevandolos à ellos por fundamento, mas haciendolo con estas cinco advertencias.

Reglas para no hablar erradamente.

Hablar vulgarmente con propriedad.

Huir la prolixidad.

No confundir las razones con brevedad.

No afectar con curiosidad las palabras.

No descuidarse con la confianza.

Cierto (dixo el Doctor) que me parece essa una Retorica abreviada, que podia servir à todas las lenguas; porque la confusion de los muchos preceptos y figuras, que le atribuyen los Maestros deste arte, se pueden comprehender debaxo de essas cinco mui bien. Y pues Solino llamò à mis vicios siete pecados mortales contra la discrecion, podia llamar à estos preceptos los cinco sentidos de-

della. Y tratando del primero, còmo entendeis, hablar vulgarmente con propriedad, que en parte me parece, que el vulgar no guarda la cara muchas veces à la propriedad? Hablar vulgarmente (respondiò Leonardo) es como los mejores hablan, y todos entienden; sin vocablos estrangeros, ni exquisitos, ni inovados, ni antiguos desusados, sino comunes, y corrientes, sin respetar origenes, derivaciones, ni etimologìas; que el lenguage mas pende del uso que de la razon, y por esso se llama lengua materna, porque en las mugeres que menos salen de su patria, se corrompe menos el uso de la habla comun, aunque ellas sepan poco de la razon de sus principios: y desto, y de hablar con propriedad, he dicho en la platica que tuvimos sobre las cartas missivas, lo qual no es necessario repetir agora de nuevo, mas solamente dar muestra, de que estos dos terminos no se encuentran: que si el hablar con propriedad es con palabras naturales, menos figuras de Retorica para ornato dellas, y no usar de los Tropos, Alegorìas, Metaforas, Translaciones,

An-

Antonomasias, Antifrasis, Ironìas, Enigmas, y otras muchas; esso se usa en la platica vulgar, para tratarse libremente las palabras proprias; pues solo algunas Metaforas, Antonomasias, è Ironìas se hallan en ella, y mui raramente otras figuras. Y puesto que en tratar desto me detenga mas de lo que determinava, me he de embarazar en estas tres figuras. Translacion es figura, quando passamos las palabras de una cosa à otra, pero con una semejanza conveniente; como quando decimos una fuente de sabiduria, un pozo de letras, un rio de oro, un tesoro de gracias. Esta figura se acostumbra usar para uno de quatro efectos: ò para evitar palabras deshonestas; ò para abreviar razones largas; ò por suplir la pobreza de lenguage; ò por hermosear, y hacer afectada la platica. En el primero modo hace oficio mui necessario, que es dar à entender por palabras agenas, cosas que suenan mal por su nombre proprio, como decir, que una muger usa mal de su hermosura; que se vende à precio; que se entrega à Venus; que sirve à su gusto.

De la Translacion.

Un

Un hombre aficionado à ramos, perdido por Baco, olvidado de sì. Tambien para abreviar razones, es de mucha utilidad en la platica, como quando decimos: quedò en seco, echò azar, torciò la oreja, diò de cinco. Los otros dos modos me parecen en la platica demasiados, y culpables: el primero, porque siempre se ha de huir en ella la afectacion y ornato de las palabras: y el otro, porque no faltan en la lengua Portuguesa las bastantes para declarar cada uno lo que le conviene decir. De la figura Antonomasia se usa algunas veces en la conversacion, puesto que solo en las personas, ò en las partes del mismo Reino serà mas acepta. Entre nosotros, quando nombramos el Poeta, se entenderà Luis de Camoens; el Historiador, Iuan de Barros; el Duque, el de Berganza; el Marques, el de Villa-Real; la Ciudad, Lisboa; la previlegiada, la de Almerin; y otras semejantes cosas, à las quales la grandeza les diò superioridad sobre las otras de su mismo nombre. La Ironìa es mas propria en la conversacion que las demàs, pues consiste mas en la gracia y ri-

De la Antonomasia.

De la Ironia.

risa, ò disimulacion del que habla, que en las palabras. Esto se considera en dos maneras: la primera, hurtando la propriedad de las cosas; y la segunda, el sentido à las razones. La una es mero escarnio, la otra disimulada sutileza. La primera, quando del cobarde decimos que es un Hercules; del loco, que es un Caton; del miserable, que es un Alexandro; y de la muger poco casta, que es una Lucrecia. La segunda como si dixeramos: nunca perdiò la lanza, quien jamàs usò della; no le llegò ninguno con la espada, hablando del que huìa; nunca pidiò nada, hablando del que hurta; paga mas de lo que deve, diciendolo por el que paga por justicia. En lo que toca à las figuras, me parece que basta esta minuta, y las palabras que se deven usar para hablar vulgarmente, no han de ser estrangeras, ni exquisitas, ni inovadas, ni tan antiguas, que estè perdido el uso dellas. De las primeras, tienen mucha culpa los Estudiantes, y Letrados, que introduxeron las Latinas en la conversacion, haciendo el lenguage de puras mezclas. Essa culpa (replicò el

Doctor) es de los mancebos, que como en el platicar no tienen la madurez, que solo enseña la experiencia, piensan, que se mejoran con hablar escuro y elegante, haciendo en la prosa accentos de musica, ò medidas de Poesia. Muchos letrados sè yo (dixo Solino) que no son mozos, y en esso lo quieren parecer, que hablan un lenguage, como Sirena, muger hasta los pechos, y lo demàs Pescado: y son hombres, à quien no se les escapa por ninguna via el verbo à el cabo. Y siendo nuestra lengua de mui buen metal, le mezclan tanta liga, que pierde mucho de sus quilates. No tengo por grande yerro (acudiò Pindaro) quando la conversacion es entre Doctos, usar de algunas palabras sacadas del latin, quando son mejores, que las con que nos podemos declarar en Portugues; antes creo, que si esto se fuera introduciendo viniera nuestra lengua poco à poco à se emparentar con ella, y quedar tan pulida, y apurada como la Toscana. Y essa (dixo Leonardo) què fruto sacò de esse parentesco, sino fue llamarla algunos Autores borra de la lengua latina? El caso es (dixo Solino) que vos deveis de ser aficionado à la frasis de un Cirujano de Coimbra de nuestro tiempo, que por ella se hizo famoso, que dixo à la criada de un herido, à quien curava: traigame un puñado corpulento, para fricar los labios desta cicatrice. Y à un rustico que venia descalabrado respondiò, que no tenia mas lesa, que la superficie de la frente. Y teniendo palabras con otro le dixo, que lo aniquilaria si dixesse alguna cosa en vilipendio de su dignidad. Y cierto que tengo rabia (sabiendo que la lengua Portuguesa no es manca, ni lisiada) de vèr que la hagan andar en muletas latinas los que la avian de tratar mejor. Ai otros (pronunciò Leonardo) que ni aun con esso se contentan, y andan buscando palabras mui exquisitas, que por terminos mui obscuros, signifiquen lo que quieren decir; como uno que se quexava de su Dama, que de celos andava inquiriendo los escrutinios de su pensamiento: y otro à un barbero dixo, que le rubricaria la pared con la sangria. Algunos (dixo el Doctor) conocì yo culpados en esse modo

Gracioso modo de errar.

impertinente de hablar, que por tales eran reprobados; pero el uso de las palabras inovadas, aun no las he hallado entre los Portugueses, como entre los Castellanos, è Italianos; ni tengo por grande vicio aprovecharse de algunas antiguas mui bien usadas en otro tiempo, y desterradas sin razon en nuestra edad. No faltan (respondiò Leonardo) curiosos, que por hallar pobre la lengua, ò por estarlo ellos de sus vocablos, hacen algunos à su modo; como un Letrado, que quiriendo autorizar unas casas para cierta ocasion, dixo es necesario, que las paredes deste domicilio sean albeadas, y que la ropa usable quede retirada en las ultimas dèl. Y otro dixo de un navegante; que fuera dichoso, sino fortuneara tanto en el exito del viage. Y à lo que decìs de las palabras antiguas; puesto que en algun tiempo fuessen buenas, no lo son en la parte donde se perdiò el uso dellas; pues como yà dixe esse solo es el fundamento y razon de las palabras: y assi no dirèmos los vocablos antiguos, que no estàn en uso, aunque los ayan usado Autores gravisisimos, de cuyos escritos podemos aprender la perfeccion de la lengua Portuguesa: y bastò el contrario uso para en esta parte poder seguir à los que agora escriben y hablan bien. Con una sola razon (acudiò Solino) condenàra yo à toda essa turba de los que en el hablar quieren parecer singulares, y es que no hablan para que los entiendan mejor, sino para que se admiren de su estraña eloquencia, y admirable elegancia. Y entended, que es lance mui cierto, que los que se contentaron con saber un poco de latin, hablen mas alatinado, porque los oyentes piensen, que lo saben. Y assi como vieredes un Cirujano Boticario que acaba la Gramatica en la quinta clase; ponelde un abrojo, que no lo sacareis con veinte galgos à el camino Real del lenguage comun. Y si tuvieredes paciencia, para esperar un estudiante presumptuoso de Philosophia en locutorio de Monjas oireis un lenguage, que la mitad sea de Logica, que no le entendereis lo que dice. Y de los que hablan lenguage del Perrillo, yo no le consintiera, sino fuesse en hombres de barba larga, sacacada en punta sobre el pecho, con caperuza redonda, y sayo con aletas sobre las faldas, que os cuente historias del Rei Don Manuel, y de los Infantes de Almerin, y de quando Don Rodrigo de Almeida recibiò por compadre à la Villa de Condexa, del hijo que alli le naciò en tiempo del Obispo Don Iorge. Pero en lo estirado de agora, y las barbas turquescas, sacada por hilos, y teñidas sobre blanco, parecen las palabras de aquel tiempo remiendos de otra color. De manera (dixo Don Iulio) que queda averiguado, que es lo mismo hablar vulgar y propriamente, que hablar bien. Y realmente la principal parte del buen lenguage, es la claridad, y lo mas della consiste en huir de essos impedimentos; pero yo tengo por el peor de todos el de la proligidad, de cuyas partes se tocò lo principal la noche pasada. Ai muchos hombres (prosiguiò Leonardo) tan verbosos, que no os dexan hacer basa en la conversacion, y son tan amigos de llevar un cumplimiento hasta el cabo, que ni aun con silencio os defendereis de los suyos; y es vicio, que se ha de huir

co-

como peste de la discrecion. Y yà me ha ocurrido, por que razon llamarian à los habladores palabreros, ò hombres de parola; que puesto, que la frasis es Italiana, le hàllo yo una regla mas secreta, y es: Que como la lengua de Italia, es mas copiosa, adornada, y cumplida de razones; à los que en la nuestra hablan mucho, à aquella semejanza, llamaron hombres de parola, como si llamàran Italiano. Buena està la difinicion (replicò el hidalgo) pero vamos à la brevedad, que yo no me atreviera à culparla si agora no os huviera oido. No soi yo el primero (respondiò èl) que lo ha dicho, que yà el Poeta se quexò, que quando queria ser breve, quedava obscuro; y verdaderamente à la platica larga no la comprehende la memoria, y la mas breve de lo necesario ciega el entendimiento, y ai muchos que por abreviar lo que dicen, no declaran lo que quieren: que puesto que la brevedad sea loada, y por ella se aventajassen los Laconicos en el lenguage entre los otros Griegos; el Cortesano no ha de decir las cosas en tres palabras, ni en trecientas.

Decis bien como en todo (acudiò el Doctor) que ai algunos, que por quererlo atar todo en un haz (como dice el Proverbio) desconciertan lo que con pocas palabras mas, pudiera ser bien dicho. Y mucho se parece esse yerro de abreviar con el de afectar las palabras, que es como perder uno por carta de menos, y otro por tenerla demàs. Aunque el mismo vicio (prosiguiò èl) se tratò la noche, que hablamos de las cartas, no lo dexarè pasar agora sin hacer memoria, porque es un trabajo, no solamente es escusado, mas odioso: que la platica artificiosa embaraza à los que saben poco, y no agrada mas al discreto, y sirve de nieve para las cosas que se tratan, que con el ornato de razones se pierde muchas veces el sentido principal dellas: y es tan culpable la hechura que en esso se pierde, como la que las mugeres usan en desmentir las gracias de la naturaleza, con fingida hermosura, que nunca à los bien entendidos puede parecer verdadera. Y dexando esto à parte, pasemos à lo principal, y que mas pertenece al discreto, que es no descuidarse

Platica mui artificiosa ciega à los oyentes.

se con la confianza; porque ai muchos, que confiados en su suficiencia hablan por sì, y no pesan las palabras con el recelo que para bien hablar, ha de ser siempre la valanza dellas: y assi dicen algunas poco decentes à la honestidad de la conversacion; otras escandalosas à alguno de los oyentes; otras que por ser fuera de tiempo, pierden el lugar; y èl en la opinion de los que escuchan lo que con muchos otros tiene alcanzado.

El recelo la valanza de las palabras.

El primero descuido de la confianza, y lo que desacredita mas à el Cortesano, es quando entre mugeres principales usa de algunas palabras que, ò en el sonido, ò en la materia ofenden à la honestidad de su estado; culpa en que caen muchos confiados, mayormente en las visitas de desposorios, y nacimiento de hijos, y en otras semejantes, en que es mas necesario à el discreto llevar las riendas en la mano, porque èl no pierda los estribos, y à ellas no se les mude el color. Y tambien soi de opinion, que antes huiga de decir algunas cosas, que mudarles el nombre, como llamar à las piernas, sus tenientes, ò andaderas; por-

Advertencias en las palabras que se han de huir segun las ocasiones.

porque nombrando estas partes de las mugeres delante dellas no es cortesìa. Parece (preguntò Pindaro) segun esso, que nombrar las piernas de los hombres no serà yerro, aunque sea delante dellas? No (respondiò èl) porque en las mugeres es parte oculta, y en los hombres manifiesta, y el habito de cada uno enseña esta cortesìa. Y muchos ai que de escrupulosos en ella dan en disparates: como me contaron ha poco de un Maestro de Gramatica, que disculpandose un discipulo suyo, que avia faltado del estudio, porque aquel dia avia parido su madre, lo mandò castigar, diciendo: que en publico no se avian de hablar palabras mal sonantes à la honestidad. Y otros que hacen cortesìa de mudar los nombres à las cavalgaduras; y por perder el encuentro de un asno daràn mil bueltas, y tomaràn mil rodeos. En esso tienen ellos mucha razon (acudiò D. Iulio) porque no he visto yo peor azar, que esse encuentro; y devia de ser inventada esta manera de cortesìa, por no nombrar asno, delante de alguno que lo pareciesse, por guardar la adverten-

cia

cia del refran: en casa del ahorcado no se ha de nombrar la soga: siendo assi, que à los animales asquerosos, y à las savandijas nombran por su nombre, aunque esto no lo usàra yo entre dueñas, y damas delicadas, que son quien con menos ocasion reciben asco. Mui bien aveis apuntado (prosiguiò Leonardo) y continuando con las otras, me parece, que el segundo descuido es quando el discreto habla, ò alega latines entre personas que no lo saben, ò que no tienen obligacion de entenderlo, como son mugeres; ò cuenta delante dellas historias de la India, ò de otras regiones remotas à donde estuvo, diciendo las cosas con muchas palabras de los nombres proprios de aquellas partes: que ai algunos que en cogiendo en platica Ormus, Malaca, ò Sofala, no saben dar un paso sin palanquines, vagios, boyas, babor, estibor, y otras palabras que dexan en ayunas à el entendimiento de los oyentes, sin que los suyos por esso queden mejor acreditados. El ultimo descuido, y mas peligroso es, que motejando en materia, que pueda ofender à el tercero, no ad-

Advertēcia en el hablar.

advierta antes de hablar si està en la presencia à quien toque por sangre, ò amistad la ofensa que se le hace à el ausente, aunque sea en materia leve; ò si està alli otro del mismo estado del que se murmura, del mismo cargo, vicio, ò costumbre, que no teniendo esta vigilancia le podria nacer de su gracia una ruin respuesta. Pues se ofrece (dixo Don Iulio) que hableis en gracia, dando color de que en la murmuracion se halla mas cierta; estimarè saber, què es lo que llaman sal los discretos, que es un termino de hablar mui ordinario entre ellos: la respuesta de esso (respondiò Leonardo) està por cuenta del Doctor, que parecen olvidados de la noche pasada, y lo aveis de haver con èl, que yo voi dando ya fin à lo que me cayò en suerte. Soi contento (dixo el Doctor) que me llameis por parte en esta pregunta del Señor Don Iulio, por servirle à èl, y dar ocasion à Solino de que sepa la ventaja, que à todos nos tiene en esso. Primeramente la sal (à quien un Autor llamò salsa de todas las otras) es la que da sabor, y da apetito à el desseo para todos

Què cosa sea sal en la cõversacion.

dos

dos ellos. Mucho se parece en esso con la hambre (dixo Solino): assi es (replicò el Doctor) pero tiene de mas que los conserva, y sustenta con su fuerza; por los quales atributos Homero, y Platon llamaron à la sal divina: y assi como los mantenimientos sin ella no obligan la voluntad, ni dispiertan el apetito; assi tambien por èl (como dice Plinio) significamos los afectos del animo: llamando hombre sin sal, platica sin sal, risa sin sal, y aun hermosura sin sal, como escribiò Catulo de Quincia, que pintandola hermosa, blanca, y bien dispuesta, dice: que en toda aquella figura no avia un grano de sal. De manera que conforme à este sentido la sal es una gracia, y composicion de la platica, del rostro, ò del movimiento del andar, que hace à las personas apacibles: y esta segun algunos particularmente se declara en lo que obliga à risa, y alegria, con un modo de murmuracion ligera. De donde Seneca dixo, que la sal de la conversacion de los amigos no avia de tener dientes: y assi como los mantenimientos, que tienen sal, causan mayor sed à quien los co-

come; y assi la conversacion que tiene mas della, es mas apetitosa y desseada de los oyentes; y como sin sal todos los manjares son sin sabor, y sin gusto: assi la platica, donde su gracia falta, es todo fastidio; pero lo que yo entiendo de la intencion destos Autores, que hace mas à nuestro modo de hablar: Sal quiere decir gracia, que es lo contrario de la frialdad, y sinsabor: y decimos del gracioso, que es salado; y de lo bien dicho, que tiene mucha sal; y de lo que no lo es, que no tiene ninguna. Por què razon (preguntò Feliciano) siendo la sal tan excelente, los Egipcios no querian usar della en ningun mantenimiento, y hasta el pan amasavan sin sal, teniendola por enemiga? Los Egipcios lo hacian (respondiò èl) por parecerles que guardavan en esso la Castidad, atribuyendo à la virtud de la sal la fecundidad y apetito carnal, por razon del calor: à cuyo respeto fingieron los Poetas, que Venus naciò de la sal, que es de la espuma del mar: y algunos naturales dixeron, que solo con comer, y usar mucho de la sal, concebian algunos animales.

Lo que los antiguos sintieron de la sal.

les. Otro Autor dice, que los Egipcios lo hacian por sobriedad, y abstinencia, quitando el sabor, y gusto à los manjares, no echandoles sal; mas la verdad es, que si ellos la tienen por enemiga de la vida, que no ai cosa en ella mas sabrosa: porque las dos cosas, que la sustentan, como escribiò un Autor grave, son Sal, y Sol: y aun despues de la muerte la sal conserva los cuerpos sin corrupcion, y los sustenta enteros, sin dexar apartar los miembros de su compostura. Por las quales propriedades, la hicieron los antiguos simbolo de la amistad (como dice Pierio Valeriano en sus Hieroglificos) que ella tiempla todas las cosas de la vida entre los hombres, como la sal da gusto à todas. Y la primera cosa que se ponia à los amigos en la mesa era sal, costumbre que hasta agora se usa; puesto que no se sepa en muchas partes la razon desta costumbre, ni por que se enojan, y enfadan los huespedes de que se derrame la sal por la mesa, que en este nuestro Reyno quieren hacer particular aguero de los Mendozas, siendo la causa general; porque les parece à

los

Razon, y fundamẽto porque la sal derramada ofende.

los Antiguos que se apartava, y perdia el amistad, derramandose la sal, que en la mesa hacia figura della; y à semejanza tenian por buena suerte derramarse el vino, que como era simbolo de la alegria y contentamiento, desseaban que entre todos se esparciesse: con esto tengo dicho de la sal lo que me preguntais, puesto que para darle mas enteros loores la pudiera apoyar la Escritura sagrada, à donde no solo significa confederacion, y amistad; mas por ella se entiende la Doctrina Evangelica: y à los mesmos Apostoles, y Predicadores della llama Christo nuestro Señor sal. Y pues para hablar della, tomè mas tiempo del que quisiera; es bien que os dexe libre èste que queda, para que todos nos aprovechemos de oiros. Poco pudiera yo decir (respondiò Leonardo) sino fuesse arrimado à vuestra erudicion y autoridad, y de la sal no me queda otra cosa que advertir, mas de que se aya con ella de manera el Cortesano, que no sea la platica toda de gracias, ni sin ellas, sino una cierta liga con que se componga el galano, y el hombre de juicio; que es

una

una diferencia, que siempre he hecho del agraciado al gracioso: pero como esto ha de ser en conformidad de las materias, ocasiones, y personas, con quien se platica, no puedo dar à esso regla cierta. Queda demàs desto que advertir al discreto la mecanica general de los terminos, y nombres de los principales instrumentos, con que se exercitan las artes mas nobles, como la Pintura, Escultura, Arquitectura, Arismetica, Astrologìa, y Musica; saber las piezas, y nombres dellos; con què se arma un cavallero; las que pertenecen à el jaez y arreo de un cavallo; los lugares, ordenes, y disposicion de un esquadron formado; el movimiento militar de una galera bogante; los nombres de un edificio bien fabricado, y de una fortaleza bien guarnecida; saber el color, y el nombre de todas las piedras de valìa; los quilates del oro, el peso de los metales, la ventaja dellos, y otras cosas semejantes à estas; que como andan siempre en la plaza ordinaria de la conversacion, no es justo que falten à el discreto palabras, con que muestre que tiene conocimiento de todas. Con este memorial me despido desta materia, supuesto que se queden muchas dellas de fuera, como son cuentos, historias, y novelas de los Cortesanos, y agudeza de dichos, que cada uno pedia mas cumplidas horas de platica; pero con la mia os tengo à todos cansados, sin quedarme yo ocioso. El de las historias (dixo Pindaro) podeis vos señor dilatar, pero no os escusareis de decirlas; mayormente pues que por la que me atribuistes, me importa mas que à todos saber el particular dellas. Queden essas guardadas para mañana (dixo Solino) y si temeis que hasta entonces se dañen, obliga al Doctor, que de la mucha sal, que aqui echò à mi cuenta, gaste en ellas alguna. Buen recaudo fue esse (dixo el Doctor) yo confiesso la culpa de no aplicar lo que dixe à vuestra gracia, y galanteria, que es la sal, con que os convidè, y que à todas las platicas desta nuestra conversacion hace parecer agradables y sabrosas à todo entendimiento. Vos señor Doctor (replicò èl) me teneis hecho un salero con vuestros loores, y

con

con la vanagloria dellos, no me tengo por seguro en el assiento de qualquier lugar. Si derramaredes la sal (dixo Pindaro) no serà la primera vez, que distes mala cuenta del amistad. De confiado en la mia (replicò èl) hablais contra lo que entendeis della, que mas se acredita en las obras que en las palabras. La verdad es (dixo Leonardo) que sois buen amigo, aunque con mucha sal, y que sin encarecimiento os podràn llamar con el mismo nombre. Mas, què me aveis de convertir (dixo èl) en sal? Antes (acudiò Pindaro) en lo que dice Marco Varron, que la sal era el alma del puerco: y yo sè y todos de vuestra gracia, y ninguno darà fè que teneis alma. Essa (respondiò Solino) està agora en el Purgatorio oyendoos: y porque estos Señores, yà con unos bostezos disimulados, dan señales de que tienen necessidad de reposo, quede lo demàs para mañana. Todos entonces se levantaron, mostrando que aun lo hacian con poca voluntad: porque en las platicas de gusto primero se cansan los sentidos, que los desseos.

DIALOGO X.

DE LA MATERIA DE CONTAR historias en conversacion.

DEspues que los amigos se apartaron, y Don Iulio se recogiò à casa para reposar; hallò en ella una nueva ocasion de desasosiego, que le hizo perder el sueño, porque le trajo nuevas un criado, à quien tenia encomendada la diligencia, que el Prior se partia la mañana siguiente para la Ciudad, acompañando à aquella hermosa peregrina, para el recogimiento de la clausura, à que de tan lejos estava aficionada: y como èl lo quedò tanto de su vista, y corrido consigo mismo de los pocos estremos que por ella avia hecho, determinò con ocasion de cazador (que yà avia sido principio de aquella aventura) hacerse encontradizo en el camino, y acompañar à el Prior hasta el fin de la jornada. Para lo qual sacò à luz

los

los mejores aderezos de campo que tenia, y el vestido y galas mas lozanas, con que podia parecer en aquel disfraz, usando lo mismo en los criados que llevava. Otro dia puso en execucion este pensamiento, y dexando para su tiempo el sucesso que tuvò; los de la conversacion no se vieron todo aquel dia: y quando llegò la noche que lo hallaron menos, huvo quien diesse nuevas de como lo encontràra en aquella empressa: y con esta ocasion comenzaron la platica, y dixo el Doctor: Siempre oì, que los cuidados de Amor en pechos generosos salen con sus estremos à lo largo, y que entonces se esfuerzan, quando los otros sugetos desconfian. Aquellos encarecimientos de mi amigo Don Iulio; aquel silencio y secreto; aquel respecto de cortesía tan encogido, parece que apañava piedras para mejor tiempo, y en èste acostumbra à hacer lances este diablillo de Amor; porque tiene los otros de su parte, à cuenta de estorbar su buen proposito. Segun esso (dixo Solino) recelais que la que desechò Principes mas rubios que Salmonetes, acete agora à un hidal-

go

go retraìdo en un aldea, de donde sale con las galas mas mohosas y vellosas, que membrillo temprano. Muchas damas (respondiò èl) que desecharon grandes señores, no despreciaron grande amor: y otras à quien ofendieron procederes ingratos, estimaron de sugetos mas humildes devidas cortesìas. No hagamos (acudiò Leonardo) ofensa à los ausentes, ni à ella la demos por arrepentida, ni à Don Iulio por tan enamorado; pero mayores cosas ha avido en el mundo, todo lo puede texer el Amor, y acabar la ventura: y si essa cayera à cuenta de Don Iulio, otra pudiera ser peor empleada. No estoi bien (dixo Solino) con la ventura de los casamientos por amores. Serà (respondiò Feliciano) por estar mal en las muchas que por ellos se alcanzaron; y bien pudiera yo en prueva dello traer alguna historia de notable exemplo, si estas horas no estuvieran dedicadas à otro exercicio. Antes la materia que à noche quedò por acabar (dixo Pindaro) era cò no se avia de aver el Cortesano en los cuentos y historias; y viene la vuestra à tiempo, que servirà de exemplo,

y

y à lo que sobre ello se dixere de doctrina. Aunque parece esto mas concierto de Amigos hablados (dixo Solino) que ocasion; digo que teneis justicia, y soi de parecer que vaya de historia; mas plega à Dios, que no caigais en el atolladero de que os desviastes la primera noche de nuestra conversacion. Bien sabeis (respondiò èl) que à rio grande ser el postrero: y assi primero he de ver las habilidades de mi compañero, que caiga en vuestras manos. Engañaisos (replicò Solino) que menos seguro và el ciego, que el mozo que lo guia. No apreteis tanto à los amigos (acudiò Leonardo) oigamos à el Licenciado su historia, y quando las pelotas vinieren à Pindaro, èl las bolverà à vuestra vista, y direis lo que entendieredes. Otra cosa espero yo (acudiò el Doctor) y es que aveis de passar por la lei que ordenaredes, contando tambien vuestra historia; la qual se ha de escudriñar como las demàs: y porque dilatemos esta menos, diga el Licenciado, y declare, si vende su historia por verdadera. Por tal la cuento (respondiò èl) y de un Autor mui

mui aprobado y verdadero, y es la siguiente.

Historia de los amores de Aleramo, y Adelasia.

EN la Corte del Emperador de Alemania Oton Tercero deste nombre, que fue la mas florida y frequentada de Principes, que huvo muchos años antes y despues; en aquel imperio assistia con grande satisfaccion de sus partes Aleramo hijo del Duque de Saxonia, mancebo de poca edad, y de mucha gentileza, magnanimo, esforzado, liberal, y tan lleno de gracias naturales, que en èl como en un tesoro parece que las depositò todas la Naturaleza. Tenia el Emperador una hija de la misma edad, y de tanta hermosura, que sin lo que la suerte devia à su nacimiento, merecia tener el Imperio del mundo: y si en la belleza tenia esta ventaja à todas las demas de Alemania; aun la hacia mucho mayor la discrecion, aviso, y gentileza. Aleramo que en el servicio del Emperador tenia siempre à la vista aquel despertador de pensamientos altos, y que demàs de los que la grandeza de su sangre le prometia en los ojos de Adelasia (que este era el nom-

nombre de la Princesa) iva aprendiendo poco à poco à le querer mucho; fue descubriendo esta voluntad, hasta que fue testigo de sus efectos la propria causa. No se tuvo por ofendida deste amor Adelasia, por parecerle devido à su gentileza, y natural en un corazon magnanimo y generoso; mayormente que en la vista y fama de Aleramo hallava todo lo que podia dessear para un empleo amoroso, aunque la desigualdad de los estados se lo defendiesse: fue él, acrecentando el amor; y este engendrando atrevimiento, que son las Salmandrias, que en este fuego se crian: y ella despues de batallar con los recelos largamente, descubriò al mancebo su voluntad, encomendandole en la fè de lo que le queria el secreto della; porque bastava para destruicion de sus vidas una leve sospecha, que el Emperador tuviesse de sus Amores. Continuò mucho tiempo à este secreto, sin ser entendido; y poco à poco se apurava la paciencia destos dos amantes, tratando en una amorosa correspondencia sus cuidados, sin otros terceros ni secretarios, mas que sus ojos. Eran estos con todo

sin

sin esperanza, por quan ageno estava el Emperador de consentir en ellos; pareciendole poco para los merecimientos de aquella hija darle por esposo al mas rico, y poderoso de los Reyes Christianos, quanto mas un hijo segundo de un su vasallo. Mas como el poder del Amor se muestra en tener en menos cuenta la mayor grandeza; hizo tanto con Adelasia, que olvidando todos los intereses, ofertas, y esperanzas de la fortuna, se determinò de huir con Aleramo, que sin respetar el peligro se ofreciò à lo que su Señora ordenasse. Escogido el tiempo y ocasion oportuna, llevando ella las joyas de precio que tenia, y èl las cosas de valor que pudo grangear, se salieron de la Corte, y anduvieron en poco tiempo tanto camino, quanto les fue necessario para poner en salvo las vidas, à que la ira de Oton amenazava; el qual hallando menos la hija, à quien queria mas que à su vida, estuvo à riesgo de la perder con sentimiento; y mandò luego atajar los caminos y veredas de toda Europa, con bandos, y pregones de grandes promesas, à quien descubriesse, ò

dies-

diesse nuevas del robador de Adelasia: mas ella, y su esposo caminando à pie hàzia Italia en habito de Peregrinos, fueron à parar à el Condado de Tirol: y porque el temor de ser conocidos los desviava siempre de poblado, vinieron en la montaña à poder de salteadores, que robandoles las joyas y dinero que llevavan, les dexaron solamente las vidas, sujetas à tan grande miseria, y pobreza que les fue necessario para poder sustentarlas, andar pidiendo limosna por toda Lombardia de lugar en lugar, yà tan mudados de su parecer, y gentileza con los trabajos, que la mudanza les pudiera escusar el de su recelo. Resolviendose con todo de no hacer assiento en Milan, ni en otra Ciudad Imperial, se fueron à vivir à unas montañas entre Asti, y Saona; à donde Amor, y la necessidad les enseñaron con los trages viles à se conformar con exercicio de que viviessen, que era cortar leña en aquellos bosques, y haciendo carbon, que vendian en los lugares de aquel districto: y con esse sustentavan en vivas brasas el verdadero amor, que les dava la vida. Alli con la

ri-

riqueza, de que èl los tenia satisfechos, contentos de tan sabrosa necessidad, con habitos humildes, nombres mudados, y corazones conformes, huvieron siete hijos varones, que luego en los rostros parecieron ser de padres ilustres, y de un tan amoroso ayuntamiento. El mayor dellos, à quien pusieron por nombre Guillermo, comenzò luego en su puericia à ayudar à sus progenitores, en aquella miseria, llevando el carbon y leña à vender à Asti, Saona, Alva, y otros muchos lugares, que por alli avia: y como su generosa, y natural inclinacion, vencia à la razon de aquel estado miserable, en que se criava; de lo que con su trabajo ganava en aquel trato, un dia comprava un puñal, otro una espada, otro un perro de caza; sin que le valiessen à el generoso Padre las reprehensiones con que lo persuadia, à lo que convenia mas para remedio de su pobreza. Passaron algunos dias, y una vez trajo empleado todo el caudal qne llevàra en un gavilan, à que estava mui aficionado, mostrandolo à Adelasia, que con muchas lagrimas le dixo estas razones, declarandole le su historia: Bien sè mi amado Guillermo, que con la culpa desta tu estraña demasìa quiere la Naturaleza, en parte, enmendar la fortuna, dandole en cara los bienes que te quitò, con el empleo que te enseña à hacer destos: mas si es de animos generosos edificar torres altivas sobre la humildad, no es menor grandeza obedecer à el tiempo, y dar lugar à la suerte, en quanto su ira se executa en nuestra miseria. Si el espiritu te inclina à volar mas alto, acuerdate hijo mio, que no fueron menores los pensamientos, de quien vive con las alas tan encogidas en este desierto; y que esse exercicio que desseas, no conviene con lo que usas, tan necessario à tu Padre, y Madre, que tambien en el Imperio de Alemania pudieran tener lugares mas levantados (si Amor quisiera): ten compassion de mì, y desta misera pobreza, en que vivo; y antes para sustentar tres pequeños hermanos, y esta Madre, que con tantas dificultades te criò, emplea tu cuidado, que tomar otros tan improprios à esta vida, quan naturales à tu generosa sangre, y pensamiento. Y pues los

los tesoros que la suerte me guardavà, se han buelto en este carbon de que agora vivo, no levantes con èl llamas de vanidad, que vengan à esparcir las centellas de este fuego, por Alemania; en cuya opinion, està yà sepultado en las cenizas frias. Enterneciòse el ilustre mozo con las maternas lagrimas, entendiendo que no podia continuar en aquella vida, ni resistir à su inclinacion: y de alli à pocos meses, desapareciò de la montaña, y se fue à el campo Imperial à ser soldado; y en èl en poco tiempo creciò tanto en esfuerzo y opinion de los hombres; que yà entre ellos, y del mismo Emperador era mui conocido. Sintieron Adelasia, y su marido la ausencia deste hijo con grandes estremos, ansi por el grande amor, como porque en aquel su trato humilde los ayudava: mas en quanto los otros hermanos menores se exercitavan en el oficio, que èl dexàra; iva Guillermo en la guerra dando claras señales de su nacimiento: y llegò à ser por su valor tan aceto à su abuelo, que para lo subir à dignidades, y lugares que merecia por su persona, le preguntò quien eran sus padres: à lo qual èl respondiò, que eran vivos, Alemanes de nacimiento, mas que vivian pobremente en las montañas de Saona, supuesto que no desmerecian por su sangre, y ascendencia tener un hijo honrado. Desseoso Oton de saber la verdad, yà encaminado de la ventura del generoso mancebo, embiò con èl un particular privado suyo, para que ambos en compañia traxessen à la Corte à el padre y madre de Guillermo con su familia. Era este privado mui cercano pariente de Aleramo: y sabiendo en el camino del mozo quien era, con un nuevo espanto y alegria quedò absorto, abrazando con muchas lagrimas à el sobrino. Llegaron en pocos dias à las montañas de Saona, à la puerta de la morada pobre de los ricos amantes; y alli llamandolo por su proprio nombre, causò en toda la humilde morada estraña turbacion, y sobresalto. Saliò primero fuera, llena de un frio temor Adelasia; y conociendo à el hijo, que con los ricos vestidos y galas de soldado, hacia parecer en todo mayor su gentileza; con infinitas lagrimas de alegria lo abrazò

lla-

llamando à el marido, que con los mismos efectos lo festejò, y conociò à el primo, en quien el tiempo no avia hecho la mudanza, que en èl, los trabajos de tan triste vida. Recogieron los huespedes con el agasajo de su pobreza; vinieron de noche los hijos de vender su mercaderia; y fue en ellos, y en los padres tantas las lagrimas de contento, que ni davan lugar à las palabras, ni à las cortesìas. Sabida despues la voluntad del Emperador, y que era fuerza obedecer su mandado, y poniendo en las manos de la fortuna, y en los ojos de la piedad Real su esperanza; de alli à pocos dias caminaron, que los leves aparatos de pobreza les hacian mas faciles sus jornadas, y mucho mas seguros los caminos. Llegaron à la Corte, y postrados à los pies del Emperador, èl conociò de improviso à su hija, y à Aleramo; y viendo la fecunda generacion de aquellos siete hijos, que podian en la hermosura competir con los Planetas, con grande contentamiento, que dava en las aguas de sus ojos, los recibiò, perdonando à los padres la culpa, y dando à los nietos la satisfaccion de la miseseria padecida en sus tiernos años. A Guillermo criò Marques de Monferrato, à el segundo de Soana, à el tercero de Saluzo, à el quarto de Sena, à el quinto de Incisa, à el sexto de Ponzan, à el septimo del Bosque. Y destos siete Marqueses naciò generosa decendencia, que enriqueciò à Italia, la qual quedò deviendo la gloria desta nobleza à el verdadero amor destos dos Amantes, que aunque èl encamine por asperas dificultades estos sucessos, siempre el fin que por medio de sus obras se alcanza es glorioso. Maravillosa es la historia para exemplo (dixo el Doctor) y tambien pudiera servir de muestra, còmo se deven contar otras semejantes con buena discrecion de las personas, relacion de los sucessos, razon de los tiempos, y lugares, y una platica por parte de alguna de las figuras que mueva mas à compasion, y piedad, que esto hace doblar despues la alegria del buen sucesso. Solamente (acudiò Leonardo) me parece larga, siendo la materia della mui breve. Essa diferencia (respondiò Feliciano) me parece que se puede hacer de los cuentos, y las historias, que ellas piden mas palabras que ellos, y dan mayor lugar à el ornato, y concierto de las razones, llevandolas de manera que vayan aficionando el desseo de los oyentes, y los cuentos no requieren tanta Retorica; porque lo principal, en que consisten, es en la gracia del que habla, y la que tiene de suyo la cosa que se cuenta. No soi contra esse parecer (dixo el Doctor) mas antes que averiguemos la diferencia, dexemos lugar à que Pindaro comience su historia, no le pongamos delante preceptos, que le causen recelo. Necessaria me era (dixo èl) grande confianza para vencer los que tengo, sin que se crezcan otras de nuevo; porque si antes de oir à Feliciano tomàra esta empressa, tuviera un atrevimiento menos culpable; mas agora serà desverguenza mi osadìa. Yo soi (dixo èl) el que me corro desta disculpa: y supuesto que me venia bien que estos Señores acetassen qualquiera de las vuestras, para que no quede tan manifiesta la ventaja que me haceis; no quiero que con essa fingida humildad castigueis

gueis la confianza con que me ofrecì. Mejor me està obedecer que competir (respondiò Pindaro) quiero contar una historia semejante à la vuestra, solo por aprovecharme del modo que en ella tuvistes; si yo acertàre, à vos se deve el loor de todo; y si me perdiere, tambien sereis culpado, por la fuerza que agora me haceis.

Historia de Manfredo, y Eurice.

MAnfredo mancebo bien nacido, à quien en gentileza y discrecion, quedavan mui inferiores todos los de su edad en la casa del Emperador Constantino III. cuyo cortesano era, tuvo tanta ventura en los ojos de Eurice, hija de Constancio (que despues sucediò en el Imperio) que le parecia à ella que no podia esperar de los hados mayor ventura, que la de alcanzarlo por su esposo, y gozar en qualquier estado humilde el fruto de su aficion, triunfo que el amor alcanza de la vanidad, con el favor de los espiritus mas ilustres y levantados. El mancebo ageno destos pensamientos, pero obligado de las muestras que le revelavan à aquella aficion, determinò de no serle ingrato; porque demàs de la grandeza de estado (que la opinion de los hombres precia mas, que los merecimientos naturales de la cosa amada) era Eurice tan hermosa, que de quien en sangre le fuesse igual, merecia los mayores extremos de aficion: no hacia con todo Manfredo lo que desseava, porque como bien entendido sabia el riesgo, en que ponia si se publicava en la Corte este secreto. Y supuesto que no avia camino de sacar algun fruto de su amor, le sustentava sin esperanzas con toda la fè que à Eurice era devida. Pasò algun tiempo hasta que en ambos la gran fuerza de amor venciò à la razon, y triunfó la voluntad del entendimiento de Manfredo, que sin otro consejo huyò con su Eurice, en compañia de dos criados que lo servian, de cuya fidelidad tenia hecha experiencia; pasaron en Italia, pararon en el Reino de Napoles, de donde fueron à Rabena, y desde alli à el districto de Modena, à donde agora llaman la Mirandola, que eran en aquel tiempo montañas incultas, habitadas solamente de algunos pastores. Entre

tre estos comenzaron à vivir los dos amantes, guardando ganado, y haciendo verdaderos los bien fingidos amores pastoriles; teniendo en lugar de los Palacios reales, estanques, y jardines de Constantino, las humildes cabañas, la natural verdura de los floridos valles, y la cristalina corriente de las claras fuentes: y en vez de las galas, sedas, y tocados galanes que dexaron; los simples vestidos de la montaña, las capillas de flores, y rosas, y los zurrones, y cayados de guardadores: alli pisando con un generoso desprecio à la vanidad, libres de ingratos zelos, y engañosas sospechas, gozavan de su puro, y verdadero querer, sin aver otra cosa, que perturbasse aquel contento, mas del recelo de ser por algun modo conocidos. Manfredo poco à poco desvaratando por via de aquellos dos criados algunas joyas de precio, fue comprando ganados, y propiedades en aquellas Montañas en tanta copia, que vino à ser el mas rico morador que avia en ellas; y por su riqueza, prudencia, y persona era tan respetado, y querido de todos, que como si fuera

se-

señor dellos, le obedecian. Yà en este tiempo de su prosperidad tenia de la hermosa Eurice copiosa generacion, porque del primero parto le nacieron tres hijos bellissimos, que con los trages y nombres de aquella Montaña se criaron. Despues le fueron naciendo cinco, que con la mejoria de su estado, acrecentò en los nombres, llamando à el uno dellos del suyo propio; y à las dos hijas à una Eurice, y à la otra Constancia: con esta generosa familia, y sin otros cuidados, en aquella dulce y amada compañia pasavan alegremente la vida sin sobresaltos. Teniendo despues Constancio el govierno del Imperio, pasò con grande exercito en Italia, y assentò el Real junto de la Ciudad de Aquilea, à donde todos los pueblos de Italianos le embiaron por sus Embaxadores à dar la obediencia. Juntaronse los moradores de Modena, y de sus contornos, y eligieron para este cargo à Manfredo, considerando su gentileza, cortesìa, y entendimiento, y el poder ir con el mejor tratamiento de su persona y criados. Huvo èl de acetar el cargo, seguro de ser co-

no-

nocido de ninguno de los que en otro tiempo lo avian tratado, con la mudanza de los años, y de la vida, que tenia en aquella aspereza. Mas Eurice con amor, y esperanza dudosa, con mil recelos delante le decia: No sè mi querido esposo, què desseo me anima à que consienta en esta vuestra jornada, teniendo en ella tantos peligros, assi de ser conocido de mi padre, à quien tanto ofendistes, como de que me dexeis sola en esta montaña, à donde vuestra presencia me sustenta la vida, teniendome tan mal acostumbrada, que ni sabrè vivir una hora sin vos, ni estar en mì, en quanto vos os detuvieredes en Aquileya; con todo un cierto presagio de la ventura me aconseja, que no tema este daño: y considerà que no fuera mucho menor, si me llevarades en vuestra compañia, para que quando la suerte quisiesse, que siendo del Emperador descubierto nuestro secreto, y os acometiesse su ira, lo moviessen mis lagrimas à piedad; ò aviendo de aver algun riesgo en vuestra vida, la padecìesse la mia de un mesmo golpe. Aconsejadme

ama-

amado Manfredo de lo que harè, considerando estas cosas con vuestra propria determinacion, que à mì no me dexa amor hacer eleccion; ni los recelos, en que tropiezo, me dan camino, y lugar para que acierte: porque si la ventura me busca para me restituir lo que dexè en su poder, quando en el querer de Amor puse mis esperanzas, no quiero faltarle por lo que os quiero: y si al contrario, por tomar venganza del desprecio con que tratè sus prosperidades; justo es que se desvie de los castigos quien se supo esconder de sus favores. Estas y otras palabras piadosas le decia Eurice, à que èl con otras de mucha seguridad respondia, y la animava à que no podia temer algun sucesso descaminado, deshaciendole con buenas razones su femenino recelo: con estas y otras de mucho amor, y desseo se despidieron; ella quedò llorando su ausencia, y èl llegò à Basilea, y huvose con tanto aviso, y cortesania en la Embaxada, que el Emperador le quedò aficionado, y lo hizo Gentil hombre de su casa, mandandole que quedasse en ella, en su servicio, con pro-

promesas y palabras mui cumplidas. Huvo Manfredo de acetar el nuevo cargo por no mover alguna sospecha que fuesse en su daño. Escribiò luego à Eurice lo que passava; y ella comenzò con nuevo sentimiento, y devidos estremos à llorar su ausencia, y su privanza; mal que solo sabe recelar, quien conoce la mudanza, y peligros de voluntades, que siempre las mas levantadas son mas mudables y ligeras; y los de la invidia, que siempre como sombra acompaña à los favorecidos. El Emperador cada dia cobrava à Manfredo mayor aficion, hallando en su entendimiento, y humildad todo lo que en todos buscava. El admitido en los Consejos, y en las ocasiones de mayor importancia, iva creciendo; mas como estos bienes le impedian el mayor de la vida, que era su Eurice, no recibia dellos contento, ni los tenia por ventura. La muger de la misma manera vivia en pena en aquella montaña, que antes le parecia un Paraìso terrestre: y como sentia igualmente los cuidados de Manfredo, y su ausencia, y por aliviarlo de los de la Corte; le le embiò à Fantulo, y à Manfredo sus hijos menores, que lo visitassen, porque à estos mostrava èl mayor aficion, y eran ellos tales por su parecer, que à todos los que los veìan obligavan à tenersela. El Padre aunque con amorosos estremos los festejò combatido de un nuevo recelo: estava turbado, porque era el de su nombre tan parecido à Constancio, que temia, que su vista diesse ocasion de alguna memoria, que descubriesse el secreto de su culpa. Y como la venida de los niños fue sabida de muchos, y el Emperador los avia de ver, por la merced, que hacia à su Padre; èl mismo se quiso ofrecer al peligro, y los fue à presentar con toda humildad. El abuelo los recibiò con estraña alegria; que à las veces la Naturaleza con estos efectos descubre los secretos del tiempo, y acaba lo que no puede la industria humana. El padre que como discreto conocia las ocasiones (que es este el mas verdadero toque del entendimiento) entrando con el Emperador, y con los hijos en un aposento particular, postrado à sus pies, le dixo estas palabras: No es justo po-

de-

deroso Señor, que à cuenta de salvar la vida, y de escusar en ella el castigo, que mis yerros merecen, quite à estos inocentes el merecimiento y favor de vuestra gracia con que agora pueden bolver atràs à la fortuna; y assi confiado en vuestra piedad, y menos seguro de perdon, que obligado de lo mucho que os devo, confiesso mi culpa, pidiendo con estos niños misericordia, que para sì, su madre, y hermanos estàn con caricias pueriles grangeando vuestra voluntad. Sabed piadoso Señor, que son nietos vuestros, hijos de Eurice vuestra hija, y mios, que siendo desposado con ella secretamente, por huir el rigor de vuestra ira, vivo ha tantos años en las asperas sierras, è incultas Montañas de Modena, haciendo penitencia de mi osadìa, con el mismo amor que fuì el culpado; si esta confession con el pesar de os aver ofendido merece que useis conmigo de blandura, puesto à vuestros pies pido perdon, tomando por padrinos à estas caras prendas de vuestra sangre: y si por el contrario se ha de emplear vuestro rigor en sugeto tan venci-

ci-

cido, aqui me teneis con la voluntad ofrecida à los mayores tormentos de crueldad. El Emperador con un estraño sobresalto quedò elevado sin se saber determinar, y poniendo los ojos en aquellos bellos retratos de su Eurice, ablandando la ira, con que los avia de poner en Manfredo, y reconociendolos por sus nietos, y perdonando à el padre la culpa cometida; despues fue èl propio à las montañas à ver à Eurice, y la venturosa progenie que avia criado, à quien con muchas lagrimas de alegria recibiò en su gracia: y alli hizo à Manfredo Conde, y Marques de todo aquel districo que està entre los rios Pado, Panoro, y Sequito, dandole poder para edificar Villas, Castillos, y Ciudades, que acrecentasse à su Señorio. Mandò que èl y sus nietos, y todos los de su decendencia tragessen por armas el Aguila negra de los Emperadores: y por la admirable progenie de su Eurice puso à la tierra Miranda, que despues llamaron vulgarmente Mirandola. Manfredo y su muger en vida de Constancio siguieron la Corte, con grande acrecentamien-

to

to de estados; y despues que faltò en el Imperio, se recogieron à su Marquesado, haciendo muchas poblaciones y Ciudades, en que sus hijos sucedieron, emparentando despues con todos los Potentados de Italia, y de Alemania; que dàn bastantemente verdadero testimonio, de que los casamientos por amor no pueden ser estrañados de la naturaleza, ni desfavorecidos por la mayor parte de la ventura. Ambos (dixo Solino) me parece que podeis partir la hogaza; porque os aveis avido de manera, que el que se atreviere à juzgar la mejorìa, tomarà tan dificultosa empressa, como seria la de querer agora competir con el buen lenguage, y modo que tuvistes. Entiendo (dixo Leonardo) que llegais brasa à vuestra sardina; pero no la aveis de sacar del fuego con la mano del gato, ni librar vuestra obligacion con la que nosotros tenemos de dar à Feliciano, y à Pindaro loores tan bien merecidos. Ninguna razon teneis para no hacer en el terrero vuestra corresìa: yo soi de parecer (dixo el Doctor) que le acetemos qualquier cosa, porque su retotorica sirve mas à los cuentos, que à las historias, segun dixo el Licenciado. Grande agravio se le hace (dixo Pindaro) en tildarlo de la cuenta de los Historiadores, que èl se confessò por tal, y por aficionado à los libros de Cavallerias; demàs de sus cuentos agraciados, sabe tantas historias, que à ser figura de Arismetica, pudiera ser cuento de cuentos. Bien sè (respondiò Solino) que me sumais para me disminuir, y aunque à mi pesar confiesso, que si la historia de cada uno de vosotros me cayera en las manos; que huviera de salir dellas con mas bordones y muletas, que tiene una casa de Romeria: porque no me faltan terminos de las viejas, ni remiendos de los descuidados con que mezclarlos. Quando menos (dixo el Doctor) oigamos esso, quedando à vuestra cuenta el exemplo de lo que se ha de huir, pues los dos amigos nos enseñan à acetar. Tambien errar por obligacion es dificultoso, (replicò èl) mas acèto el partido, por vender por agenos mis yerros proprios: y oì lo que passa, harè de un peon dama, y de un cuento historia, por ser mas breve.

DI-

DIcen, que era un Rei. Bien. Este Rei casò por amores con la hija de un su Vasallo; era ella tan hermosa, que podia por su belleza ser confiada, pues por essa alcanzò à ser Reina, mas sin le valer estos previlegios, diò en ser tan zelosa, que bien à mano no dava el marido un pàso en que ella no le acompañasse con las sospechas; assi, que apretavan estas tanto con ella, que jamàs vivia en paz con su gusto. Viene ella, y por vencer esta desconfianza, và, y manda secretamente llamar una hechicera, que en aquella tierra avia, de mucha fama, en cuyo engaño, hallavan los enamorados una botica de remedios para sus males. Assi, que decia esta hechicera por le vender mas cara su diligencia, hechas algunas fingidas, metiò en cabeza à la buena de la Reina, que el marido amava con grande estremo à una criada suya, que ella pintò luego, la mas galana, y airosa, y de mejor parecer que avia en Palacio. Quando ella aquello oyò, quedò (guardenos Dios) como una muger transportada, y sin sangre; por manera

Historia contada en el yerro de la costũbre de los ignorantes.

que

que prometiò aquella hechicera, què le haria, y aconteceria, si desaficionasse à el Rei de aquellos amores, y empleasse en ella todos los suyos: la otra, que no queria mas que aquello, vèd Señores, como quedaria contenta: viene, y promete à la Reina, que le daria tres aguas conficionadas de tal manera, que la una à el punto que el Rei la probasse, beviesse luego los vientos por ella, y le quisiesse mas que à la lumbre de sus ojos, con que la veìa; la otra, que en beviendola, la Reina pareciesse à su marido el mayor estremo de hermosura que avia en el mundo; la tercera, que à el punto que la Dama la beviesse, la disfigurasse de manera, que todos aborreciessen su vista. Las palabras no eran dichas, quando la Reina le diò muchos averes; y hizo grandes mercedes, y promesas, que es mui facil de engañar, la que dessea aquello en que le mienten. Và la hechicera de alli à pocos dias, y trae aquellas aguas conficionadas, encareciendo mucho la virtud del secreto dellas: mas, ò porque ella errò el temperamento, ò porque todas se resuelven en es-

tas

tas buenas obras; la mudanza que ella queria que huviesse en la voluntad, y en los pareceres la huvieran de hacer en la vida, que la ponzoña que es siempre el material de sus inguentos, penetrò de manera, que los tuvo à todos tres en finamiento, y à bien librar, quedaron de aì à pocos dias sin juicio. Apenas la hechicera supo el daño que avia hecho, y que por no traer la mano cierta en aquellos adobos, podia venir à estado de ponerla en los de la justicia, desapareciò. Veis aqui quando se juntaron todos los Medicos eminentes que avia en el Reino, y despues de muchos meses de cura (mirad quantas se harian à tales personas) fueron poco à poco cobrando los sentidos, y entendimiento; y con la fuerza del mal se les cayò à todos el cabello de la cabeza, sin que les quedasse uno solo: y no fue tan ruin el partido, como era tener cabeza sin èl, quien antes lo traìa sin ella. Tornando à mi proposito, luego que la Reina se viò tan disfigurada, conociendo el desatino que avia hecho, echando todas las culpas al amor, confessò su yerro, la criada su inocencia, y el Rei su desgracia. De alli adelante conformandose con el exemplo de aquel sucesso, hicieron vida sin zelos, que dellos, y de casamientos por amores no escapan, sino con las manos en los cabellos, ò con ellos pelados.

Festejaron los amigos la historia de Solino, porque se conformava en el modo, y accion de hablar con lo que decia, y como tenia gracia, hasta los yerros le parecian bien; y assi le dijo el Doctor: todo os sucede à pedir de boca, porque en la vuestra hasta el exemplo de lo que à los otros enfada, tiene gracia para dar contento; y supuesto que las dos historias passadas fueron tan primas, no desdicen dellas vuestros bordones: si yo no tuviera el de vuestra autoridad para me sustentar (respondiò èl) cogeàra en todo. En nada (prosiguiò èl) aveis menester favor ageno, y menos en este particular en que entrastes con todo el caudal que requiere una historia, que es buen lenguage, discrecion natural, relacion ordenada, platicas con piedad, sucessos con brevedad, sentencias con que se autorice, y gracia con que se cuente. Pero

yà

yà es hora que dexemos èsta, y que demos las suyas al reposo de la noche. Con esto se levantaron continuando con la mesma platica hasta la escalera; que de las cosas que dan satisfacion à la voluntad, no se saben despedir las razones.

DIALOGO XI.

DE LOS CUENTOS, Y DICHOS graciosos, y agudos en la conversacion.

EL dia siguiente antes de las horas en que los amigos se avian de juntar para la conversacion; Leonardo, y los demàs tuvieron recado de Don Iulio, en que les hacia saber, que avia llegado indispuesto, y que tenia por huesped al Prior, con otro hermano suyo; que recibiria de todo grande merced, que quisiessen hallarse aquella noche en su casa, porque solo con este remedio daria alivio al mal que traìa de la Ciudad. Ellos (que demàs de la peticion) eran interesados en su salud, amigos, y obligados à lo visitar, vieron que lo devian obedecer. Solino acompañò à Leonardo, y no le faltaron en el camino murmuraciones discretas, ni en el Doctor, y Estudiantes juicios temerarios. Hallaron à D. Iulio en la cama, al Prior junto à ella, al hermano, que era hombre mancebo de buen talle, y que en el trage se vestia mas à lo Soldado que à lo Cortesano. Sentados todos, despues de le hacer cortesìa, y cumplimientos devidos (dixo Leonardo): bien parece señor Don Iulio que estais yà tan Aldeano con nuestra compañia, que os tientan los aires de la Ciudad, y que los regalos della hicieron que el señor Prior se olvidasse de aquella su posada, tan llena de voluntad para servirle. A donde vos estais (respondiò Don Iulio) es la Corte, y à falta desta me podia en la Ciudad hacer Aldeano. De que el señor Prior hiciesse este trueque por esta noche tuve yo la culpa, porque con essa condicion acetè en la tierra agena su posada en las casas del señor Alberto su hermano, à quien tambien obliguè à que

me

me hiciesse esta merced. No me discùlpo (acudiò el Prior) porque el señor Don Iulio lo ha tomado todo por su cuenta; pero en ocasion estais de tener muchas en que mudeis la queja, haciendola antes de mi importunacion demasiada, que desta falta: porque viene determinado mi hermano por lo que le contè à perder pocas noches desta Aldea, en quanto las tuvieredes tan buenas, como dos que yo tuve. Assi (dixo el Doctor) seràn ellas mejores, porque con vuestra presencia, autoridad, y discrecion, y con favores suyos quedaràn mas hermoseadas; tendrà salud este hidalgo, y entonces os combidarèmos para la primera, que aun no sabemos de que viene maltratado. De mi achaque (dixo èl) tuve yo la culpa, que me entreguè à noche mas de lo que era razon en la cena, porque fue de pescado, y de marisco, y dulces, y como creciò con la novedad el apetito, quise vengarme à costa del estomago, de quantas veces nos faltan semejantes regalos en este lugar; y cierto que tuve un acidente mui recio, y no tenia valor con el cansancio, que me dexò

xò sin vuestra vista, y destos señores, y por esso me valì del atrevimiento del recado. El alivio (dixo el Doctor) es tanto en favor nuestro, que à ser menor el mal, consentiriamos en èl. Mayormente, (acudiò Solino) si es lo que yo sospecho, que como experimentado de ordinario juzgo mas la enfermedad por el pulso, que por la informacion. No parece que os lo deve ofrecer quien la tiene tan buena de vuestra malicia (respondiò el hidalgo); antes estoi tan enmendado en alguna, que os conozco (replicò Solino) que yà no sospecho sino lo que es. Tarde os entrastes à ser recoleto (dixo el Doctor) y los que viejos comienzan à ser buenos, poco tiempo les queda para usar de la virtud. No sè yo pues (le respondiò èl) como sabiendo esso os descuidais tanto, que jamas para una murmuracion os hallè descalzo. Pareceme (dixo D. Iulio) que serà bien, que el de menos fuerzas os haga amigos, con pedir, que me hagais merced de decirme en què se passò la noche passada. Parte (dixo Solino) en pensar en què passariades el dia, y en la grande falta

que

que nos hicistes; y parte en decir, còmo se avian de contar las historias en la conversacion: en aquella se dixeron dos para añagazas, y una para espantajo; quedò para continuar la materia de cuentos graciosos, dichos agudos, y galanos; tened vos salud, y nosotros gusto para la proseguir, y oiràn estos señores lo que no han pensado. No me dilateis esso (dixo el hidalgo) que antes en quanto mal dispuesto, quiero (como dicen) acrecentar esta noche à la vida, y si me la desseais como amigo, sabed que en esto la tengo. Si como à enfermo (respondiò Solino) os huvieran de cumplir la voluntad, no sè si fuera èsta; con todo, à lo menos para divertir, comience el Doctor, que yo aqui traigo las armas con que acostumbro acudir à esta guerra, y cada uno diga su cuento, y cuente su dicho, encomendandoles à todos que rian los que yo dixere, porque es vicio de los que piensan que tienen gracia, la desconfianza. Tambien essa me lo parece (acudiò el Doctor) y dandoos la obediencia por servir al señor Don Iulio, la noche en que nos faltò su presencia, se tocò en es-

esta conversacion el modo que avia de tener el discreto en contar una historia, huyendo muchos vicios, y bordones que los necios tienen en ellas introducidos: y como en dependencia desta materia, se hablò en los Cuentos galanos, que tienen dellas mui grande diferencia, pues ellos no consisten en mas, que en decir con breves y buenas palabras una cosa sucedida graciosamente; son estos Cuentos de tres maneras: unos fundados en descuidos, y desatientos; otros en mera ignorancia; otros en engaño, y sutileza: los primeros y segundos tienen mas gracia, y provocan mas à risa, y constan de menos razones, porque solamente se cuenta el caso, diciendo el Cortesano con gracia propria los yerros agenos: los terceros sufren mas palabras, porque deve el que cuenta referir el còmo se huvo el discreto con otro que lo era menos, ò que en la ocasion quedò mas engañado. Y porque en esto declaran menos las reglas que los exemplos, diga cada uno el suyo, que yo por desempedir el camino, quiero que pàse por cuento lo que me aconteciò ha pocos dias: Fuì à casa

Tres maneras de Cuentos, que dan gracia à quien los dice.

de

de un Letrado, mi amigo, à quien halle mui colerico, tirandole de las orejas à su mozo, que se disculpava llorando, que no sabia de unos antojos, por què preguntava; mirèlo, y vide que tenia unos en las narices, prendidos de las orejas: preguntèle si eran aquellos; el Letrado quedò corrido, porque teniendolos en los ojos, no los veìa; y el mozo quejoso, porque sus orejas pagavan la pena que las del Letrado merecian. Esse desatiento (dixo Leonardo) es mui ordinario en los Escrivanos, que buscan dos horas en la mesa, y en los papeles la pluma que traen en la oreja; mas para desatiento, y descuido, lo que en este lugar aconteciò no ha muchos años à un Cortesano que aqui vivia, que teniendo unos amores humildes, que tratava con mucho secreto, tenia un relox de pecho, que lo traìa tan puesto à punto, y bien templado, que hacia casi à todos los vecinos deste lugar: desadvertido, estando con èl al cuello una noche, en casa de la complice, diò el relox las doce, y à oscuras manifestò à toda la vecindad la verdad, que hasta entonces escondieron de los

Descuidos.

Desatientos.

los ojos, y sospechas de todos. Aun me parece por el sucesso de un mi conocido (dixo el Prior) que en un barrio de poca vecindad, tenia en Lisboa amores con una moza, à quien èl estava aficionado; hablavale de noche por una ventana, y ambos se temian de otra, donde un vecino de pared en medio los espiava; por se librar deste inconveniente, diòle la moza orden para que una noche le hablasse de mas cerca, entrando por la ventana, haciendo primero cierta señal con que ella avia de acudir; aguardò èl para esto una noche lloviosa, y oscura; puso su escala, subiò, y errando la ventana, fue à llamar, y hacer la seña en la de quien se recelavan. Acudiò el vecino, y abriendola viò el enamorado su yerro à la luz que estava dentro, y con el sobresalto desta desgracia, cayò con el escala, y con el secreto en el lodo. Festejaron todos el cuento con mucha risa, y (dixo Solino) en este mismo lugar conocì un galan, que hablava muchas noches desde el pie de una ventana à una dama con quien tratava amores; y assi en viendo la vecindad recogida, y el lu-

gar

gar quieto, disfrazandose con el vestido que para aquel menester tenia à proposito, visitando todos los puestos por donde se podia contraminar la cautela de su secreto, se venia al puesto. Una noche, que no le cupo vez, sino cerca de la madrugada, hablando la moza con èl, sintiò dentro alboroto, y por no ser sentida, pidiòle que se encubriesse con la sombra, y que ella bolveria à le hacer señal luego que todo se quietasse; sentòse èl en una piedra, y la moza viendo el negocio mal parado, por desmentir algunas sospechas se fue à su cama: el galan que como estava trasnochado, hallò blanda la en que se recogiera, durmiòse con tan buena voluntad, que ya entrado el dia fue hallado como Leandro en la playa de Sesto durmiendo con el trage de noche, espada desnuda, y rodela mal vestida, sin tener acuerdo, hasta que despues de estar à la verguenza un amigo lo recogiò à casa; y la dama padeciò por esta ocasion muchas, que acostumbran à ser la ganancia destos empleos. Con igual alegria fue recibido este cuento que el del Prior, y dixo Leonarnardo à Feliciano, y à Pindaro, que pues ellos avian dado exemplos de los cuentos de descuido, y desatiento, que à ellos ambos tocava los de la ignorancia. No nos guardastes para buen lugar (replicò Píndaro) porque mas bien decia en los mancebos contar descuidos, y desatientos de viejos, que ignorancias suyas; mas para que sepais que no faltan unas, y otras culpas en essa edad, no me escuso. Un hombre de mejor parecer, y talle, que entendimiento, se apartò à vivir algunos años lejos de la Ciudad, en un monte adonde demàs de tratar poco del aseo de su persona, con el aire de los montes, y discúrso de la edad, y algunas enfermedades, que en este tiempo tuvo, estava del rostro, y de las faiciones mui desemejado; viniendo despues con nueva ocasion à vivir à la tierra de donde avia salido, queriendose vestir, y aderezar à lo galan, embiò à comprar un espejo; hizo el criado diligencia, y no hallò ninguno, de que se satisficiesse el Amo, aviendo probado muchos, ò casi todos los que avia: y preguntandole, por què los desechava? Respondiò: por-

Cuento de ignorancia.

porque hacen tan mal rostro, y tan embejecido, que no se puede un hombre de bien vèr en ellos, y ha pocos años que los avia en esta tierra tan excelentes, que me hacian el rostro como de un Angel. Riòse el mozo, diciendo entre sì: mas se desconoce mi Amo por ignorante, que por mal visto; pues à el espejo echa la culpa que tuvieron los montes, y la edad. Otro (dixo Feliciano) tan flaco de animo como de entendimiento, pasando en su casa de una sala en otra, con una porcelana de sangre, que llevava para cierto efecto, acertò à tropezar en la puerta por donde entrava, y derramòsele la sangre por las manos, y acudiendo con ellas à el sombrero que se le caìa, manchòse el rostro de sangre, de manera, que le corria por èl: un su hijo viendolo ensangrentado comenzò con grandes gritos, y llantos à llamar à su madre, la qual luego que hallò à el marido de aquella manera, con las manos en los cabellos llorava su desventura; èl oyendo los gritos de todos sin saber lo que era, cayòse amortecido en la sala, adonde se pudiera morir de necio, como otros mueren

ren de mal heridos. Pareciò mui bien, y provocò à todos à risa el cuento de Feliciano, y prosiguiò el Doctor, diciendo: Los cuentos de la ignorancia tienen mas gracia que los de la malicia, y assi decia un discreto: que sola la ignorancia con autoridad era desabrida, que no puede ser mayor gracia, que desechar à el gorrero el sombrero porquè no tenia la rosa hàcia delante, pudiendola èl bolver hàcia donde quisiesse; el otro espantarse mucho de que no le teñian unas medias de negras verdes, siendo assi, que avia poco tiempo que unas de verdes le tiñeran negras; y otro, que por no perder la llave del calnado la metiò dentro en la canasta encorada antes de lo cerrar, y despues le fue necessario quebrarlo, ò romperla para sacar la llave; y muchos semejantes que para contarlos agora son infinitos. Con todo esso (dixo Don Iulio) aveis de dar licencia à el cuento de un mi conocido, que oyendo decir, que avia Antipodas, y que andavan con los pies contra los nuestros, no le pude persuadir en què forma podia estar esta gente sin caer de cabeza aba-

xo

xo andando al revès. Todos essos (dixo Leonardo) son estremados, pero los de engaño si tienen menos ocasion de provocar à risa, tienen en la gracia mas viva sutileza, y malicia; y quando la materia es graciosa lleva à todos los otros mucha ventaja. Un amigo mio era mui regalado de dulces; en el tiempo de las flores, y de las frutas mandava hacer en su casa mucha variedad dellas; una de las criadas que lo servian era tan golosa, que en viendo bocados puestos à enxugar, no se sosegava hasta tomar su racion, que era cercenarlos todos como reales. Desseando el señor saber qual de sus mozos, ò criados hacia aquella travesura, mandò hacer ciertos bocados con acibar cubiertos de azucar, y puestos à el Sol diò mas lugar à la criada, que acudiendo à el reclamo echò su lance, y como luego se quiso aprovechar del punto, fue tan grande el amargor en la boca, que no lo pudo encubrir, haciendo muchas diligencias, comenzò ella à dar señales, y angustiarse; el Amo fingiendo sospechas de que era ponzoña, metiò toda la casa en rebuelta, y à la cria-

Cuento de engaño.

criada en desconfianza, haciendola bever aceyte, y tomar otros defensivos; pero como èl no podia encubrir la risa de averla cogido en el hurto con aquel engaño, entendiendo ella lo que seria, y por remediar su falta, fingiendo estar atribulada, dixo: que le declarassen si se moria, porque avia de dexar culpado à quien la avia convidado con aquel dulce, porque ella no descubriesse los que muchas veces le avia visto hurtar de los tableros; y deste modo remediò su yerro, dexando à el Amo en la mesma duda que tenia antes. Un Estudiante (dixo Feliciano) que entre otros era huesped en casa de un amigo, estando todos acostados, por ser tiempo de verano, èl que era menos vergonzoso que agraciado, les dixo: No se rian Vms. tanto de mi pie, que apostarè, que ai en la compañia otro peor. Cada uno fiando en los suyos hacia burla, y los mostrava à apuesta, de manera, que la hicieron, que si èl lo mostrasse ganaria cierto precio, ò perderia otro igual. Hecha la apuesta sacò el pie izquierdo que tenia tapado, que por calzar mas de dos puntos que el derecho, tenia

los

los dedos encogidos tan tuertos, y llenos de callos, y el pie de trompezones que no parecia natural, y assi ganò con mucha risa de todos lo que estava apostado. Otro Estudiante de mi tiempo (prosiguiò Pindaro) passando parte de una noche de Invierno en casa de un amigo que vivia cerca del rio, lloviò tanto, y creciò con tanta furia el Mondego, que saliò de madre, y dexò aisladas las casas, y à el Estudiante; el huesped esperava que lo combidasse à que se quedasse aquella noche, y el amigo no tenia tal voluntad porque tenia la ropa de algunos males contagiosos, que dèl sospechava: estuvieron assi grande espacio de la noche, sin cesar el galan, hasta que el señor de la casa comenzò à bostezar, y el huesped à se desnudar; y preguntandole el amigo para que se desnudava, respondiò: que para nadar, ò para se lanzar en la cama; viendose èl apretado, respondiò: pues assi es alli teneis una tabla, salvaos en ella, ò haced della cama en que os acosteis. Esse cuento (acudiò Solino) tiene el pie en dos rayas, ò parte con dos terminos que consta de

 di-

dicho, y hecho; mas passe sin sello por ser vuestro. Señal es (respondiò èl) que no os deve derechos. Todos alabaron los cuentos, y dixo el Doctor: demàs destas tres ordenes de cuentos de que tengo hablado, ai otros mui graciosos, y galanos, que por ser de descuidos de personas en que avia en todas las cosas de aver mayor cuidado, no son dignos de entrar en regla, ni de ser traìdos por exemplo. La general es, que el desatiento, ò la ignorancia donde menos se espera tiene mayor gracia. Despues de los cuentos graciosos se siguen otros de sutileza, como son hurtos, engaños de guerra, otros de miedos, fantasmas, esfuerzo, libertad, desprecio, largueza, y otros semejantes, que obligan mas à espanto, que à alegria; y supuesto que se deven todos contar con el mismo termino, y lenguage, se deven en ellos usar palabras mas graves que risueñas. No es essa materia (dixo Don Iulio) para passarse por ella tan depriessa; mas yà que en el fin de la noche en que yo me apartè se tratava de la sal, parece que siento menos falta de la que perdì, con hala-

lla-

llaros aun agora en esta gracia como dependencia de lo que entonces se hablò, que no la puede aver mas aceta, que la de los dichos agudos, y galanos, sino que no avemos de consentir que el Doctor se divierta en otra cosa. Yo no puedo (dixo él) salir de vuestro gusto, pero la materia no era para tan de repente, ni para tan breve tiempo como se requiere que sea el de la visita; porque primeramente, Dicho, en la significacion Portuguesa, tomamos por cosa bien dicha, ò sea grave como son las sentencias; ò aguda, y maliciosa, como son las de que agora tratamos; y llamase, Dicho, porque dice en una sola palabra, ò en mui pocas mucho de entendimiento, de gracia, ò de malicia. Y dexando la sentencia que tendrà en otro dia su lugar; los dichos agudos consisten en mudar el sentido à una palabra para decir otra cosa; ò en mudar alguna letra, ò acento à la palabra para darle otro sentido; ò en un tono, y gracia con que en las mismas cosas muda la intencion del que las dice: y de uno, y otros los mas graciosos, y excelentes son los de las

De los dichos agudos.

respuestas, porque demàs de ser estas mas apresuradas, y tan de repente, que cogen entre puertas à el entendimiento, tienen materia mas sin sospecha en las preguntas. De los de la primera especie, no tienen poca gracia los que se dicen sobre los nombres proprios, como aconteciò à un Cortesano, que preguntando à un amigo por el nombre de una Dama de la Corte à quien visitavan infinitos Galanes, le respondiò: que se llamava N. del Valle. Deve ser (replicò èl) el de Iosaphad, segun la gente que acude à èl? Ninguno me parece (replicò el otro) que viene à Juicio, porque ni ella lo tiene, ni los que la buscan. Esse dicho (dixo el Prior) tiene gracia doblada en ambas personas; pero un Cortesano discreto, y de mucha edad, visitando à una sobrina suya que estava desposada con N. de Carballo, hombre mui viejo, y señor de un rico Mayorazgo, le dixo: Sobrina, lo que mas importa es, que saqueis deste tronco algun enxerto, que quede prendido; por esso no os descuideis, y quando no pudiere ser de carballo, sea de cornicabra. Todos festejaron mucho

el

el dicho, y prosiguiò Leonardo: Un amigo mio tenia una amiga mui flaca, y larga, à quien llamavan N. Quaresma, y quejandose un Viernes de falta de pescado le dixo otro: quièn se atreve à una Quaresma tan estrecha, y larga, porque recela un Viernes? Porque (respondiò èl) tengo la Quaresma por carnal, y el Viernes por dia de Quaresma. La gracia en la mudanza de las letras, ò acento (dixo Don Iulio) no es poco elegante, como aconteciò à un mancebo, que viendo una moza à una ventana que le pareciò bien, sin tener della otra noticia, la enamorava mui embevecido en su gentileza; passò un amigo que viendolo hacer señas, le dixo: què quereis à essa moza? si ella quisiesse (respondiò èl) que fuesse mi dama: creì (replicò el otro) que Ama, porque ha pocos meses que pariò. Tambien por esse camino (dixo Feliciano) me parece gracioso el dicho de una muger, que no tratava con buenas obras la honra de su marido, y èl muy mal de palabra la de toda su vecindad; era el nombre dèl N. Ramos, y poniendose un dia en platicas
con

con la muger, comenzò à contar todos los cornudos que avia en su barrio: la muger con rabia de su mala naturaleza, à cada palabra decia, otro erramos, marido bolved à contar, que falta: èl que entendia mal el mote sin meterse en la cuenta, bolviala à hacer de nuevo muchas veces. Aunque el dicho es muy sabido (dixo Pindaro) no viene fuera de proposito en este lugar, ni se deve negar tambien à otro, de un Cortesano agraciado, que llevandolo un Alguacil preso ante cierto Juez porque traìa seda contra la Prematica, y alegando que era hombre noble; le dixo el Juez: que pues lo era, por què no traìa lo que devia? antes (respondiò èl) lo hago ansi, porque aun devo todo lo que traigo: sabed señor (replicò èl) que se os hace la deuda mayor, pues se os toma por perdido: por pedido (dixo èl) me lo pudiera tomar su dueño; mas pues vm. lo quiere adjudicar al denunciador, requiero que sea con sus embargos. Otros dichos ai mui graciosos à essa semejanza (prosiguiò el Dotor) que en solo mudar el sentido de las palabras (como ya di-

dixe) tienen la elegancia, como el que aconteciò ha pocos meses à una doncella, que sirviò seis à una dueña miserable de condicion, la qual la despidiò sin mas paga que un vestido de gergueta, à que llaman cilicio. Y preguntandole una señora: còmo os pagò N. el tiempo que la servistes? Pagòme (respondiò la moza) como un Confessor, con este cilicio, y seis meses de pan, y agua. Y porque dixe, que de los unos, y los otros los mejores consisten en la gracia de una breve respuesta, y casi todos los que se han dicho lo parecen; me quiero declarar assi con razones, como con algunos exemplos que las declare. Respuesta aguda ai, que como esta, y otras que quedan dichas, agradan mucho, pero no incluyen la brevedad de las que hacen sentencia con las palabras de la pregunta. Un Cortesano, hablando de otro que avia alcanzado por su valor muchos puestos honrados, y perdiò uno en que tenia empeñado todo su caudal, por ser de humilde generacion; preguntò à un amigo: Si N. siempre acertò hasta agora en sus pretensiones, còmo en esta que

mas

mas le importava, errò el blanco? respondiò el otro: fue por baxo. A otro que avia vivido mucho tiempo en la privanza de un señor con grande prosperidad, viendolo despues un amigo en estado miserable, le preguntò: Còmo de tanta alteza baxasteis de la gracia de N. à esta miseria? A lo qual èl respondiò: Caì. Aunque sea atrevimiento (dixo el hermano del Prior) querer dar yo mi razon, la profession de Soldado me disculpa, entre los quales hasta la temeridad es digna de loor. En Flandes, à donde anduve en la Milicia Española algunos años, acudian muchos Dotores Catolicos, y otros Cismaticos encubiertos, à unas Conclusiones que avia de Teologia en una Ciudad pequeña: ciertos Frailes de San Francisco, à los quales no davan lugar sus enfermedades para poder caminar à pie, ivan en asnos: passando por junto dellos algunos desotras Religiones en mulas mui lucidas y autorizadas, uno destos por motejar à los Menores, les preguntò: A dònde van los asnos? Respondiò un Fraile viejo: En las mulas; y con usar de agudedeza, en su mesma pregunta los avergonzò mudando el sentido à una palabra della. Alabaron todos el dicho, y el comedimiento del nuevo compañero, y continuò el Doctor. Tenemos tratado de los cuentos graciosos, y dichos agudos y elegantes, con exemplos mui à proposito: de su diferencia queda por decir còmo en la platica se deve usar dellas; y supuesto que me ahorrava este trabajo el conocimiento que tengo de la suficiencia de los que estàn presentes; como yo en esta materia apùnto las reglas, mas para aprenderlas, que para que en ellas me sigan, es necessario tocar à lo menos lo que della me parece; y assi como dicen, que mucho enseña quien bien pregunta; assi se puede decir, que mucho aprende, quien delante de los Maestros enseña. Los cuentos, y dichos galanes deven ser en la conversacion como los passamanos, y guarniciones en los vestidos, que no parezca que cortaron la seda para ellos, sino que cayeron bien, y salieron con el color de la seda, ò del paño sobre que los pusieron: porque ai algunos que quieren traer su cuen-

cuento à fuerza de remos, quando no les dan viento los oyentes; y aunque con otras cosas le corten el hilo, buelve à la tela, y lo hace comer recalentado, quitandole el gusto, y gracia, que podia tener si cayera à caso, y à proposito, que es quando se habla en la materia de que se trata, ò quando se contò otro semejante. Y si conviene mucha advertencia, y decoro para decirlos, otra mayor se requiere para oirlos, porque ai muchos tan presurosos del cuento, ò dicho que saben, que en oyendolo comenzar à otro, ò se le adelantan, ò van ayudando à versos como si fuera Salmo, lo qual me parece notable yerro: porque puesto que le parezca à uno que contarà aquello mismo que oye con mas gracia, y mejor termino; no se ha de fiar de sì, ni sobre essa certeza querer mejorarse del que lo cuenta, antes oir, y festejar con el mismo aplauso, como si fuera la primera vez que lo oyesse, porque muchas veces es prudencia fingir en algunas cosas ignorancia. Agora digo (dixo Solino) que no se deve poco à quien sabe passar esse dolor sin dar se-

ña-

ñales dèl; porque saber un hombre lo que otro cuenta à las veces mal, y suciamente, y estàr hecho piedra, lo siente mas que si le diessen con una en la cabeza; y tenia para mì, que solos los Predicadores gozavan de esse privilegio, por hablar sin que otro les aya de responder: pero aveis de consentir, que aya en esso una ecepcion, y es, que quando alguno dixere cuento, ò dicho con algun yerro, se le puede enmendar, y advertir el que lo viò passar, ò estubo presente quando sucediò. En tal caso piadosamente (respondiò el Doctor) lo consentirè, si el que lo cuenta, ò le quita la gracia principal, ò yerra las personas, ò el sugeto. Tambien no soi de opinion, que si un hombre supiere muchos cuentos, ò dichos de la materia en que se habla, que los saque todos à plaza, como jugador que sacò la runfla de un manjar; sino que dexe lugar à los demàs, y no quiera ganar el de todos, ni hacer la conversacion consigo solo. Parèceme (dixo Solino) que se os queda por tratar una especie de dichos graciosos, que muchas veces no tienen el

peor

peor lugar en la gala de la conversacion, y porque los que quedan fuera de vuestras reglas, los pueden tomar de aqui adelante por perdidos, y à mì me importa por mi particular saber còmo el discreto se ha de aver en ellos, que son los de semejanzas, à quien comunmente llaman apodos, que son bien apropriados, dan gracia à la platica, y gusto à los oyentes. Teneis mucha razon (respondiò èl) que aunque dexè fuera otros muchos por meterlos en las reglas de los que nombrè, que essos estava mas obligado de traer por exemplo, y à lo menos considerar, que no se han de buscar de proposito, que serìa hacer chocarreria de la que es gracia. Antes se han de traer tan à proposito, que entren en la platica como translaciones suyas proprias, huyendo algunos que causen disgusto en poco, ò en mucho à la persona que se moteja; y sea exemplo el còmo Pindaro comparò mis casas, que por ser pequeñas muchas salas dellas, y bien obradas, las llamò gabetas de escritorio. Y Solino (acudiò Pindaro) dixo, que hicistes aquella celda para re-

recogeros en la vejez. No tengo yo por menos galan (dixo èl) el que viendo la celogia de Solino con cinco ò seis niñas con habito de Monjas de Santa Clara, le llamò nido de tortolas. Y à un mozo del Licenciado que aqui assiste, mui pequeño y flaco, con una espada mui larga; Pollo espetado. Mas me parece (dixo Solino) esse mozo guarnicion de espada, que hombre con ella. Y à una moza mui loca, à quien todos sabemos el nombre, que tiene el rostro del color de los cabellos, y trae un cuello engomado de azul, llamò un galan: Porcelana de huevos dulces. Pero si nos huviessemos de detener en estas semejanzas y apodos, y passar de mano en mano, no avrà quien nos desasga de la materia. Antes me parecia à mì (dixo Solino) que assi de los cuentos galanes, dichos agraciados, y apodos risueños, se ordenasse, que en una destas noches, tomando un proposito cada uno, contasse à èl su cuento, y dixesse su dicho; y serìa un modo estremado para que salga à plaza otro nuevo *Alivio de Caminantes* con mejor traza que el primero. Quede de à vuestro cargo esse cuidado, y memoria (dixo Leonardo) para otro dia, y agora no demos mala noche à el enfermo, ni à los huespedes ruin agasajo. Este (dixo el Prior) es el mejor que podia pintar mi desseo, y sospecho, que por venganza hicistes la noche mas breve; mas lo que en ella perdiere, determìno cobrar en la de mañana, porque la obligacion que tengo de obedecer à el señor Don Iulio, me hace olvidar hasta las de mi estado; y si la del otro dia no fuera de Domingo, aun en ella gozàra el interès de mercedes suyas, y de horas vuestras. Con esse (respondiò Leonardo) y avernos de hacer merced el señor Alberto, y vos de mas espacio en este lugar, disimular la queja que de ambos tenia. De mi culpa (replicò Alberto) darè toda la satisfacion, porque ni por las del Prior, ni por su cuenta he de perder la honra, y merced de essa voluntad. En esto se comenzaron los demàs à levantar, preguntando à Don Iulio si se sentia con mejoria de su achaque? El respondiò: Que no sentia otra pena en aquel tiempo, mas que el que avia perdidido de tan buena conversacion, dandose por mui obligado del favor de la visita; que puesto que à los ilustres se deva en todo respeto, obediencia, y cortesìa, ninguno la sabe estimar mejor que el generoso.

DIALOGO XII.

DE LAS CORTESIAS.

DEspues que los amigos se despidieron, los huespedes quedaron alabando à Don Iulio la gracia, y buen termino de hablar de todos los que entravan en aquella conversacion, diciendo: que en tal Aldea se pudieran ensayar los que quisiessen parecer prevenidos, y discretos en la Corte. Don Iulio le refiriò algunas materias de las que avian tratado aquellos dias, que à el Soldado dexaron picado el apetito;y fueron en esta platica tomando tantas horas emprestadas à el reposo, que para entregarse en èl por la mañana se levanrataron de la cama para la mesa, tuvieron el enfermo, y los huespedes sus visitas; y quando llegò la noche, ya los amigos estavan juntos en su casa, con gusto de Leonardo que lo pidiò à todos ellos. Y Don Iulio, por pagarles esta diligencia en lo que èl sabia que desseavan mas la satisfacion, les dixo: No parece razon que à cuenta de la cortesia con que disimulais conmigo, me alce yo con lo que sè, que desseais oir con mucho cuidado. Quiero agora acudir à los motes de Solino, y à la curiosidad de los demàs que echaron juicios temerarios sobre mi jornada; y para que no esconda ninguna de las cosas que passo, la cuento delante de tan abonados testigos. Supe (y no quiero decir que à caso, porque lo procurè de proposito) el dia en que el señor Prior llevava à la Ciudad à aquella Religiosa peregrina, que por tener tantas cosas del Cielo, dexò todas las de la tierra vencidas con su desprecio, baxas, y humildes con su hermosura: y assi por hacer compañia à èl en obra de tanto merecimiento, como por ver despedir de todas las pretensiones humanas quien en

Prosigue la historia de la Peregrina.

tan-

tantas partes, y estremos era divina, y en su resolucion, y desengaño vèr el de las esperanzas que el desseo podia fundar en su gentileza; me hice encontradizo en el camino, à donde me dì por obligado hasta llegar à la Ciudad, fingiendo que alli de nuevo supe su determinacion. Conociò ella ser yo el mismo que en la fuente de la sierra la avia encontrado; y acordada, y agradecida de la cortesia, y respeto con que la tratè, sin saber quien fuesse, me pagó con la blandura de sus ojos el alma que en ellos perdì quando la mirè en aquel desierto. Dixole el señor Prior quien era, acrecentando de suyo lo que agora quèdo à dever à su cortesia; y conociendo la estrangera su voluntad, me hizo muchas mercedes, y favores por el camino, que à no ser aquel el postrero que avia de hacer en el mundo, me pudiera yo desvanecer para no trocarlos por todos los intereses dèl. Lo que en ella vì, fue lo que ya me oistes; y puesto que el decoro, y respeto con que la llevaban, no acrecentò gracias à su hermosura, ella le dava otro valor diferente; como el engaste del oro bien labrado acostumbra à dar à las piedras finas. Quedò entregada à el Cielo à quien se parecia; y los ojos que alli la dexaron à las soledades, y desengaños: no fueron estas ocasion de mi enfermedad, que no acostumbra à ser tan leve la que se engendra dellas; y ansi, puede hacer en mì mayores efetos su memoria. De vuestra parte (dixo el Prior) teneis contado lo que passasteis; pero de aquella estrangera pudiera yo decir muchas mas, que solo en lo que yo le oì se puede conocer quanto estimò el buen termino de vuestra cortesia, y mucho mas esta segunda de acompañarla. La primera, de dexarla sin compañia (replicò el Hidalgo) me fue à mì mas costosa; y aunque dice el refran antiguo, que cortesia, y hablar bien, cuesta poco, y vale mucho; no se podia decir por la mia. Antes sì (dixo el Soldado) pues os rindiò tanto, y vos no pusistes mas caudal que dar lugar à la razon à donde no lo podia tener el apetito: y puesto que la cortesia tiene mui grande lugar entre los Portugueses, porque en el comedimiento hacen

cen ventaja à otras muchas Naciones; en el hablar bien, segun el sentido de esse refran, hallan ellos la dificultad, porque decillo de sus proprios naturales no les cuesta poco (que es una culpa, que nos arguyen con razon los estrangeros) en la qual pecamos contra el principal termino de la Cortesia. Mas ciertamente, que una, y otra era devida à aquella gentil Señora, de cuya riqueza, y Estado, yo como fronterizo que fuì de aquella Isla, pudiera testificar, y la vì tan obligada, y desseosa de mostrarse agradecida à el señor Don Iulio, que excedia el modo de su blandura y recelo. Ya desseo (dixo el Doctor) que passemos desta romerìa, y no sè yo mejor ocasion, que hablar en cortesias, assi estrangeras, como naturales; que es materia que dice mui bien con las de las noches passadas. Quièn avrà (respondiò Alberto) que no apruebe vuestra eleccion, que demàs de venir la platica à proposito de las que entre nosotros se tratan, tenemos presente à el señor Prior, à quien està mejor que à todos el cargo de hacernos cortesanos con su doctrina, ansi como puede enseñar à todos con su exemplo. Son mis habitos (dixo èl) tan agenos del estilo cortesano, que están culpando lo que me atribuis, y el atrevimiento que yo desseo tener para obedeceros; pero tengo por menor yerro caer en muchos en esta empressa, que desobedecer en todas à vuestro mando; mas con tal condicion, que acudais vos por cortesia à los descuidos que yo tuviere en ellos, porque assi no tendrè recelo de hablar, ni estos señores verguenza, ni fastidio de oirme. Y hablando en

Què cosa es cortesia.

este nombre, Cortesia, es un vocablo particular, que entre nosotros tiene la significacion mui larga, porque en su verdadero sentido aun es mas estrecho que el Latino, que es urbanidad derivado de Urbs, que quiere decir Ciudad; y assi, es el comedimiento, y buen modo de los que viven en ella diferente de los Aldeanos; y cortesia es de los que siguen la Corte en diferencia de unos, y otros. Pero en la significacion generica, este nombre comprehende tres especies de cortesia: Ceremonia, que es la veneracion con que tratamos à las cosas sagragradas de la Iglesia, y de los Ministros della, que pertenece à la Corte Eclesiastica del Papa, de los Obispos, y de otros Prelados inferiores. Cortesìa, que es la que se tiene à los Reyes, Principes, Señores, Titulos, y Ministros Reales. Buena crianza, que es la inclinacion, reverencia, y comedimiento que se acostumbra entre los iguales, ò sean de mayor, ò de menor calidad. Y dexando de tratar de las dos primeras, y de otras dos que muchos ponen en el segundo genero, que es Cortesia militar, à que llaman Orden, usada en los exercitos, esquadrones, y alojamientos; y la otra Naval, que se usa en las flotas, armadas, y navegaciones, porque unas, y otras tienen reglas, y leyes declaradas; tratarè solamente de la buena crianza. Para lo qual me parece advertir, que de la ceremonia se deriva la cortesia, y della la buena crianza, baxando por gradas, como lo muestran los exemplos de la una, y de la otra; que como los Reyes, y Principes se endiosaron con la vanidad, fueron tomando mucho en la cortesia de lo que era devido solo à Dios. Y porque

que igualmente los inferiores quisieron parecerse con los Reyes, fueron tambien contrahaciendo sus estilos en la Cortesìa. *En què cosas consiste la cortesia.* La qual consiste en tres cosas; en la moderacion, en la inclinacion, y en las palabras;y trayendo exemplo de cada unà con sus principios. A Dios hablamos con las rodillas en tierra, por ceremonia; à los Reyes puesta la izquierda en el suelo por cortesìa; à los iguales con ella doblada, bolviendo el pie atràs por buena crianza; à Dios besamos la tierra, ò el assiento del Altar à donde està puesto; à el Papa el pie; à el Rei la mano (puesto que algunos de la gentilidad aun acostumbran à besar la rodilla) entre los iguales besamos la mano con que tocamos la suya, y de palabra las de todos. En las palabras se quisieron los Reyes levantar mas con los titulos Divinos; y de Merced, y Señorìa, que era su proprio lugar, subieron à Alteza, que era solo de Dios, y despues à Magestad; y aun si se pudieran llamar divinidad, y omnipotencia, me parece que lo hicieran. A los iguales tratamos de merced, que fuimos tomando lo que los Re-

Reyes dexaron ; y quedòse el vos , y su blandura para los amigos , y para los mal criados. Buena crianza es el trato de hombres bien doctrinados , ò por experiencia de la Corte , y de la Ciudad, ò por enseñanza de otros que en ella vivieron. La inclinacion consiste en abaxar la cabeza , ò descubrirla ; en doblar la rodilla , ò ponerla en tierra ; è inclinar la vista , ò desviarla de con quien se habla. La moderacion, en mostrarse mas humilde en besar primero la mano , en dar mejor lugar à quien hacemos reverencia ; ò por mejor decir , en tomar de todo menos de lo que nos cabia. Las palabras ellas mismas declaran quales son de Corte , en la conformidad del proverbio , ò sentencia con que comenzamos, que es hablar bien del tercero , diciendo lo que hace en su favor , y escuchando con cortesìa en quanto oimos lo que habla. Ai otra cortesìa de palabras, à que llaman, Cumplimientos, de que por agora no determino tratar. Esta cortesìa en lo exterior difiere mui poco de la virtud de la humildad , y tiene el mismo fruto entre los hombres de la tierra , que el Evan-

Cortesia y humildad, casi una cosa.

Evangelio promete en el Cielo à los humildes, que es, que seràn levantados, porque tambien para los vanagloriosos, y arrogantes es grangerìa la buena crianza, y comedimiento, porque assi son mas bien quistos, acetos, y respetados de los menores. Tiene esta virtud de la cortesìa, ò buena crianza (à quien tambien Marco Tulio llama virtud) quatro escuelas principales en que se exercita, que son; el encuentro, la visita, la mesa, y la conversacion. Los dos terminos en que se sustenta, son humillarse una de las partes, y la otra, quererse mejorar en la humildad, porque quanto uno mas se aprovecha della, mas obliga à el otro à querer mostrarse bien criado. En el encuentro del camino, de la visita, ò del passeo, es regla entre iguales, que el que viene, ò està mejorado de lugar, sea primero en la cortesìa, assi de la habla, como del sombrero, ò reverencia; como si viene andando, y otro està parado; si viene à cavallo, y otro està à pie; y si ambos andan, uno viene de la mano derecha, ò de lugar mas alto; y de la misma mane-

Lugares donde lo tiene mejor la cortesìa.

ne-

nera el que està en tierra, casa, ò lugar suyo, sea el primero que acometa la cortesìa. De este termino de cortesìa (dixo Leonardo) tenemos una historia antigua en Portugal, que nos puede servir de exemplo, y autoridad para ella. Cuenta la Coronica de el Rei Don Fernando de Portugal, que quando èl, y el Rei Don Enrique de Castilla se hablaron en el Tajo en dos bateles, hubo de ambas partes duda, en qual de ellos serìa el primero que hablasse: y el Rei de Castilla se resolviò en ser el primero, por tener à Lisboa cercada, y estàr en la guerra de mejor condicion que el Rei Don Fernando. Siendo assi, que por ser tierra de Portugal avia èl de ser el primero; y assi le dixo: Mantengaos Dios Señor Rei de Portugal (que estos eran los cumplimientos de aquella buena edad). Lo mismo (acudiò el Doctor) entendia el Rei Don Felipe el Sabio, quando con tanto excesso de cortesìas recibiò en su Reino à el Rei Don Sebastian su sobrino, en la jornada de Guadalupe, à donde en la habla, y comedimiento fue siempre el primero; como

Historia del Rei D. Fernando de Portugal con el Rei D. Enrique de Castilla.

Historia del Rei D. Felipe con el Rei D. Sebastian.

mo yo puedo mostrar de una Relacion, que tengo de la misma jornada: y tambien se alcanza de la visita, que el Infante Don Luis hizo à el Emperador Carlos Quinto, quando dandole la delantera en la entrada de una puerta, el Infante no se pudiendo escusar, arremetiò à una hacha con que ivà delante un criado, porque era de noche, y fue alumbrando à el Emperador para tambien vencello en la cortesìa que con èl usò.

Historia del Emperador Carlos V. con el Infante D. Luis.

Lo mismo (dixo Feliciano) aconteciò à una persona de no tanta calidad, pero de sangre ilustre, que dandole un Titulo la delantera en la entrada de una puerta del lado de una Iglesia, èl se bolviò à èl con agua bendita, haciendo oficio de su Capellan. Todos essos lances, y otros semejantes son estratagemas, y finezas de Cortesìa (respondiò el Prior) de las quales yo no me olvidarè en su lugar. Y prosiguiendo la materia, la visita tiene tres terminos de cortesía, que son: el recebimiento; el assiento; y el acompañamiento de la despedida. El recebimiento es, salir el visitado fuera de la sala à donde ha de recebir la visita, has-

hasta la sala de estado, para en la entrada darle delantera, y mejorìa à quien le viene à visitar. El assiento darlo à su huesped, y tomar otro igual à su mano izquierda, sin ser el primero que se assiente. El acompañamiento à la despedida es, salir con èl de la sala hasta la parte de la casa adonde lo recibiò, yendo siempre à su mano izquierda, dandole de este modo la mejorìa en la entrada, lugar, y passeo. El descuido de los ignorantes (respondiò Leonardo) tiene pervertidas essas reglas tan verdaderas, ò à lo menos barajadas por su mala correspondencia; porque en el recebir de las visitas ai algunos que son como pesos de lagar, que se levantan de espacio, y se sientan de priessa: y aun de los tales dixo un Cortesano, que eran buenos para testimonio falso, porque no se levantarian: otro dixo à un Titular, que mejor era para vassallo, que para señor, pues nunca se levantaria. Ya en el recibimiento ai muchos que se quedan atràs dos passos, por no dexar la casa sola, y assi dan cinco; y hacen lo mesmo en el acompañamiento de la despepedida : à cuyo proposito viene aquel dicho tan excelente de un señor tan ilustre por sangre, como por entendimiento, en este Reino ; que visitando à un Legado de el Papa venido de poco à Lisboa , en la despedida diò con èl mui pocos passos al salir de la sala ; y èl tomandolo por la mano , lo hizo passar adelante , diciendo : Para Italiano hace V.S. mui poco exercicio. Pero declaradme , si en las visitas hablais tambien de las que se acostumbran à hacer en casos de tristeza , y enfermedad. No podia yo (dixo el Prior) hacer essa mezcla sin grande confusion , y ceguedad ; mas de ellas , y de las que se hacen à dueñas y doncellas , y otras semejantes , determino particularmente dar mi voto debaxo de la censura de vuestro entendimiento : y agora siguiendo mi determinacion, la tercera escuela de cortesìa es la Mesa, en la qual las reglas son muchas , pero mui ordinarias , y conocidas. La primera, es de el assiento : la segunda , de el servicio : la tercera , de los manjares: la quarta , de las gracias despues de comer. El assiento en mesa de muchos es el prime-

Cugalano.

Cortesìa de mesa.

mero lugar el tope, à que llaman cabecera, que queda à mano derecha de los otros; entendiendo, que ha de quedar una de las partes de la mesa libre, para el servicio de los ministros de ella; y quando es de menos gente, siempre el que agasaja toma por cortesìa el lugar de la mano izquierda. En el servicio lo primero es dar agua à manos, en que siempre se ha de preferir el huesped; y andan en esto ya los criados tan apurados, que no queda à los combidados lugar mas que de algun leve cumplimiento. Lo segundo (entre los amigos) es el hacer el señor de la casa para cada uno de los otros, los platos que se han de dividir en la mesa, mejorando à el huesped en la eleccion de cada cosa, à que pueden llamar cortesía regalona. El comer ha de ser sin apresurarse, sin muestra de gula, ni demasiado apetito; y tambien, no mostrar una frialdad llena de fastidio, que es, desagradecer la comida, y la voluntad de el que la ofrece. El bever sea sin priessa, y con tiento, no levantando la copa, ni el jarro, quando otro lo tiene en la boca; salvo à donde

se

se usàre diferente cortesìa entre los estrangeros, que se combidan à bever en un mismo tiempo. El que està à la mesa no ha de hablar siempre en quanto los otros comen, ni comer en quanto los otros hablan. Y de una manera, y otra, lo que se dixere no sea cosa que pueda alterar el estomago, ò disminuir el gusto de los combidados. Tambien deve cada uno acabar de comer quando los demàs, aunque le tengan ventaja en la brevedad. Las gracias pertenecen primero à el dueño de la casa, y à el huesped la cortesìa despues de ellas, que es una manera de agradecimiento cortesano: y supuesto que pudiera callar estas menudencias por mui sabidas (como otras que dèxo por la mesma razon) tengo alguna de hablar en ellas, en quanto me sirven para adelante. Antes de esotras (acudiò Solino) me quiero yo meter como cebolla en ristra, que si hasta agora no pescava en tanto hondo, porque la conversacion obliga à las costumbres, y yo estoi tantos años ha hecho à las de esta Aldea; para las cosas de la mesa tengo hecho otro arancel de cortesìa: y puesto que en ella, y en la humildad dicen, que abaxo queda quien no se adelanta; como las cosas de el comer, y de el provecho se atraviesan con la vanidad de esse estilo, tengo otra regla mui diferente por la qual me rijo, registrada en los libros de los refranes, y proverbios de las viejas, y encomendada à la memoria de mi mozo con mucho cuidado, distincta por sus capitulos, mui importantes à la quietud, y sossiego de la vida de una Aldea. Primeramente, mejorar à el huesped en el assiento, y à mì en el mantenimiento: darle en las cortesìas, lo que à mì en las viandas: à èl el primer plato, y à mì el mejor bocado. Si fuere poco el vino, beva yo primero; que quien lleva la primera, no queda sin ella. Si fuere poco el pan, tenerlohe yo en la mano, por no poner en las de la cortesìa lo que huelgo de tener en la mia. No quitar plato de delante, sin venir otro que me lo levante: en quanto otro apàra, fingir que no veo el cuchillo. Si los otros hablan mucho, decir los amenes, porque oveja que bala bocado pierde. En quanto tuviere hambre, burlar de quien no come: y quan-

Reglas de provecho, mas que de descortesia.

quando tuviere sed, acordarla à quien no beve. En quanto à todas las demàs ceremonias, entradas, y salidas, como son, lavar las manos, respetos, y gracias, liberal como en las eras. Y la verdad es, que el verdadero cumplimiento, en que se declaran los demàs, y que sirve de lei mental à todos, es: Todo soi vuestro, fuera de la hacienda, y cuerpo. Y passando de la mesa, se siguen luego otras muchas reglas no menos provechosas, como son: en acudir à el peligro, fingirse manco: à cama angosta, echarse en medio: en lugar estrecho ir delante, que quien llega tarde mal se agasaja: à rio grande, ser el postrero; que la verdadera discrecion es escarmentar en cabeza agena, y la mas comun necedad es, no pensè. No os deshagais de essa doctrina (dixo Leonardo) que es la mejor regla de vivir en paz sobre la haz de la tierra, que quantas andan en las Cartillas Portuguesas. Yo (prosiguiò el Prior) no defiendo aquella seta à los que la quisieren seguir, respetando mas à la comodidad, que à la cortesìa, y dexando esta eleccion para despues. La ultima escuela es la de la conversacion, que se entiende en el passeo, en la rueda, ò en la visita. El passeo, quando es de dos, ò tres, buelven con los rostros siempre iguales (no bolviendo las espaldas el uno à el otro, como acostumbran los estrangeros) y los que reciben en una buelta à mano derecha, la dan à la otra à los que traxeron à la izquierda. Si son muchos, ò se dividen en medio al rebolver para quedar todos de cara; ò si ai lugar para esso, rebuelven en ala, quedando el primero de la mano derecha, el ultimo de la izquierda, en la buelta de el passeo. El que entra de nuevo, hace primero cortesia à los que andan en èl; y ellos abriendo, le deben ofrecer en medio el lugar de la mano derecha, que èl no acetarà, sino el ultimo de la izquierda, por no romper el ala; porque en la buelta queda luego con el que en la entrada le ofrecieron. En la rueda, ò junta se usa lo mismo; pero es para advertir la obligacion de cada uno, para levantar de el suelo qualquiera cosa que se cae à los compañeros, como son, guantes, rosario, libro, sombrero, lenzue-

Cortesìas en el pasear.

zuelo, y cosas semejantes: y quanto à mi voto, èsta obligacion de acudir à alzarla es de el vecino de la mano derecha. En esso (respondiò Solino) me importa que pongais arancel cierto, por las cabezadas que he visto dar à muchos que acuden juntos à la cortesìa; y tengo por cierto, que ha de dexarse à que el primero que se abalanza la levante, mayormente en la rueda, donde todos los càbes son de apaleta. Lo que yo aconsejàra (replicò el Prior) es, que acometiendo uno, cesassen los demàs, dexando el cumplimiento à el dueño de la cosa. Pues no es esse termino (dixo Leonardo) de los menos delicados en la cortesìa, assi en el passeo, y rueda, como en la visita; y no solo en las cosas que se caen à càso, mas en las que se arrojan, ò en lo que tiran de proposito. Y dexando lo que aconteciò à un Cortesano mancebo, que tirandole una dama, en castigo de un atrevimiento, un chapin, èl lo besò, y lo bolviò à ofrecer; y con este lance la obligò à que de alli adelante lo tuviesse en mas cuenta. Un Principe de la sangre Real de este Reino,

Historia à proposito de esta Cortesìa.

no, andando à caza de monterìa con su Rei, se le adelantò à dar una lanzada à un jabalì, pareciendole que se metia en el medio de el peligro, por atajar alguno de la vida del Rei. Pero èl que era mal sufrido, con enojo tirò al Principe la lanza; y èl apeandose la levantò, y besandola, la tornò à ofrecer; y con esto venciò la colera de el Rei, y lo obligò à vergonzoso arrepentimiento. Aun hasta agora (dixo Solino) yo le dexàra passar la ira; que quien se guardò, no errò; y à ſuria de señor, tierra en medio: y supuesto que le sucediò bien la cura, no por esso probarè yo la medicina; que con estos pierde el bien hacer à ciento por uno, que es lo que con Dios se gana. Y porque en el passeo se me ofreciò una dubda, pregùnto: Quando uno se aparta de los con quien và passeando, y queda atràs hablando con alguno que passò, ò lo detuvo, ò en otro caso semejante; què regla se ha de seguir? Parar los otros à la vista (respondiò el Prior) y èl quando buelve, hacer su cortesìa, y entrar en el passeo tomando el lugar mas humilde, como tengo di-

 cho.

cho. Y si passeàren à caballo (replicò èl) y el de el uno de los mantenedores se parò à orinar, y los compañeros fueron adelante; es obligado el que buelve à la tela, à hacer cortesìa en nombre de su caballo? Esso no (respondiò el Prior) porque en el primero caso, la cortesìa es una satisfacion de la tardanza, y el segundo es un acto de un bruto irracional, que no merece ser disculpado. Con esto, me parece que tengo tocado lo que es el canto llano de la Cortesìa, en cuyo contrapunto ai cien mil galanterias y estremos, que no caben en reglas tan limitadas; como tambien lo serian para las cortesìas, que consisten en palabras, à que no se puede poner limite. Vos (dixo el Doctor) aveis tratado la materia con mucha curiosidad: y supuesto que queda bastantemente autorizada con las razones tan verdaderas, costumbres tan aprobadas, y lo que mas es, con experiencia vuestra; quiero yo acrecentar lo que he leido, mas por hacer mi figura en lo que vos sois Autor, que por mostrar que lo puedo ser en alguna cosa sin favor vuestro. Y porque me acuerdo, en la division que hicistes tratando de la inclinacion, que es la principal parte de la cortesìa, me pareciò decir alguna cosa de su antiguedad; porque los Hebreos, Persas, Griegos, y Romanos, usaron inclinar la cabeza por cortesìa, como cuenta Iosepho, Plutarco, Eliano, y otros Autores graves: y esta reverencia hacian en señal de humildad, confessando flaqueza, y menos poder, ante aquel à cuyo valor se abatian; supuesto, que entre los Romanos el Emperador Alexandro Severo, sucessor de Heliogabalo, no consintiò que ninguno le hiciesse esta cortesìa teniendola por lisonja; antes mandava echar de su presencia à quien la usava (como escrive Lampridio) diciendo: que solo à Dios se devia aquella inclinacion. Los de Tebas, si sabian que alguno de los suyos se inclinava à persona humana, lo castigavan rigurosamente: y esta lei puso en grande confusion à Ismenias, que ellos embiaron por Embaxador à Artaxerxes (como en su vida escribe Plutarco) el qual estando ya en la sala para hablar à el Rei, le dixo un Capitan llamado Tetrhaùstes: que si no

Cortesìas de los Antiguos

avia

avia de hacer à el Rei la reverencia que los Persas acostumbravan, que le diesse à èl el recado, que èl haria en su nombre la embaxada. El, no queriendo fiar de otro lo que traia encomendado, entrando à hablar à el Rei, dexò caer un anillo que traia en el dedo, y abaxandose à alzarlo, hizo la inclinacion de los Persas, sin poderle imputar culpa los Tebànos. Essa inclinacion (dixo el Prior) de baxar la cabeza, arrodillarse, ò postrarse por tierra, y estender el brazo para la persona que queremos hacer reverencia, besar la mano propria; es ceremonia antiquissima, que solo à Dios se hacia: y assi se colige de muchos lugares de la Escritura, como es en el libro 3. de los Reyes, cap. 19. y en el de Iob, cap. 31. en el Deuteronomio, cap. 17. Lo qual tambien algunos Gentiles usaron, como leemos en Plinio, lib. 28. cap. 2. Y de aqui creo, que se derivò este uso que entre nosotros ai, de bèso las manos à V. md. La costumbre de besar la mano (respondiò el Doctor) entre los Romanos antiguos, fue de los esclavos à sus señores; mas Plutarco cuenta, que des-

Antiguedad de la cortesia, de besar las manos.

pues

pues que Caton diò fin à su milicia, despidiendose de èl los Soldados con muchas lagrimas, y estendiendole las capas, y los vestidos por donde passava, le besavan la mano; y de aqui comenzaron los libres à usar esta cortesìa, de que luego echaron mano los pretendientes, para grangear animos, y voluntades agenas (como Seneca dice en la Epistola 118.): y luego los Emperadores modernos mandaron, que sus vassallos les besassen la mano (como escribe Pomponio Leto). Y los Reyes de España lo pusieron por ordenanza, como se vè en las de el Rei Don Alonso, en las Leyes de Castilla lib. 5. tit. 25. p. 4. y de aqui se derivò el beso las manos de V. md. que es, confessarse por esclavo, ò vassallo de aquel à quien se hace la cortesìa. Essa (acudiò Solino) me cuesta à mì bien poco, porque no gàsto en ella mas que palabras, y essas con las abreviaturas de agora son mucho menos. Lo que à mì me cansa es el quitar el sombrero, que me tienen de costa las buenas correspondencias, lo que Dios sabe, y yo siento de forros, y caireles fuera de el fieltro; y

no

Antiguedad de la cortesìa, de quitar el sombrero.

no me pesàra saber de donde tuvo principio este mal que padezco. El sombrero (respondiò el Doctor) era entre los Romanos señal de nobleza, y simbolo de libertad; y quando la querian sinificar, pintavan un sombrero, como se vè en las monedas de Claudio, de Antonino, y de Galba. Y assi, quando davan libertad à los esclavos, les davan sombrero, como refiere Pierio Valeriano en sus Hieroglificos, lib. 40. donde tambien afirma, que los esclavos que se vendian por malas costumbres, y ruines partes que tenian, los ponian en almoneda con sombrero en la cabeza, en señal que su señor no lo queria por esclavo, ni se obligava à fiar su mala naturaleza. De manera, que el descubrir un hombre la cabeza, y quitar el sombrero à otro, es confessarse por su esclavo. Y à esta cortesìa responde la de llamar señores à los iguales, y mayores con quien tratamos, y aun à los inferiores. Pues yo os afirmo (dixo Solino) que à muchos quito el sombrero, de quien no quisiera parecer esclavo; y estos hacen que yo lo traiga tal, que parece de los que lo son. Con

to-

todo, me hicistes mui grande merced en descubrirme essa razon, y la de otra cosa en que ya cansè algunas veces el pensamiento, que era saber, por què los chucarreros se cubrian delante de los Principes, y siendo gente tan vil gozan de tanta preeminencia? Y agora entiendo, que deve de ser por estar en la estimacion de los esclavos que se venden por tener malas mañas, que se venden con sombrero para ser por èl conocidos. Mas me parece à mì (acudiò Don Iulio) que es por el poco caso que se hace de su cortesìa, ò porque se entienda, que assi como tienen aquella libertad, tienen otras para hablar lo que no es licito à los hombres cortesanos bien diciplinados; pero no sè la causa, por què nos olvidamos de la cortesìa, à que llaman cumplimientos, que en esta edad ha llegado à la mayor perfecion de encarecimiento, que puede ser. En esso (dixo Feliciano) se acredita ella mui poco, y menos los que usan mucho de ellos; que à falta de verdades, y de obras se introduxeron en el mundo los cumplimientos, que son, un engaño desaforado de toda juridicion,

con-

conforme à el refran, que dice: que palabras de cumplimiento no obligan. Parèceme (replicò Don Iulio) que tornamos à la sentencia con que se comenzò la platica, en quanto dice: que hablar bien vale mucho, y cuesta poco; lo que à la letra se entiende de los cumplimientos, pues cuestan tan poco, que ninguno por ellos queda obligado. No digamos mal de ellos (dixo Solino) que son la mejor cosa de el mundo, salvo que perdieron reputacion como las sardinas, que por averlas siempre, y costar baratas no se estiman; y no era la materia de los cumplimientos para quedarse fuera en esta ocasion. La noche (respondiò el Doctor) es la que no basta à tanto, y en esta no me atrevo à acompañaros mas; y assi, me aveis de dar licencia para que me recoja. Con esto se levantaron todos, y dieron las buenas noches; y despues de recogidos, gastaron en el desseo de la que se seguia el mesmo espacio que de aquella les quedava; que muchas veces la recreacion de los sentidos vence à la necessidad del reposo, que los suspende.

DIA-

DIALOGO XIII.

DE EL FRUTO DE LA LIBERAlidad, y de la Cortesìa.

TEniendo Feliciano, y su compañero por cosa sin duda, que se avia de tratar la materia de los cumplimientos la noche siguiente, y que ya de aquella quedaron emplazados para si la huvieran de prosiguir; se previnieron de exemplos, historias, y razones mui escogidas, con que les pareciò que dexarian mui atràs à los cortesanos antiguos, en cuya juventud es cierto, que se usava menos desta alquimia de palabras fuera de la intencion de quien las ofrece. Con este fundamento se juntaron otro dia con mucha confianza; y juntos los amigos, dixo el soldado: Fue para mì tan sabrosa la conversacion de la noche passada, que hasta la memoria de ella antepuse al reposo; y sin poder en el del sueño, me acordè de una historia fa-

Cumplimiento, alquimia de palabras

famosa, que sucediò à un Capitan nuestro Portuguès en aquellas partes de el Norte, procedida de una cortesìa suya bien empleada, que le rindiò gracia con las Damas estrangeras, y naturales, embidia en los compañeros, y en los contrarios, gloriosa fama con loor y honra de la Nacion Portuguesa. Y quando algun dia diere lugar nuestro exercicio, la he de contar en esta compañia, en prueba de el mucho precio, y valor que tiene la cortesìa con la gente ilustre, y generosa. Cierto (dixo el Doctor) que serìa gran yerro, que dilatàssemos essa historia para mas tarde; que puesto que à todo tiempo en las vuestras lo gastan mui bien los oyentes, agora tiene ella el suyo, y sale bullendo con la mesma materia que tenemos entre manos, mayormente, que siendo en favor, y honra de el nombre Portuguès, no passarà el señor Don Iulio por la tardanza. Antes (respondiò él) sino acudièrades con tanta priessa, me queria ya quejar de la dilacion; porque por la materia, por la historia, y por ser el señor Alberto el que la ha de contar, obliga por mil caminos mi desseo, y de el de estos señores tengo la misma opinion. No es errada en lo que pertenece à mi eleccion (dixo Feliciano). Y porque todos vinieron en la mesma voluntad, comenzò el Soldado.

Historia del Exêplo de la Corteìa.

UN Capitan Portuguès, que en las guerras de el Norte con singular esfuerzo, hizo su nombre conocido en el mundo, y su fama inmortal en la memoria de èl; y que no representava menos en la presencia de su vista, de lo que dava à conocer la esperiencia de el valor de su brazo, con las mas partes de juicio, y gala que puede dessear un cortesano: cessando por razon de la entrada del Invierno el exercicio de la guerra, escogiò, ò le cupo en suerte para alojar sus compañias, un distrito de las tierras de el enemigo, que eran Aldeas sin defensa; acertaron estas à ser de una Señora Flamenca, Doncella de mucha calidad, la qual viendo el daño sin reparo, que à sus Vassallos se aparejava, demàs de que con la assistencia de los Españoles perdia el interès de las rentas que cogia, y de que se sustentava; no

sa-

sabiendo què medio tuviesse para este mal; le vino à la imaginacion de con armas, mas poderosas por blandura que por rigor, conquistar la cortesìa de el Capitan, de cuya liberalidad, y nobleza estava bien informada, y satisfecha: y fiando de una Doncella suya, y de un rustico mensagero, el secreto de lo que queria, le embiò una Carta que venia à comprehender las razones que se siguen.

☞ *SI el valor, y grandeza de vuestro animo, vence à la cudicia, y crueldad de enemigo; confiada estoi, que no lo querreis ser de una Dama ilustre, cuyo dote, por los sucessos de la guerra, puso en vuestra mano la ventura: y pues la ganancia de despojarme de èl, es tan pequeña, que no basta para agasajar bien à vuestros Soldados; perdonad antes à essas flacas Aldeas con blandura, viendo que ganais con ella el corazon de una muger Noble, que en quanto viviere os quedarà cautiva (trofeo diferente de el que se puede esperar de un rustico alojamiento): y pues de quien sois, y de la fama que os abona, y engrandece, no*

se

se espera, que querais perseguir à una Dama rendida à vuestro nombre; dadme libertad, para que en el de mis Vassallos, para quien la pido, os ofrezca los mantenimientos, que ai en esse pobre Señorìo, que entonces serà mas vuestro, quando yo le posseyere, con el favor, y merced, que de vos espero, &c.

El Capitan, que demàs de el valeroso animo que tenia, sabia conocer lo mucho que en semejantes lances se ganava; leyendo la Carta se alegrò por estremo, como quien hallava ocasion de mostrarse gentil hombre à tan ilustre, y discreta Señora: y trazando primero còmo mejor podria responder con efeto à sus ruegos; mandando vestir à el rustico, que trajo la Carta, y haciendole el agassajo, y tratamiento, que por quien lo embiava era devido; sin respetar à la incomodidad de lo que para los suyos no tenia, respondiò en la manera siguiente.

LAs armas no me dieron mayor gloria, que esta ventura; porque tengo go por tan grande la de serviros, que estimàra en menos señorear un grande Señorìo de la tierra, que quedar agora por guarda, y defensor de las vuestras, las quales tòmo tan à mi cuenta, que no solamente les quitarè la opression de los Soldados que le causan recèlo; mas harè, que ni unos, ni otros le puedan hacer ofensa. Perded Señora el cuidado de ella, y creed, que sabrè estimar vuestro dote, mas que la propria vida. Y si à costa de ella quisièredes conquistar bienes de fortuna, que igualen al precio de las gracias que os diò la naturaleza, èl serà mas copioso, y yo no quedarè menos satisfecho. Por las mercedes que me ofreceis os beso las manos, pero en ellas las renùncio; porque mas quiero parecer à estos compañeros, contrario vencido, que amigo obligado.

No se satisfizo el Capitan con responder tan à gusto de aquella Dama; mas ordenò juntamente, que quando tuviesse la Carta, le llegassen las nuevas de lo que por la suya hacia; y para esto escribiò à un Capitan que alli cerca tenia

su

su alojamiento; de el qual teniendo licencia, se fue para èl con sus soldados, à los quales con regalos, ventajas, favores, y cortesìas, iva satisfaciendo la falta de el alojamiento que dexaron. Supo esto la Dama, cuyo nombre era Florisa; y vencida de el primor de la obra, y de las palabras de la carta de el Portuguès, le comenzò à querer bien por las informaciones que cada hora le traìa su fama; que estas acostumbran à ser mas favorecidas que las de la presencia. Esta deseava ella ver estrañamente; pero la dificultad de ser contrario, lo hacia impossible. Acometiò por veces hacelle presentes, à que èl nunca diò lugar; antes en aquellos que libertò avia pocas personas que no esperimentassen favores, y buenas obras del Capitan, todo el tiempo que durò la vecindad de su alojamiento. Passado el Invierno bolvieron à continuar las guerras de aquella Frontera, mucho mas intricadas, y peligrosas que las que avian precedido: y como en ellas el Capitan buscava siempre las ocasiones de mayor riesgo, porque su esfuerzo lo ponia sobre el animo de los demàs guerreros; en la defensa de un puesto que le quiso ganar el enemigo, quedò èl mui mal herido, pero el contrario desbaratado, y con muchos Soldados menos. Llegò la fama del sucesso à la agradecida Señora, que lo sintiò por estremo; y deseosa de hacer alguno con que manifestasse la pena que tenia de su daño, determinò (con salvo conduto) de passar à el campo contrario à visitarlo: y avida licencia, sin llevar consigo mas de dos criadas, atravesò en un coche el Real. Siendo de esto avisado el Capitan, previno à sus Soldados para que con bèlicas alegrias la recibiessen, y festejassen su llegada: y mandando entrar algunas compañias de guarda, la hicieron à ella, con guirnaldas de fuego sobre los morriones, y con bombas en las picas, que parece que ardian hasta la empuñadura de la manopla, y otros foguetes, è invenciones de polvora mui apacibles. Saliò ella del coche à la puerta de la tienda del Capitan, vestida de una tela verde sembrada de bombillas de oro que le estavan mui bien, porque davan gracia à la nieve de su rostro, que con

la

la verguenza de aquel atrevimiento se hinchò de rosas encarnadas, los ojos tan alegres, que parece que se venian riendo de las Estrellas, como los caballos lo pudieran hacer del Sol, si èl ya nò estuviera escondido de pura invidia. Sobre ellos traìa una redecilla de plata, cuyos lazos se rematavan con perlas à manera de cimborios; y de la parte izquierda, tres plumas altas, una blanca, y dos encarnadas, prendidas de un camafèo: sobre las arracadas de las orejas, rosas de flores perfiladas de oro, colgado de cada una un Cupido, que quebrava el arco sobre un diamante; en el cuello una buelta pequeña, con puntas de aljofar mui menudas, y una gargantilla con unos paxarillos de oro, con los pechos de esmeraldas. Las criadas vestian raso pagizo, con su guarnicion de plata.

El Portuguès, puesto que no quisiera mostrar descuido en lo que convenia, pàra que se entendiesse, que en el ornamento militar, y cortesano de su persona, y tienda no faltava; como estava herido, è incapaz de valerse de las galas, convirtiòlo todo en pavellon rico, armazon costosa, y trofeos de armas, que hacian la tienda mui agradable, y autorizada. Desde alli, con grande acatamiento è inclinacion, y con los ojos llenos de alborozo, festejò la buena llegada de la hermosa, y discreta Florisa, que con las palabras acrecentò infinitas gracias à su hermosura. Durò la visita grande espacio, con mil finezas, y estremos de cortesìa. Y puesto, que el Capitan con las heridas estava desfigurado, representava en el brio, y modo de su parecer, la gentileza de su persona, sin la disculpa que unos ojos aficionados ofrecen con la parte ofendida. La Dama se le rindiò de manera, que lo mostrava en la vista, empleando en la suya muchas veces los ojos. Y por no tener mas tiempo suspensos los que esperavan vèr el sucesso de la visita, le diò fin con nueva gracia; y bolviendo por donde vino, hallò la misma guarnicion, y orden en los Soldados, que quando entrò. Luego entre ellos, y entre los demàs del Exercito, se platicò la causa de aquel excesso, y nuevo estremo de cortesìa, sabiendose, que la

que

que el Capitan avia con ella usado lo merecia. Pero no hizo fin aqui su desseo; que despues de ausente, embiando por muchas veces à visitarlo en la convalecencia de las heridas con que lo avia visto, ya de el todo libre de ellas, le escribiò Florisa, diciendo: Que pues lo avia visto en tal estado, y en èl le pareciò tan bien su gentileza, que le pedia un retrato suyo, retratado en el tiempo en que èl estava mas gentil hombre, y estuviera mas satisfecho de sus partes. El, que en nada perdia el cuidado de mostrarse cortès, se mandò retratar en el estado en que recibiò su visita; y en este le embiò el retrato, escribiendole: Que solo quando mereciò la ventura de verla, se tuvo por gallardo, y gentil hombre, y que no solamente en aquella ocasion, mas en todas las demàs que se le representasse aquel bien, estaria contento, y satisfecho de sì mismo. Y tambien procurò luego tener de la mesma Señora otro retrato, en el mesmo trage con que lo vino à visitar, sacado al natural, con mucho artificio, sin tener ella noticia de esta diligencia, sino despues que era manifiesto que el Capitan lo tenia en su tienda mui venerado. Y sobre lo uno, y lo otro, se embiavan recaudos con muchas gentilezas, y cortesìas, con la fama de las quales se acrecentò tanto la hermosura, y discrecion de Florisa, que de alli adelante era mas conocida, y requestada, assi de los Nobles del Exercito, como de los Señores comarcanos, con quien sus tierras avecindavan. Sobre todos los demàs entrò en esta aficion un gentil Soldado, hijo del Conde de Hieme, Hidalgo, de cuyo esfuerzo, brio, y gentileza, avia en el campo generalmente mucha satisfacion, y en muchos Soldados nobles no menor invidia. Este se determinò, que en la primera ocasion que huviesse de assalto, avia de hacer mas de lo possible, por encontrarse, y provar las armas con el Español, à quien Florisa mostrava tàn declarada aficion. Pero como esta eleccion avia de ser de la suerte, y no de su voluntad; sucediò, que à la primera ocasion que huvo de poder venir à las manos, fue, sobre que el contrario quiso ganar un puesto para atrincherarse en

èl,

èl, y hacer sombra à una mina secreta, que para sus intentos ordenava. Fue revelado esto à el General, y con un disimulado apercebimiento tomò à las manos à los enemigns, entre los quales cautivò al gentil Soldado, que desseava señalarse en aquella Frontera, escureciendo la fama del Portuguès à quien invidiava. El, que ya sabia de aquella pretension, hizo mucha diligencia para que quedasse depositado en su poder, lo qual alcanzò facilmente. Y tratandolo luego con terminos de excessiva blandura, y afabilidad, lo tenia mas como à huesped regalado, que como à enemigo vencido: de suerte, que admirado èl, le preguntò la causa, por què le hacia tantas mercedes, pudiendolo tratar como à su esclavo, ò à lo menos del modo que lo acostumbran à hacer los Capitanes à los demàs vencidos. Yo (dixo el Portuguès) os tràto como à compañero, por saber, que fuera de la obligacion de Marte, que en las de Cupido, servimos ambos à un Señor: y sè, que aun en esta igualdad me teneis mucha ventaja, porque alcanzais en la presencia el premio de vuestros es-

estremos, y yo ausente hago solo empleo de mis desseos, y por este camino me pudiera obligar la embidia à la mala intencion que en vos han causado los zelos. Pero como de la Señora Florisa no pretendo más, que ser ella amada, y servida como merece, y sè de vuestra calidad, y valor, que sois digno sugeto de su hermosura, como à cosa ya suya; os quise antes ofrecer la casa que el campo: en esta estareis servido, no como mereceis, y yo desseo, mas à medida de las incomodidades de la milicia, de que ya teneis experiencia. No solo quedò admirado, mas corrido el ilustre mancebo, del buen termino, y gentileza del Capitan; y poniendo los ojos en èl con animo mas aficionado, que con el que partiò del Real, le dixo: Tan alcanzado estoi de mi engaño, quan vencido, y obligado de vuestra cortesìa; y ya Señor no desearè libertad de esta prision, mas que para ser mas vuestro quando fuere mio: y agora veo quan bien adivinava mi recelo, en hacerme que temiesse vuestra competencia, solo por lo que vuestra fama le descubria;

mas

mas agora por lo que sè de la presencia, no solo confessarè lo mucho que ella acredita, mas que deve aun mucho mas à vuestro valor, y dèl serè yo el mas fiel testigo delante de la Señora Florisa. Yo señor Soldado (respondiò èl) en el servicio de essa Señora no pretendo mas, que conociendola por tal, no faltar à su credito, honra, y satisfacion, y que conozca ella de mì, jùnto con esta verdad, que no soi ingrato à la merced que me hace: y mucho mejor satisfago à esta obligacion en encarecerle lo mucho que os deve, y quan acertada serà su eleccion escogiendoos por esposo, que en mostrarme competidor de vuestros pensamientos. Con este presupuesto, podeis usar de mi voluntad, y compañia sin zelos, ni recelos. Y si vos teneis confianza, y ella me dà licencia que yo sea tercero de que se efetùe esta pretension, desde aqui prometo hacer estremos, para facilitar brevemente el medio de vuestra libertad. El Soldado cada hora mas vencido, y deudor à tan buen proceder, se le echava à los pies, sin saber cosa que respondiesse. A este mismo intento tra-

tò

tò luego de su libertad, la qual se hizo brevemente con la de todos los demàs que quedaron presos en aquella ocasion, trocandose por otros Españoles, que tambien avia en el campo del enemigo. Por èl, y en su favor escribiò à la agradecida Florisa, que con esta fineza de nueva cortesìa doblò su aficion; y viendo que èl era el que le avia escogido tal esposo, lo acetò por tal, quedando ambos unidos en aquella fiel amistad del cortès Portuguès, que siempre conservaron; puesto que en los lìmites de contrarios, al respeto de su Rei, que este es el poder de la cortesìa, que no solo vence, y obliga los mas barbaros animos del mundo, mas hace concordia, y firme alianza entre corazones tan enemigos. Excelente me parece la historia (dixo el Dotor) y aun mas porque nos dà motivo para una question, que puede hacer esta noche mas agradable, si à estos señores pareciere tan bien mi voto, como la historia del señor Alberto. A esto respondieron todos, que lo querian seguir, y obedecer; y juntamente alabaron con mucha satisfacion aquel exemplo de cortesìa:

sìa: y pidiendo al Dotor que continuasse lo que queria decir, èl lo hizo en la manera siguiente:

Pues son tan grandes los intereses de la Cortesìa, y con exemplos, y razones tan aprobado entre los bien nacidos el empleo della, pareciòme à proposito esta pregunta, y es: Con quàl de dos cosas se obliga, y grangea mas el animo de los hombres: con la liberalidad, ò con la cortesìa, y los efetos que cada una hace para este fin? Bien pareciò à los amigos la question, y despues la aprobaron; à que acudiò el Prior: Poca duda me parece que puede aver en apartar estas Virtudes; porque à mi parecer, la cortesìa es solamente un efecto de la liberalidad, y assi queda la pregunta mas corriente deste modo: Quàl obliga mas los animos agradecidos: ò el liberal de la hacienda; ò el que lo es en la cortesìa? Porque la liberalidad es un habito del animo, que lo mueve à dar à los benemeritos lo que està en la mano del liberal, ò pidiendolo otro, ò ofreciendolo èl; y esto puede ser dinero, ò cortesìa, honra, lugar, y otras cosas muchas.

Qual obliga mas si la liberalidad, si la cortesìa.

Què cosa es liberalidad.

chas. Buena es essa razon (respondiò èl) pero con vuestros mismos libros he de sustentar la mia; que conforme dice San Agustin, liberal es el que dà sin obligacion de lei, ni de promessa, y sin esperanza de satisfacion de lo que diò. Y Santo Thomas dice: que la liberalidad es una virtud, que sabe gastar las riquezas en buenos usos; y Aristoteles del todo aclara esta question diciendo: que es virtud, que con el dinero, y hacienda se muestra bienhechora à los hombres, y deste modo no puede la cortesìa ser efecto de la liberalidad; que ai muchos cortesanos poco liberales, y algunos liberales poco cortesanos. Supuesto que me atrevo à mucho (dixo Feliciano) hoi he de dar entre las vuestras mi razon, con la de algunos Autores, que llamaron la liberalidad, humanidad; porque verdaderamente las obras de cada una parecen mui iguales, si ellas no lo son; porque acudir à el pobre, dar al benemerito, ser afable, blando, y piadoso, es humanidad, y los mesmos efectos obra el liberal. Y si la humanidad es la mesma cosa que la liberalidad, esta es la cortesìa ; y no la comprueva menos Aristoteles , quando dice : que la liberalidad , por el afecto se llama benignidad, y por el efecto beneficencia ; y vienen à ser ambas una misma virtud. Esso no (replicò el Prior) mas dice S. Agustin, que son compañeras , liberalidad , humanidad , y clemencia. Y por esta autoridad suya , fundado en las demàs razones que me ayudavan , tenia la opinion que el Doctor no consiente. Los exemplos (replicò èl) nos mostraràn el engaño , y la diferencia descubrirà la verdad. Primeramente, el liberal, puesto que lo sea con la limitacion que los Autores escriben , que es , dar à el necessitado , y benemerito lo que ha menester , sin que aya de sentir en sì la falta de lo mismo que diò ; todavia queda sin la hacienda , ò dinero que tiene dado , y en el que recibe queda viva la obligacion , y la deuda de lo que recibiò: y el cortès no queda sin la honra que diò, ni à quien honrò se la queda deviendo, mereciendo la misma cortesìa , y mostrandose agradecido. De la misma suerte la humanidad , ni es cortesìa , ni libe-

Còmo ha de dar el liberal.

beralidad; porque à las veces consiste en perdonar, y no en dar, y en compadecerse de males agenos sin hacer en ellos gasto alguno, ò en otros actos semejantes: y de este modo me parece que està bastantemente mostrada la diferencia, para que tratemos agora de la que hace el cortès à el liberal en vencer, y obligar los animos agradecidos. Parèceme (dixo Leonardo) que de la verdad de la diferencia està dicho lo que basta, para que ya el Señor Don Iulio tòme à su cuenta decir, qual hace mas amable, servido, y respetado, y famoso à un cortesano; si el hacer cortesìas, ò el despender, y franquear riquezas; y quien de cada una de estas cosas tiene tanto exercicio, no le ha de faltar experiencia para tratar de ellas con muchas ventajas. Las que me dais (replicò èl) quisiera yo acreditar, y merecer; y en esta materia me venia mejor oir para aprender, que hablar para que me oigan; mas aunque quède yo còrto, quiero ser obediente. Y tratando primero del liberal, me parece que lo puede ser de dos maneras: ò liberal por condicion, y natura-

ra-

raleza ; ò por prudencia, y entendimiento, que es el que acostumbra à henchir los vacìos, y suplir las faltas de lo natural. El liberal por naturaleza, pocas veces guarda la regla de vuestra difinicion, porque no sabe negar, ni tratar de escoger ; y mas consiste el acto de su virtud en el que pide, que en el que ha de concéder. Essos libèrales (dixo Solino) son peligrosos, y antes les diria yo pròdigos, porque à las veces derraman lo que avian de dar, empleandolo en sugetos depravados. Con todo esso (respondiò Pindaro) no faltò un Autor grave que dice, que el liberal no està obligado à essa eleccion ; antes, que hacer mercedes à muchos aunque indignos, es obligarlos à que las merezcan. Tambien (replicò èl) querreis decir, que no serà pròdigo dando lo que ha menester. A lo menos (replicò Pindaro) no dirè que dexò de ser liberal ; y Pomponio dice: que es proprio del liberal no mirar, ni respetar à sì mismo, sino à los que ha de acudir. Pues à esse (dixo Solino) almagraldo por ladron, ò por mentiroso; porque el que dà mas de lo que puede, sin

sin respetar à lo que à sì se deve, es necessario que hurte à otro para poderlo hacer; y el que promete, ò concede mas de lo que tiene, es fuerza mentir à lo que prometiò: de suerte, que con estos dos vicios mal puede caber la virtud. Yo (prosiguiò Don Iulio) darè à vuestra duda satisfacion, repugnando un poco à mi naturaleza, por acudir à la doctrina, y verdad de los Escritores; que por mi voto, para dar à quien lo merece, se puede robar à quien sin merecimientos lo possee. Y bolviendo à mi punto, el liberal por naturaleza quiere hacer bien à todos, y no negar à ninguno de los que le piden; mas templando con la prudencia la condicion, dà segun lo que tiene: escoge primero los que merecen, y el tiempo, y ocasiones en que aproveche lo que dà. El que es liberal por entendimiento, muchas veces hace mercancìa de la liberalidad; y assi, puesto que con ella obliga mas, le deven menos: porque si muchas veces la emplea en los que merecen, casi todas busca los que han de ser publicos pregoneros de lo que diò. De donde nace, que ai

mu-

muchos Señores, que à los benemeritos faltan con las mercedes, por emplearlas en un chocarrero, que las publìque; en un espadàchin, que las encarezca; en un farsante, que las muestre; en el estrangero, que las passe de uno en otro Reino; y à las veces en la Dama, que las assolèe. El primero, se hace amable à todos; el segundo, famoso à muchos; pero uno obliga mejores animos, y adquiere mas ciertos amigos que el otro: uno compra corazones, el otro engaños; pero ambos con la liberalidad prenden la voluntad de los hombres. El que se viò en su miseria favorecido, pone facilmente la vida por quien le diò la hacienda; à donde oye hablar dèl, lo acredita; à donde vè ir contra su honra, lo defiende; en su presencia se humilla; oyendo su nombre se alegra; y sirviendolo, se deleita, y satisface. Para esto no me pareciò flaco consèjo el que un Autor acomulò por culpa à un Principe nuestro, pero sirve à los liberales por entendimiento, y que no tienen riquezas para poderlo ser. Y la culpa es, que dava à muchos, y à ninguno mucho: y si esto en el Rei fue vicio, à mì me parece que en los Señores de menor lugar es acertada cautela; porque basta que uno tenga recebida una obra buena, para que esté obligado à decir bien de aquel que la hizo; y con muchas empeñando à muchos, los tendrà à todos por deudores, y pregoneros de su largueza: ecetuando à los que son de tan mal natural, que con la ponzoña de la lengua corrompen el bien que les hicieron; que para estos, ni bastan los bienes de Cresso, ni la condicion de Alexandro. Y dexando exemplos antiguos, y modernos, con que puedo probar lo mucho que puede la liberalidad para atar, vencer, y adquirir animos agradecidos; con todo, me parece que tiene muchas ventajas el Cortès à el Liberal: y la razon es, que la gente que se obliga por el socorro que interesa, es de mucho menor condicion, que la que se cautiva de la cortesìa; y quanto es mayor ganancia hacerse querer deste, que al otro acèto, tanto vence la cortesìa à la liberalidad, para el efecto que decimos. El pobre, el humilde, el necessitado, el perseguido, el huido, el vagamundo, y

el

el tahur, estiman mas veces la hacienda que le dais, que la cortesìa que le haceis; porque su punto no es de honra, sino de interès. Mas el honrado, el noble, el cavallero, el cortesano, el brioso, el discreto, y rico, antes quiere que lo honreis, que no que lo enriquezcais. Los Grandes con cortesìas roban los corazones de los menores, quando con mayor liberalidad de ellas los favorecen; porque el animo generoso, supuesto que siente mucho la estrecheza propria, siente mas el desprecio ageno, por no perder la opinion que de sì tiene, à cuenta de aquello con que le faltò la fortuna.

Cuentan, que un Principe Español tenìa un criado à quien queria mucho, y de cuya fidelidad confiava mas, conociendolo por verdadero, fiel, honrado, y brioso: y encareciendole el Principe la confianza que dèl tenia, le preguntò: N. por què precio me hicièrades una traìcion? A lo que èl respondiò: A vos Señor, por ningun precio; mas por un desprecio mucho me recelàra de mi mismo. De otro oì contar, que honrando con favor en publico à un criado suyo, à

Cuentos, en favor de lo que el honrado estima la Cortesìa.

quien no pagava bien los gages de su servicio, y otras deudas caseras; queriendo despues el mesmo Señor hacer la cuenta de estas obligaciones, le respondiò el criado: Vos Señor me deveis aquello con que creistes que me pagavades; y agora os devo yo que me dais lo que no me prometistes, y lo que yo tenia en mayor estimacion: por esso haced libro nuevo cancelando las libranzas passadas, que solo las presentes lo seràn en mi memoria, en la qual conozco que os devo mucho. De manera, que el que es noble, ò tiene partes que lo sean, mas abraza la cortesìa, quel aprovechamiento: y cierto que hasta à los Señores vanos, y ambiciosos de ser endiosados, està mejor èsta liberalidad, que otra alguna; porque es grangerìa, no solo para ser amado, mas para ser buscado, y servido: porque siendo amable por ella à todos, cada uno lo acompaña, lo grangea, lo loa, lo acredita, y dessea darle quanto tiene; porque solo el tal hombre le parece digno de tenello todo. Tambien declàro, que el cortès ha de tener la eleccion del liberal, para no llevar à todos por una medida, mas distribuir conforme à razon los efectos del dòn, que le diò naturaleza. Y tiene tal fuerza para obligar la cortesìa, que no solamente la hace al que la recibe, sino tambien à los que la ven hacer, por satisfacion, por imitacion, por invidia, y por otros caminos.

Una Infanta en este Reino, tenia una criada de no mucha calidad, pero de tantas partes, gentileza, y discrecion, que la anteponia à muchas que la servian con mejor fuero del que esta tenia, que era moza de Camara; desseando la Señora grangearle la ventura, y gracia de los Cortesanos, una vez que viò su sala acompañada de ellos, mandò en publico, que le llamassen aquella criada, nombrandola, y que le traxesse papel, y escrivanìa. Como este era oficio que pertenecia à las damas, vino la moza, y estuvo parada con lo que traìa, esperando que viniesse à tomallo de su mano quien tenia cargo de ofrecerlo à la Infanta; la qual tornandola à llamar, le dixo de manera que todos lo oyessen: Llegaos, que aunque el oficio sea de otra, no teneis que es-

estrañar lo que mereceis; y en quanto la moza estuvo de rodillas, y la Señora escribiendo, le hablava con el rostro lleno de alegria, diciendole entre otras cosas: El intento que tengo en esto, puesto que no lo sepas agora, de aqui à un poco lo sabràs. Fue assi, que viendo los Cortesanos el caso, que la Infanta de ella hacia, uno de mucha calidad la pidiò para casarse con ella, y lo hizo, moviendose de ver aquella cortesìa, à lo que un mui gran dote no le obligàra. Estremadamente provastes vuestra intencion (dixo el Doctor) y me parece cierto, que es essa la verdad que se ha de tener en esta materia de cortesìa; porque no puede la vileza del interès igualarse con la nobleza, y magnanimidad de la honra. Graciosa cosa es (arguyò Solino) que querais vos dar punto à todas las ollas, y hablar siempre à la voluntad del señor Don Iulio, que en esta ocasion acudiò por sì, para culparnos à nosotros: pero èl, y vos me dareis licencia para que saque à luz, unos embargos que tengo à essa resolucion, en que entiendo probar, que sola la liberalidad

en

en el dispender hace amables à los liberales, y à los deudores cautivos. Y si decìs, que no son estos los nobles, oì à los Poetas que subieron mas alta la cuerda, diciendo: que dàdivas vencian à los hombres, y obligavan à los Dioses: y el refran dice; que quebrantan peñas. Buena cosa es cortesìa, mas ninguna comparacion tiene con la liberalidad. Hablaisme en quien dà su hacienda para socorrer à otro; en el que os socorre en el aprieto, en la falta, en la ocasion, y en la necessidad: què cosa puso à los hombres entre las Estrellas, sino el saber dar? Que solo esto lleva tras sì à los hombres, à las fieras, à los animales, y à las aves. El otro Psafon andava su nombre en el pico de los paxaros por los oteros, y chapiteles de la Ciudad de Efeso, porque sustentò à su costa las mesmas aves. Y vos quereis, que el otro que no echa la agua à los pollos sino con una inclinacion doblada, una mesura rebatida, y unas palabras dulces, lleve la ventaja à un liberal? Y demàs de esto, còmo puede ser, que obligue, y gane mas el que emplea menos? Y que venza

el

el cortès con buena gorra, lo que mereciò un liberal con obra tan costosa, como es gastar hacienda? Alexandro, Tito, Fabio, Flamino, Tulio Hostilio, y otros semejantes, no dexaron assombrado el mundo con su grandeza, y vencido el tiempo con su fama por corteses, sino por liberales, porque la cortesìa no satisface mas que à la vanidad, y la largueza acude à lo principal de la vida; y de mì confiesso como ignorante, que antes quiero un descortès liberal, que un cortesano miserable: porque essos camaleones de la cortesìa, que se sustentan con los aires de ella, no son tan firmes como pensais, ni à las veces hablan de hartos; y puede ser que no desechàran los cumplimientos de contado, y que renunciàran facilmente los de la urbanidad cortesana. No fàlta en la compañia (dixo Leonardo) quien quiera defender vuestra parte, y la del liberal; pero una duda tengo, y es, que essos que de mayor liberalidad hicieron estremos en el mundo, todos eran pròdigos como Alexandro, Tito, y otros semejantes. En la dignidad Real (dixo Don Iulio) caben

co-

todas las grandezas, sin la limitacion con que tratamos de esta virtud: que Alexandro dava Ciudades, y talentos sin que le pudiessen hacer falta, lo que en los menores tiene mucha diferencia; porque el modo en ellos sustenta la virtud, para que (como dice San Hieronimo) con la mucha liberalidad no perezca la liberalidad: y en los Reyes, y Monarcas, la intencion acredita la obra, si es hecha de arrogancia, si de misericordia, y benignidad; porque el liberal siempre halla disculpa para aver de hacer mercedes, como Alexandro, que à Perilo se disculpa, conformandose con quien era, para no culpar la demasia de lo que le dava. Y à Xenocrates, que le dice, que no le son necessarios los cinquenta talentos que le embia, responde: que si tiene amigos que para ellos los ha menester, pues à èl no le bastavan las riquezas de Dario, para los que tenia. Y por el contrario, Antigono, à quien Diogenes pedia un talento, se escusò diciendo, que pedia mucho para Filosofo; y pidiendole un dinero, dixo: que era poco para darlo un Rei. De manera, que

lo

lo que el avaro busca para negar, halla el generoso para hacer mercedes; que conforme à lo que dice Marco Tulio, son los grillos de la libertad de los hombres. Y porque es tarde, me dad por desobligado de èstos. Con esto se levantaron todos, y Pindaro, y Feliciano lo hicieron, aunque descontentos, con lastima de sus concetos mal logrados; que quando despues de escogidos no salen à luz, dexan el entendimiento arrepentido, la memoria quexosa, y la voluntad ofendida.

Mercedes, grillos de la libertad de quien las recibe.

DIALOGO XIV.

DE LA CRIANZA DE LA CORTE.

PORque todas las cosas de nuevo, à la primera vista contentan mas, y con mayor razon à quien vive en Aldea, en la qual la continuacion de las que se ofrecen, de ordinario deleita poco, quando no fastidie mucho; estavan los amigos tan aficionados à el hermano del

del Prior ; por su arte , y buen modo de hablar , y proceder , que vinieron el dia siguiente mui alborozados à buscarlo à las horas acostumbradas , ofreciendole cada uno por su camino aquel desseo , à que èl por todos se sabia mostrar mui obligado. Despues de dar fin à los cumplimientos, que llevaron siempre la vanguardia en estas batallas , les dixo Pindaro: Puesto que el natural de cada uno es la principal parte que lo favorece para mejorarse en todos los exercicios en la comunicacion de los otros hombres, ninguna escuela me parece mejor para los bien nacidos , que la Milicia. Y aunque no me enseñasse la experiencia esta verdad , claramente la conozco en el exemplo de muchos Soldados, con quien me hallè en ocasiones ; y sobre todos del Señor Alberto , que parece un exemplar, y espejo , en que se puede ver un perfecto hombre de guerra, y de Corte, por lo que de ambas tiene ; perficionando la doctrina de ellas con la claridad de su ingenio , y la disposicion , y ventaja de su entendimiento. Yo desseo merecer (respondiò èl) la buena opinion con que

me

me honrais delante de estos Señores ; y págola mal con desacreditarla tanto à su vista, porque me es necessario acudir à esta falta con nuevas disculpas, diciendo, que ai ojos que de lagañas se pagan, y que mas favorece un engaño, que muchas verdades; porque bastava en el vuestro tener ventura, para alcanzarla en tan honrada conversacion. Pero devo atribuir à los loores de la Milicia los de que me haceis merced ; y de ellos como soldado llevarè mi parte, aunque teneis tantas, que quando lo seais en esta competencia, tendràn las letras mucha ventaja à las armas. No son de poca estima los cumplimientos (acudiò Leonardo) si se continùa con estos principios el discurso que se puede hacer sobre la diferencia que ai de la crianza de Corte à la de la Milicia, y de las Universidades, que son los tres exercicios nobles, en que los hombres se ocupan, apuran, y engrandecen : y en ellos se puede gastar la noche con mucha satisfacion de los presentes, pues assi puede cada uno saber muchas cosas de las que convienen à el particular de su profession.

sion. Entiendo (dixo Don Iulio) que escogistes bien, y que os cabe el primer lugar para tratar de la Corte; à el Señor Alberto el segundo, para decir de la Milicia; y à el Doctor Livio el tercero, para hablar de las Universidades. Y si yo en este voto pareciere atrevido, confianza me diò la libertad de nuestra conversacion, y la costumbre de los demàs. Todos aprovaron la eleccion de Leonardo, y la reparticion de Don Iulio; pero Solino no quedò tan satisfecho que callasse, antes dixo à Don Iulio: Vos por ahorraros de trabajo, señalastes termino à los otros; y supuesto que no se puede ir contra eleccion tan acertada, si la enseñanza de la Corte se huviera de pintar à lo viejo, y tratar solamente del canto llano de sus estilos, y gentilezas, ninguno diera mejor cuenta de esto que el señor Leonardo, porque se hallò en el pàsso aun en tiempo que eramos Troyanos, y viò lucir lo que agora està lleno de orin. Mas si ha de ser la conversacion de lo moderno, en que es todo de otra Feligresìa, recèlo que le quède mucho por decir. El mesmo recèlo tengo yo (repliplicò Leonardo) pero no son los males, y bienes de la Corte tan poco antiguos como os parece, que ya en mi tiempo avia las mesmas quejas que agora; pero ai tanto que decir de ella, que de necessidad han de hacer passar muchos por las picas, al que vive muchos años ha en este desvio, y que en el remanso del descuido de la vida, ahogò todas las memorias de la Corte: y assi, fuera bien que el señor Don Iulio passàra esta obligacion à otro que dè mejor cuenta de ella. No hago yo las mias tan erradas (respondiò èl) que os desobligue. A esto ayudaron todos los presentes, y Leonardo comenzò de esta manera.

Exercicios de la Corte. Quatro maneras de exercicios ai en la Corte, que para todas las cosas civiles hacen à un hombre politico, cortès, y agradable à los otros. La primera es, el trato de los Principes, y la comunicacion de las personas que andan junto à èl: en èsta consiste lo principal de aquello à que llamamos Corte, que es conocimiento de aquel supremo Tribunal de la tierra del Rei, ò Principe à quien pertenece mandar, como à todos los infe-

fe-

feriores obedecer, en la conformidad de las leyes, porque se goviernan. Tras esto, el estado, y servicio del mismo Rei, y de los suyos; la obediencia, la cortesìa, la inclinacion, el respeto, la discrecion en el hablar, la policìa en el vestir, el estilo en el escribir, la confianza en el parecer, la vigilancia en el servir, la gentileza, y bizarria, que para los lugares publicos se requiere; el trato del Principe, en el passeo, en la mesa, en el consejo, en la caza, en los caminos, y ocasiones; còmo se grangean los validos, se visitan los Grandes; y còmo se han de aver los Cortesanos para comunicar à los unos, y à los otros. El segundo exercicio es el decoro, y veneracion con que se sirven las Damas; y deste se alcanza todo el buen proceder, y perfeccion cortesana, que puede dessear un hombre bien nacido, porque levanta mui de punto el servicio Real, y con muchas ventajas hace à un cortesano discreto, cortès, advertido, galan, airoso, bien tratado, estremado en la cortesìa, en el dicho, en la gracia, en el chiste, en la historia, y galanterìa: èste *El servicio de las Damas.*

le

le hace ser buen ginete en las plazas, bien visto en las salas, bien oido en los saraos, y bien acreditado en las juntas. Y como el servicio de las Damas es el mas apurado examen para conocerse los sugetos honrados, ellas gradùan, y autorizan los hombres, y de su voto toma la fama informaciones para hacerlos grandes en la opinion de todos. El tercero exercicio es la comunicación de los Estrangeros; porque como los que assisten en las Cortes, ò son hombres de gran sangre ò calidad, ò de mucha prudencia y valor, ò de mucha confianza y riqueza, siempre de ellos se coge una doctrina mui aventajada para el Cortesano, que es, saber las gentilezas de otras Cortes, las leyes de otros Reinos, y la belleza, y servicio de otras Damas; el estilo de otros Reyes; y finalmente, las costumbres, è institutos de otras gentes. Esta variedad deleita, y enriquece el entendimiento, y la memoria del que es bien nacido. El quarto exercicio es el sufrimiento, y diligencia de los pretendientes, que para sacar fruto de sus servicios, acciones, y requerimientos, se aco-

La comunicacion de los Estrãgeros.

Exercicio de los Pretendientes.

acogen à el amparo de los Grandes, à el favor de los Ministros, à la compañia de los criados, y se sujetan à todos los encuentros, y avisos que padece quien pide, sustentados en el dulce engaño de una esperanza, que les sale muchas veces mentirosa. Sobre estas quatro maneras de exercicio de Corte, podrè discurrir lo que baste para enfadaros este rato, si el Doctor, como acostumbra, interpusiere la autoridad de sus letras en la falta de mi suficiencia, y Solino, con adiciones de su gracia, la diere à mis advertencias. Essa humildad (respondiò èl) como es demasiada, arguye sobervia, quando, respeto del Doctor, no sea adulacion. Vos podeis hablar à dos manos, como en juego de bolas, y buscais padrinos: y con todo esso, si yo viere blanco por donde pègue, dirè mi dicho. Assi lo haremos todos (dixo el Doctor) y con esto prosiguiò Leonardo. La persona Real es cabeza de la Republica, como escribe Plutarco; y ninguna cosa en la tierra es sobre ella mas que la Lei à que deve obedecer, y el Rei queda siendo lei para todos los inferiores, para la imitacion de las costumbres, y virtudes, que en el Principe están mas ciertas que en otra persona particular: de manera, que queda siendo una lecion viva, y continua para los que assisten en su Corte, en la Religion, en la observancia de las leyes, en la excelencia de las virtudes, en la reformacion de las costumbres, en la moderacion de las passiones; en la justicia, en la clemencia, en la liberalidad, en la modestia, en la magnanimidad, y en la constancia; y tanto es mejor la doctrina de su exemplo, quanto de mas alto lugar enseña à todos. Y supuesto, que huvo, y ai muchos Reyes (que les quadra mas el nombre de Tiranos) à quien su depravada naturaleza desvia de estas condiciones reales, que juntamente con la corona, y cetro se le comunican; por la mayor parte los Reyes se sugetan mas à lei, y à razon: que los que están obligados por fuerza, no pueden evitar el castigo de sus yerros. Y aun en el mesmo nombre, y superioridad de Rei, les pone en cierto modo condicion de ser los mas perfectos entre los hombres para regir-

los,

los, y mandar: que para lo primero se requiere mucha prudencia; para lo segundo, grande autoridad. Los Reyes por eleccion (dixo el Doctor) dessa manera lo comenzaron à ser en el mundo, y por la excelencia de sus personas alcanzavan el titulo que agora compete à los Reyes por nacimiento. Los Persas no podian elegir Rei, que no fuesse mui docto en la Arte Màgica, como escribe Tulio en el 1. de Divinatione. Los Medos escogian (como cuenta Strabon, lib. 11.) à el que excedia à los demàs en fuerzas naturales. Los Cateos, Pueblo de la India (como escribe Diodoro lib. 17.) no subian à la dignidad Real, sino à el que en gentileza, y hermosura de cuerpo excediesse à los demàs; y la mesma eleccion hacian los de Meroë (como escribe Pomponio Mela). Los de Libia davan el titulo de Rei à el que en la velocidad del correr dexasse atràs à todos. Y como cuenta Herodoto, los Gordios tenian por digno del mando, y titulo de Rei, al que fuesse mas gruesso, y alto, y tuviesse el pescuezo mas levantado; deduciendo de la grandeza del cuerpo, la ex-

REYES por eleccion.

REYES por saber

REYES por esfuerzo.

REYES por gentileza.

REYES por ligereza.

REYES por grandeza de cuerpo.

excelencia del animo, que para exercitar tan grande nombre le era necessario: de modo, que todos èstos, y otros Pueblos entendian que el ser Rei convènia à el hombre mas excelente en aquella parte que ellos juzgavan por mejor de todas, segun la opinion en que vivian. Essos (respondiò Leonardo) imitavan à la naturaleza en la superioridad que diò à los animales por fuerzas, velocidad, y ligereza; pero entre los que son governados por razon, y policìa, parece que era devido el nombre de Rei à el que en el entendimiento hiciesse ventaja à los otros hombres. Y assi, Platon llamò bienaventurada la Republica donde los Filosofos reinassen, ò los Principes filosofassen. Y Seneca dice: que era edad de oro, la en que los Sabios reinaron. Y Vegecio en el primero libro de la Milicia escribe: que ninguna cosa conviene mas à el Rei que la sabiduria; por lo qual Salomon no pidiò à Dios otra cosa para reinar. Es verdad (dixo el Doctor) pero los Reyes que suceden en los Reinos por herencia, no pueden ser iguales en el entendimiento, y prudencia; mas

con

con la de los que por ellos goviernan, vienen à alcanzar esta perfeccion; de donde naciò el proverbio antiguo de Atheneo, que el Rei tiene muchos ojos, y muchas orejas, pues oye, y vè por los Ministros que goviernan su Estado: y como dice Tulio, si es Real cosa mandar, no lo es menos escoger doctos, y famosos Varones por quien se goviernen: y aun los Reyes que fueron mas sabios (ò por este respeto tenidos por tales) procuraron tener consigo los mas afamados hombres de su tiempo, de cuyo consejo se valiessen. Antioco mostrò à Anibal quanto se preciaria de favorecer los Sabios en su Corte. Y Theodosio el Magno decia: que el Rei quando comia, caminava, governava, y se retirava, no se avia de hallar sin hombres Sabios; lo que tambien Lampridio escribe de Marco Aurelio. Y de este conocimiento naciò à Dionisio embiar à Lidia à buscar à el Filosofo Platon: y los Reyes de Egipto embiaron por sus Embaxadores à buscar à el Poeta Menandro. Por esta razon Florentino Filosofo fue tan gran persona en la Corte del Emperador Antonino; y Dion Sofista en la de Trajano; Euripides en la de Arquelao Rei de Macedonia; y otros muchos, que no bastarà esta noche para contarlos. Y assi como aveis mostrado; siempre la persona Real es una lecion viva, que por sì, y sus Sabios, y Ministros està enseñando à todos los inferiores. Demàs de lo qual, el mismo Rei, por necessidad, y casi por fuerza, ha de ser en las costumbres mas puro que todos los suyos, por vivir mas registradamente que ellos constreñido de su mesma dignidad; lo qual muestra Xenofonte en la disputa de Hieron Tirano, con Simonides, sobre la diferencia de la vida de un Rei, y de un particular: y tambien las mesmas leyes les obligan mas à los Reyes, que à los particulares. Los Reyes de Egipto (como cuenta Diodoro Sìculo) por lei no podian bever mas que una cierta medida mui limitada, de que no passavan, porque con algun excesso no hiciessen desordenes. Los Athenienses (segun afirma Alexandro ab Alexandro, lib. 3.) tenian lei, en que condenavan à muerte à el Rei, que con demasiado vino perdies-

Obligaciones de la dignidad Real

diesse el sentido. Los Indios, de quien escribe Atheneo, cuyo Rei davan en guarda à cierto numero de Doncellas, ordenaron, que si alguna dellas lo hallasse con vino demasiado fuera de su juicio, lo matasse, y èsta fuesse desposada con el Sucessor à quien venia el Reino. Los Macinenses, en el dia que su Rei hacia un yerro en el govierno, no le davan de comer. Los Persas hacian à su Rei estar escondido en lo interior de su Palacio, para que no viessen mugeres, ni fuessen mui tratados de los hombres, como cuenta Herodoto, lib. 3. De manera, que por razon, lei, y fuerza, los Principes son mas observantes de las leyes Divinas, y humanas, mas sobrios, templados, recogidos, y honestos. Demàs, de que siendo menos vistos, son mas respetados, como enseña Aristoteles en el libro del Mundo, en que cuenta del Rei de Persia, que estava encerrado en un Castillo con tres muros, y que no se mostrava sino à pocos de sus amigos: como tambien dà à entender la Escritura hablando de la prerogativa de los siete Sabios de Persia, que veìan à su

Castigo dado en los Reyes por los Vasallos.

Rei,

Rei, y que cada dia tenia nuevas de todo su Imperio. Dexaos (dixo Leonardo) de essos exemplos tan antiguos, y costumbres tan loables, y excelentes de la gentilidad: los Principes por crianza, y naturaleza, son mas benignos, liberales, magnanimos, justos, animosos, y amigos de verdad, que los otros hombres, y dotados por la mayor parte de aquellas virtudes, à que por excelencia llamamos Reales. Y como es propio de los hombres de buen nacimiento, è inclinacion, aspirar à las cosas mas altas, y dessear la ventaja, y mejoria de todos; teniendo delante de sì, y à su vista un espejo tan claro como es su Principe, à èl se estàn vistiendo, y componiendose con ellas, primero, y mejor que los que lo vèn de mas cerca; y despues los que por comunicacion de èstos participan de la mesma doctrina.

A el Rei por assistencia le estàn mas cerca los favorecidos, y oficiales de su Casa, que los Grandes, y Titulos; pero èstos, como primeros por dignidad, se prefieren à todos. Destos se aprende el lugar que tiene en la Casa Real, en

Oficios de la Casa Real.

las

las Cortes, en las jornadas, en la guerra, ò en otras ocasiones; la familia de quien son; el apellido que tienen; si sus Titulos son de jùro, si de merced; y los bienes que tienen de Patrimonio, y de la Corona. Luego lo que toca à los Oficiales mayores del Rei; en què ocasiones no faltan, y en las que se aventajan unos à otros: y assi los assientos, y tenencias del Mayordomo mayor; las entradas del Portero mayor; el assistir cerca del Principe, del Camarero mayor; las plazas, provisiones, y penas del Montero mayor; las aves, y ministros del Cazador mayor; las compañias del Capitan de la Guardia; los cavallos, y jaeces del Cavallerizo mayor; los Privilegios del Fiel Executor de la Corte; los caminos del Correo mayor: y los particulares de los demàs oficios de la Corte, assi los Eclesiasticos, Capellan mayor, Limosnero, y Dean: los de la guerra, como Condestable, Alferez mayor, Almirante, Mariscal, y Alguacil mayor del Reino. No era fuera de proposito (acudiò Don Iulio) tratar mas por menudo de estos cargos, y de las obligaciones, y origen de ellos,

ellos, y de otros menores, que agora con diferentes nombres se acrecentaron en el servicio Real de España. A esse desseo (replicò èl) satisfarè yo otra noche, que agora ni aun de la obligacion que tomè me atrevo à salir con mi honra. Con essa promessa (replicò Don Iulio) yo quedo contento, y vos podeis passar adelante. Hàgolo (dixo Leonardo) por desobligarme mas de priessa. Y hablando de los Privados, y favorecidos del Principe, tambien son de los Maestros principales, que enseñan à vivir los particulares, assi en adquirir la gracia del Señor, como en sustentarla, usar de ella, ensalzarla, y encarecerla à los Cortesanos; porque assi como la privanza es como vidro peligrosa, assi los medios porque se conserva, son mui sutiles, y delicados: y supuesto que el elegir Privado està en la voluntad del Señor, la diligencia hace en esta parte muchas veces oficio de naturaleza; que si conforme à la sentencia de un Sabio, la semejanza es raiz de aficion; tambien la diligencia es madre de la buena ventura.

De los Privados.

Los

Los Reyes es cosa mui antigua, y cierta tener Privados; y la Providencia Divina lo ordenò assi para el remedio de muchos, y conservacion, y alivio de la persona Real, quando ellos son varones de valor, justicia, y verdad, como para este oficio se requieren: que de otro modo, serìa caer ponzoña en la fuente de que beve todo el pueblo, como escribiò discretamente nuestro buen Portuguès Francisco de Saà de Miranda: à èstos se inclina de ordinario, ò por semejanza de partes, ò satisfacion dellas, con una natural simpatìa que concilía este amor. Si el Principe es aficionado à Armas, si à Amores, si à Gentilezas, si à Fuerzas, si à Caza, ò Monterìa, si à Musica, ò Poesìa, ò otras Artes, y Disciplinas, contèntanle los que tienen essas mismas partes, ò se inclinan à ellas. Y assi, el que entra en esta pretension, que es de los que andan mas cerca del servicio del Principe; lo primero que estudia, es su naturaleza, inclinacion, y costumbre, para ajustarse, ò llegarse cerca de su gusto, y fingirse tal qual le conviene ser para contentarlo: y porque los hom-

hombres hasta à sus proprios defectos se aficionan, mayormente los Principes à quien llega mas tarde el desengaño de ellos; hasta en èstos lo imita el que sabe grangear su voluntad, como oì contar de un favorecido de Filipo Rei de Macedonia, que se fingia cojo de una pierna, porque el Rei lo era de otra; otro se finge còrto de vista, otro indispuesto, otro se hace amarillo, y descolorido, hallando que el Rei tiene los mesmos accidentes en el andar, en el hablar, en el mirar, en el vestir, y en todas las acciones lo imita: aprende el arte, el juego, ò exercicio en que el Rei se ocupa, para que siendo en èl estremado, sea muchas veces escogido, y suba à su pretension: entristècese, y se alegra, segun vè al mesmo Rei, à quien grangea: y aun passan adelante como Carisopho, Prìvado de Dionisio, que estando el Rei en conversacion con algunos de la Corte, y moviendose entre ellos grande risa; el favorecido, que estava apartado de ellos, se comenzò à reir desentonadamente; y preguntandole Dionisio de què se reìa? respondiò: que porque imaginava, que las cosas de que lo veìa reir serian de gusto. Si entiende, que en el juego el Principe se alegra con ganar , dèxase perder : si estima ser alabado, busca rodeos, para que sin parecer desproposito trate de sus loores. Y de uno oì contar, que las mismas historias que à el Principe oìa de las cosas de su gusto, y de las gentilezas, y esfuerzo de su mocedad, èl las referia de alli à tiempo, diciendo que las avia oido de otras muchas personas, encareciendolas, acrecentandolas, y poniendo de casa lo que moviesse à mas gusto, y vanagloria à el mesmo Principe. No faltar en la continuacion de su presencia (como Aristipo Cireneo) que ni aun à las cosas mui necessarias dexava ir à Dionisio sin acompañarlo : y quando con èstas, y otras diligencias alcanza la gracia del Rei, es otro nuevo, y mayor trabajo sustentarla, que es el cuidado con que todos los Privados se desvelan ; porque no comen con gusto, no beven con quietud, no duermen con descanso, no viven sin recelo. Entre otras advertencias, me parecen mui principales, y excelentes, las

que

que apunta el Obispo de Mondoñedo en su *Aviso de Privados*: conviene à saber, que el favorecido no descubra à el Principe todo lo que piensa; que no le muestre todo lo que tiene; que no tòme todo lo que dessea; que no diga todo lo que sabe; que no haga todo lo que puede; que no negocie para sì, ni para otro fuera de tiempo; y que en todo se incline, y favorezca à la parte justa, para que con conocida sinrazon no arriesgue el lugar de su privanza. Tras esto se siguen los zelos de sus competidores; el cuidado de apartarlos de la vista, y de la comunicacion del Principe; y aun de los que mas se recela trabajar por ausentarlos de la Corte, con despachos, dàdivas, y mercedes del mesmo Señor, dorando con ellas la pildora de su dissimulada intencion. Para lo qual es notable exemplo el de una historia que cuenta el Cardenal Navarro en su Tratado de murmuracion, de un Frai Francisco de Mendaña su natural, mui aceto al Emperador Càrlos Quinto, al qual Señor un Privado que se recelava de su privanza, persuadiò con grandes alaban-

Advertẽcias de los Privados.

zas

zas del Fraile, que serìa de mucha importancia en las Indias Occidentales para convertir Gentiles, por su admirable doctrina, y buen modo de persuadir; y desta manera con capa de amigo lo hizo proveer por Obispo de Nicaragua, desterrandolo de la vista, y memoria del Emperador, y de alli à pocos meses, de la propria vida. Otro favorecido, que no tuvo este medio para echar de la Corte à un gentil hombre, que alcanzava gracia con el Rei, y que ningun cargo quiso acceptar fuera de su presencia; esperando ocasion de una enfermedad suya, hablò con el Medico que lo curava, y hizo que le persuadiesse que viviria mui poco, si assistia en aquel lugar à donde estava la Corte, por ser mui contrario à sus achaques: èl viendo que se atravessava la vida con la privanza, procurò de proposito lo que antes avia desechado mil veces; y se saliò de la presencia del Principe dexando à el Privado libre de sus zelos. Tambien importa mucho à el favorecido, despues de estar en la gracia del Señor, que no se le quiera igualar, ò adelantar por opinion en al-

alguna parte de que èl se precie, ni mostrarse mas discreto, mas valiente, mas bien quisto, mas airoso, mas accepto à las Damas, y en otras partes semejantes, que es cosa que los Reyes llevan mui mal.

El Rei Don IUAN el Segundo, y el Rei Don SEBASTIAN, no querian que en fuerzas, y en valor se les igualasse algun Vassallo, como se colige de muchas Historias suyas. El Rei Don MANUEL, en el entendimiento, lo qual tambien se prueba de aquella Historia referida de Antonio Perez, que le sucediò à el mesmo Rei con el Conde de Sortela Don Luis de Silveira, à quien mandò, que hiciesse una Carta para el Papa sobre cierta materia de importancia, diciendo que èl haria otra minuta, para de ambas escoger la mas acertada: sucediò, que trayendo el Conde la suya, à el Rei pareciò tan bien, que no le quiso mostrar la que avia hecho, y firmò la del Conde: èl, descontento de este sucesso, se fue à su casa, y hizo una platica à sus hijos, diciendo, que cada uno buscasse su vida, porque ya el Rei te-

nia

nia entendido, que sabia mas que èl: assi que el mas alto lugar de privanza se sustenta con los mayores estremos de la humildad en respeto del mesmo Señor; pero para los de fuera les es necessario una ostentacion, y ufanìa, que encarezca mas sus poderes, y quiebre los animos a los que podian tener con èl competencia, para que no se atrevan à capitular sus yerros, y à contrastar su privanza. Y abreviando esta materia por ser mui larga, se aprende tambien de los Cortesanos, assi de los ministros como de los continuos en la Corte; à los quales, por la comunicacion de los superiores, y exemplo del Principe, conviene ser modestos, templados en el comer, corteses en el trato, discretos en el hablar, polidos en el vestir, honrados en el gastar, bien criados en el conversar, amables à todo genero de personas; y tienen mas de estas partes los que por la crianza desde su niñez mamaron esta leche, como son los hijos de los que en el mesmo servicio gastaron la vida. Esta es la primera escuela en que los hombres aprenden lo que pertenece à la profession de hombre de Corte. El segundo exercicio (dixo el Prior) me parece que es lo mesmo que teneis mostrado, advirtiendo mas algunas pocas cosas que son particulares del servicio de las Damas. El decoro, y primor con que ellas se tratan (respondiò Leonardo) en este Reino, principalmente las que assisten en Palacio, parece que en cierto modo conserva aquella preeminencia que los Egipcios le dieron, que con el exemplo del buen govierno de Isis reinavan las mugeres: porque en presencia, y en ausencia los Cortesanos las nombran por Señoras; se les descubren, y arrodillan como à Diosas; les hacen fiestas, juegos, justas, y torneos como à Deidades; estàn colgados de sus favores, y respuestas como de Oraculos; las acompañan como à cosas sagradas; se visten, adornan, y pulen; por servirlas se apuran, para merecerlas en esfuerzo, en la gentileza, en la galanteria, en el dicho discreto, en el villete avisado, en el chiste galan, en la Endecha sutil, en el Soneto lleno de conceptos; por ellas se ensayan para el sarao en el danzar, en el hablar, en el acompañar, en el ofre-

El servicio de las Damas.

frecer; por ellas se aprestan en las ocasiones de jornadas, de criados, libreas, galas, y cavallos; por ellas continùan el passeo à vista de las ventanas, atraviessan las salas à su cuenta, rodean el terreno de Palacio mil veces por su gusto; por ellas se ofrecen à todo peligro; porque què cosa ai, que un servidor de Dámas no hálle facil por amor de ellas? Què palabras dice? Què estremos recela? Què esquividad no sufre? Què riquezas estima? Què quimeras no finge? Què ocasiones no busca? Vela de noche; no descansa de dia; no se entristece con la pena; no desconfia con el desengaño; no hace cuenta de agravios, ni estima desprecios; no cuida de venganzas; y en fin, todo es veneracion, y humildad con que la engrandece. Y de esta escuela de su servicio (como en el principio dixe) salen los hombres tan apurados en lo que conviene à honra, primor, y discrecion, que no se puede esperar dèl villanìa en alguna cosa. Y porque falta à Portugal tantos años ha esta crianza, tienen tan poca muchos hijos de los ilustres del Reino, que libres de este apacible, y

nistros que los acompañan. El tercero, gentiles hombres que vienen à saber la grandeza de los Reinos estraños. El quarto, Mercaderes, que por razon del comercio, y correspondencia, vienen à sentar en las plazas principales del mundo, que son las mas de las veces à donde los Reyes assisten; y todas estas quatro condiciones de gente son de mucha importancia para sacar de ellos mucho fruto.

Primeramente, facil es de juzgar la varia noticia de costumbres, y condiciones de gentes, y de los ritos, y leyes de Provincias, que los Cortesanos Portugueses entendieron con la venida de tantos Reyes, y Principes Estrangeros, assi Infieles, como Catolicos, à la Corte de este Reino; quantos Reyes, y Señores de Berberia, de Etiopia, y de otras partes de Africa, de Maluco, y de Iapon, y de otras partes remotas del mundo. Y què cosa apurò mas la Corte del Rei Don Iuan el Primero, que la venida à ella del Duque de Alencastre, hermano del Rei Richarte de Inglaterra, à cuyo respeto tuvieron los doce Portuguegueses en Londres aquella celebradà victoria en favor de las Damas? Pues los mas delinquentes, y quexosos, que se amparan à sombra del Principe, por la mayor parte son hombres de valor, sangre, y esfuerzo. Los Embaxadores, de lo que de ellos tenemos dicho, se colige de quanta importancia sean para dar exemplo. Los gentiles hombres, que por curiosidad vienen à saber el estilo, y gentilezas de Cortes estrañas, esta mesma diligencia los acredita; y demàs de esto, es de presumir que tienen visto, oido, y sabido mucho de Reinos estraños: de modo, que de unos, y de otros se colige grande dotrina para la conversacion civil, y perfeccion de un hombre bien nacido, porque cada uno cuenta de la Corte, trage, modo, y estilo de su Reino, la manera de regir, y governar, juzgar, tratar, y pelear de su Nacion: de ellos se aprenden las excelencias particulares, y los defectos de las Provincias, y de què son mas notadas sus naciones, como la gentileza de Francia, la furia de Inglaterra, la fortaleza de Alemania, el juicio de Lombardia, las

Propriedades de las Naciones de Europa.

las cautelas de Toscana, la fidelidad de Milan, la presumpcion de Esclavonia, la cuenta, y trato de Genova, la destreza de Bretaña, la caridad de Borgoña, la continencia de Picardia, la justicia de Venecia, la magnanimidad de Roma, la crueldad de Ungria, la infidelidad de Turquia, la lisonja de Grecia, las burlas del Piamonte, la luxuria de Cataluña, y la golosina de Berberia. Pues de los Mercaderes no se coge pequeño fruto; porque dexado lo que pertenece à la cuenta, peso, y medida, correspondencia, confianza, credito, verdad, y razon, se alcanza del comercio de las Provincias lo que falta en muchas partes, y las en que ai todas las cosas que por via de los Mercaderes se comunican, y los Puertos, caminos, y escalas de todo el mundo: por ellos se conocen las piedras finas, drogas, ropas, y materiales de medicinas de la India Oriental; las perlas, y aljofar, porcelanas, y alcatifas, de la China; el oro de Sofalà, como en el Occidente de Dalmacia, y Germania, en la Francia el celebrado de Tolosa; la plata de Nueva España, y de Saxonia, y

De què son abundãtes diversas Provincias.

Cer-

Serdeña; el metal de Corinto, y Chipre; el estaño, y alambre de Flandes, è Inglaterra; el hierro, acero, y plomo de Cantabria, y Sicilia; el marfil de la India, Brasil, y Etiopia; las lanas de Bretaña, Calabria, Calcedonia, y Francia; el algodon, olores, y mirra de Arabia, Pancaya, y Asiria; las telas, y sedas de Persia; el alabastro de Napoles; las martas, y arminos de Polonia, y Moscovia; el papel, y vidros de Venecia; el azucar de la India del Brasil, y Islas de Portugal; coral de India, y de Marsella; corambres, maderas, vinos, y trigo de las Islas de las Canarias: y muchas otras cosas, que querer agora contarlas fuera infinito; y por no parecerlo en este discurso, tratarè brevemente del quarto exercicio de los pretendientes en la Corte, materia mui larga que pedia mas tiempo, y mui importante à todos, porque de su cuidado, diligencia, y sufrimiento, se puede coger una leccion universal para todo estado, y condicion de personas; pues no ai ninguna en que no sea necessario desvelarse, negociar, y sufrir con fin de alcanzar

De los pretendiẽtes en la Corte.

zar

zar su desseo. Y como en este tiempo los hombres estàn ya desengañados, de quan poco valen merecimientos (que por no serlo ellos vienen à llamar valìa à las adherencias) y les tiene mostrado la esperiencia la verdad de aquel refran, que cada uno danza segun los amigos que tiene en la sala; y que solo pone en pie los servicios quien los arrima à buena pared, por mas arrastrados que anden en la opinion de la gente; ya ningun pretendiente discreto hace tanto caudal dellos, como de Ministros que lo oigan, Criados que lo admitan, Amigos que lo acuerden, Ricos que lo abonen, Terceros que lo acerquen, Presentes que los despachen. Para lo qual el Avisado, despues de hacer la señal de la Cruz à su pretension, primero sabe los que valen con el Principe; despues desto, los que tienen lugar, y entrada con los Privados; luego conocer los Criados mas regalados; en sabiendo la casa de estado de el Valido, tomarla à destàjo; ser continuo en passearla, à donde la primera, y mas humilde cortesìa sea la suya; la risa siempre en la boca, los ofrecicimientos en la lengua, los ojos solo en su intento; dar el mejor lugar à todos, porque à caso no falte à alguno que pueda ser en su favor; no se aparte de la vista del que grangea; hàgase encontradizo donde lo vea; en la Iglesia tomar el lugar de la puerta; en la sala la salida; en el acompañamiento, el delantero para preparar à donde quède à los ojos del Privado, para que assi, ò con la continuacion merezca, ò con la importunacion lo despache. Use de trage limpio, aunque no costoso; el comer ligero mas concertado, porque arguyen moderacion con gravedad; el hablar siempre à voluntad del Ministro, diciendo los amènes à todas sus oraciones; mostrarse à el favor humilde, à la reprehension agradable, à la esperanza contento, à el desengaño confiado; hablar à todos en su negocio, porque muchas veces acierta con uno de quien èl no esperava, que abre el camino à su despacho; saber de los que tuvieron los otros, y valerse de la queja de los mal galardonados, para que anteponiendole sus merecimientos, apruebe la justicia, y favor que les hicieron. En lo que toca à la moderacion de las passiones naturales, ninguno las trae mas registradas que el pretendiente; porque de los cinco Sentidos, y tres Potencias usa de esta manera: vè todo, y mira poco; vela, porque (como dicen) à quien vela todo se le revela; mas con los ojos en lo que procura, dissimula lo que vè, oye, y no escucha; y assi, las mas respuestas de los Ministros cansados, è insolentes no lo escandalizan, antes les muestra alegria, haciendo del escandalo, y agravio materia de agradecimiento; huele de lexos lo que recela, y dissimula fingiendo confianza en lo que merece; palpa, y tienta todos los medios de su remedio, y fingese ignorante à todo lo que le importa. Ponen el gusto en el de quien los favorece, para no hacer mas que lo que les contènte: la memoria ocupa en relatar sus servicios, y obligaciones fingidas, por ver si assi las puede tener verdaderas: olvìdase del entendimiento para no sentir, y para tambien con èl obedecer; porque en el que pretende es muchas veces prudencia fingir ignorancia: acomodan la vo-

lun-

luntad con la suya en un voluntario, y forzoso cautiverio; y de aqui nace, que los que pretenden viven en pobreza, porque no pueden tener proprio en quanto dependen de favores agenos: en obediencia, porque la tienen con tanta sugecion, que si à el Señor dessea parecer criado, à el criado quiere parecer esclavo, y à el amigo, y pariente servidor, haciendose con todos los vientos para contentarlo; en castidad, porque su inquietud y cuidado no dan lugar à los del amor, que se crian en pensamientos ociosos, que demàs de ser humildes, el pretendiente liberal, cortès, paciente, discreto, comedido, sobrio, advertido, casto, diligente, y templado; su cortesìa es mas apurada, su discrecion mas advertida, su liberalidad mas pròdiga, su oferta mas medrosa, su quexa mas moderada, su paciencia mas humilde, su loor mas encarecido, su voz mas baxa, su razon mejor encaminada. En fin, està adornado de todas las partes buenas, de que se puede preciar un hombre bien nacido, quando las tenga por naturaleza, y costumbre, como los pretendientes las

fin-

fingen, y guardan por necessidad. Con esto, podeis tenerme por desobligado del cargo que me distes: y puesto que las horas que son passadas de la noche me culpan de tardanza, la materia la pedia, aunque el desseo de no enfadar me aconsejasse otra cosa. Aveislas dicho todas tan bien (respondiò el Doctor) que la platica, y la noche ha parecido breve. Y con esto, vamonos à descansar, para que en la guerra de mañana entremos mas esforzados. En essa me doi ya por vencido (dixo èl) y yo por atajado (acudiò Roberto) y todos se despidieron con los ojos en aquella Corte pintada, que aun con las sombras de la verdadera engañava los sentidos.

DIALOGO XV.

DE LA CRIANZA DE LA MILICIA.

SOlino fue el primero, que la noche del dia siguiente buscò à los amigos en casa de Don Iulio, y èl, y los Huespedes le agradecieron mucho la di-

diligencia. Y el Prior (que no le era poco aficionado) dixo : Bien parece que no hace la edad falta à vuestro animo, aunque las canas quieran desacreditar las fuerzas ; pues sois el primero que acudìs à la guerra. Como èsta (respondiò èl) ha de ser en aloxamiento , aparecen las barbas canas primero que los Soldados. En ellas (acudiò Alberto) està el mas seguro presidio contra los peligros ; y teniendo yo hoi las vuestras de mi parte, temerè poco las que tuviere contra mì en esta ocasion. En muchas (replicò Solino) me importa mostrar que soi vuestro , por dar buena cuenta de la razon con que de mì hace alguna, el señor Don Iulio ; que como sabe mejor lo que se os deve , me tendrà por rustico , si no pagàre con este vassallage lo que mereceis. Nada aurà (dixo Don Iulio) que conmigo os desacredite , mayormente en caso de cumplimiento , segun agora os vì armado de ellos. Pues si và à hablar verdad (replicò èl) yo os afirmo , que de ningun enemigo desseo tanto huir , como de un cumplimiento ; pero ai algunos, que cogen à un hombre como en callelleja sin salida, à donde lo hace animoso la necessidad; y à la mia acudistes vos agora con essa interlocutoria, que ya mi *copia verborum* iva embotando sus filos. Si con essos me armais à que os la alabe (dixo èl) estais engañado; que me importa guardar caudal para otra ocasion. Bien sabeis vos (replicò èl) que en ninguna quiero quedar alabado, antes llorado como Adan; porque si es verdad (como dice Pindaro) que tengo la gracia en la murmuracion, como la culebra la ponzoña en la cola; quando me ponen el pie en ella, sè morder con mas sutileza, que en la dulzura de un cumplimiento abemolado, de que ya la merced anda tan estilada à puras sincopas, y sinalefas, que parece tisica: y no sè, si por estarlo en las palabras, lo anda agora en las obras de los Señores. Ruin aguero fue para una, y otra cosa (dixo el Prior) escrivirla siempre en breve, letra, por parte; y cierto que ninguna cosa era tan necessaria à las mercedes de agora, como el, Mantengaos Dios, del tiempo antiguo; pero (si no me engaño) oigo ya à nuestros aventureros, que vienen hablanblando alto. Yo tambien (dixo Solino) y conozco à Pindaro en la risa, que siempre entra con grita, como en carniceria. A esta platica atajò la llegada dellos, que con mas cumplidas disculpas de lo que fue la tardanza se assentaron; y porque Solino tenia un balandran vestido, que traxo por razon del frio, le dixo Pindaro : Ni de Corte, ni de Milicia os vestìs hoi ; y no parece razon , que en actos tan solemnes vengais de caza à casa del Señor Don Iulio. Lo mejor serìa (respondiò Solino) que me cortàsedes vos agora de vestir , pues no teneis buena tixera ; y ya sabeis, que las ruines hacen la boca tuerta à los Sastres : pero ya que venìs de Corte para esta casa donde ai tanta ; por què antes de ver mi Gavan, reistes tan alto dèl ? Vengado estais (acudiò Feliciano) y cierto es, que si faltàredes à la Milicia , nunca os faltarà malicia. Si nos entramos por ella (dixo Leonardo) no quedarà tiempo para que el Señor Alberto satisfaga à la obligacion de enseñarnos la buena crianza que se adquiere con las armas : y si yo con las de vuestro entendimiento (respondiò èl)

no

no socorriere mis faltas, mal me irà en esta batalla: pero como las mas de las instituciones de la Policìa Militar dependen, ò se parecen con las de Corte; de lo que de èstas dixistes tan doctamente me aprovecharè agora, poniendo solamente de mi caudal la diferencia: y assi me parece, que la crianza de la Milicia lleva à todas las otras grandes ventajas, por quatro fundamentos, que cada uno dellos apura mas a los hombres bien nacidos, que el trato de la Corte, y exercicio de las Escuelas. El primero es, que la honra es la fuente de toda la buena crianza, policìa, proceder, y valor; y èsta nace, se cria, y conserva en la guerra, antes que en ninguna otra parte: y assi, los Reyes que son el primer lugar donde aprenden sus inferiores, y de ellos passa la dotrina à todo el Vulgo, primero los hizo la Milicia, que los tuviessen las Cortes; y el primero que huvo en el mundo, que fue Nembrot, en la guerra tomò el nombre, y assentò con èl su Imperio en Asiria; y desde entonces, todos los que por linea de generacion no sucedieron, las armas le dieron Titulo, Corona, Cetro, y Señorìo; y despues de ellos, lo tuvieron por el mesmo modo los Potentados, Duques, Marqueses, Condes, Barones, y Ricos-Hombres, que en las Conquistas, Instituciones, ò Restauraciones de Reinos hicieron obras heroicas; y de ellos passaron à sus descendientes los Apellidos, Armas, Insignias, Señorìos, Tierras, Vassallos, Iurisdicciones, Libertades, Honras, y Rentas, que engrandecen la Nobleza. El segundo fundamento es, el rigor con que en la Milicia se conserva la Lei de la Policìa, buen Termino, Primor, y Proceder: porque se cometen muchas veces à las armas las faltas, y enmiendas que à èstas tocan; y donde el yerro corre tanto riesgo, es la vigilancia advertencia mui puntual, y por este respeto los Soldados estàn tan en las menudencias, y particularidades de la Cortesìa, que ningun punto pierden, ni lo dexan perder. El tercero es, la continuacion del sufrimiento, y paciencia militar, que en todo se adelanta con grande diferencia à Pretendientes, Criados, Ministros, en lo qual ai mayor riesgo de la vida, ora

sea

sea marchando, ora navegando, ora en aloxamiento, ora en campaña, y por las incomodidades de sitios, posadas, y mantenimientos, y por las continuas postas que hacen por lei, el repòso tan limitado, como lo puede hacer por curiosidad el mas estudioso. El quarto fundamento es, la variedad de las tierras, y Provincias que ven; las diversas Naciones, y gentes con que tratan, que es la crianza mas importante para hombre bien nacido, y que en la Corte, ni en las Escuelas no se puede adquirir tan facilmente. Y para que à lo menos, imitando el orden del Señor Leonardo, de alguna de mis razones, discurrirè con mayor brevedad, que satisfacion, sobre estos quatro fundamentos, haciendo el principal de mi confianza en el favor que dèl, y de todos estos Señores espero. Hasta en el pedir la gracia (dixo Solino) ambos aveis llevado un mesmo viento, sino que el Señor Leonardo metiò mas trinquetes, y cevaderas; y si esto fuere assi hasta el fin en remedaros, puede ser que èntre yo en la musica antes de muchos dias. De buena voluntad (dixo el Doc-

 tor)

tor) os traspassarè yo el de mañana. No lo he de pedir (respondiò èl) por escritura de renunciacion, que serà dificultoso el consentimiento de estos Señores: buscarè lugar vacio, y porque me encaxè en este à mal tiempo, lo quiero dexar à el Señor Alberto. Pareceisme en èl tan bien (respondiò èl) que ya me olvidava de cobrarlo; pero ya que me dais licencia, el primero fundamento es, que la honra se apura, y sustenta mas en la guerra, que en la Corte, ni en las Escuelas. Esto me parece que se prueva mejor con una sentencia que dice: que la buena fama es el patrimonio en la Milicia; porque la honra, el sèr, el precio, y la riqueza de un Soldado, no consiste en el apellido de su familia, ni en la herencia de sus abuelos, ni en la riqueza, y mayorazgo de su Padre, ni en otros juros, situados, y rentas de que tenga esperanza, sino en la opinion en que està entre los amigos, y enemigos, segun su valor, y merecimientos. Y si es cierto, que la verdadera honra no consiste en las Estatuas de Antiguos, ni en los Paveses, y Escudos en que se conserva la me-

La Honra se apura entre las Armas.

memoria de los Principes de la Nobleza, sino en la virtud, valor, magnanimidad, y esfuerzo proprio; solo el Soldado es hijo de sus obras, y se puede llamar honrado por sì mismo, sin que por via de hurto, emprèstamo, ni herencia se llame noble: porque los que de nacimiento lo son, y por las armas lo merecen ser, ganan honra para sus personas; à sus passados dexan mejorados, y à sus descendientes obligados; y los que de principio humildes llegaron por su brazo à merecer Titulos, Grandezas, y Señorìos, dan feliz principio à su Familia, y tambien à Reinos, Potentados, y Casas, que los dexan eternizados en sus Successores, como conocemos por maravillosos exemplos de los Antiguos, y por esperiencia de los Modernos se vè cada dia. Ptholomeo de Soldado de una Compañia del Exercito de Alexandro, vino por su valor à ser Rei de Egypto. Dario, y Artaxerxes, por esfuerzo, y merecimientos proprios, siendo del mas humilde nacimiento, alcanzaron el Cetro, y Corona Real de los Persas. Valentiniano, y Iustino Emperadores de

Reyes por Armas.

Ro-

Roma, nacieron rusticos, y Pastores; por el brazo vinieron à merecer aquel supremo Titulo de la grandeza humana. ☞ Viriato, y Tamorlan, de Pastores, Cazadores, y Soldados, vinieron à ser, el uno Emperador de los Cytas, y el otro Governador, y General de los Portugueses: y otros mas modernos como fue Primislao Rei de Bohemia, Francisco Esforcia Duque de Milan, y otros muchos en la Milicia presente de Flandes, Francia, Alemania, è Inglaterra; en la de Asia, y en la de Oriente, y de la Nueva España: cónozco yo de vista, y sè por nombre, y fama de muchos Soldados, que siendo de obscuro nacimiento, por su estremada valentia, y esfuerzo se hicieron claros, è ilustres; y como tales, tienen los cargos importantes, los lugares, honras, y ventajas de la Milicia. De manera, que pues la honra es una Universidad en que se aprenden todos los buenos terminos, procederes, y cortesìas, y esta està fundada en la Milicia, à donde entre las Armas nace; con ellas se gana, y apura, y sustenta; en ella deve estar mas apurado el

fru-

fruto de su diciplina. El segundo fundamento es, el rigor con que los yerros contra la policìa se castigan en la guerra, de que nace la vigilancia, y cuidado con que los Soldados se desvelan para andar apuntados hasta en las menudencias; de que en Corte se descuidan los mas advertidos, por la diferencia que ai, cortandose à espada la maleza que crece à el que es poco culto en la buena crianza, y proceder: de modo, que mas peligra un hombre à las veces en una descortesìa, que en una batalla. Y assi, el hablar compuesto, el responder blando, el preguntar con tiento, el tratar del ausente, el defender à el amigo, el hablar del contrario; cada cosa tiene en la guerra sus leyes establecidas, en cuya execucion se procede con todo rigor: y de los particulares dellas nacieron los desafios, y duelos tan justamente reprobados en la Republica Catolica, quanto en la barbara opinion antigua bien recebidos, como fue en la de los Reyes de Lombardìa, que reduxeron el duelo à diez y ocho casos de Leyes; y el Emperador Federico, à quatro; y Felipe Rei

de

de Francia, à tres; y Frotanio Rei de Dacia hizo Lei, que toda la contienda que avia de ser en juicio, se averiguasse por las armas. Y como el descuido que el Soldado tiene en la cortesìa, la soltura en la palabra, la mala correspondencia en el proceder, la libertad con que habla del ausente, y del contrario, està sugeta à dar satisfacion por un camino tan breve; qualquiera Soldado plàtico està mas advertido, que el mejor Cortesano en la buena crianza, respeto, y blandura con que ha de tratar à los hombres. La verdad es (dixo el Doctor) que los Soldados platìcan con toda la blandura, y buen termino; y ya Platon dixo, que el buen Soldado avia de ser como el perro: para los domesticos, y conocidos mui halagueño; y contra los enemigos arriscado, y valiente. Pero el duelo es cosa mucho mas antigua, y que no se inventò para essas menudencias que decìs; porque conforme al parecer, y opinion de todos los Legistas, es un combate, y batalla particular de cuerpo à cuerpo, para probar alguna cosa dudosa, de la qual el que sale vencedor,

El Duelo, cosa mui antigua, como se vè en los exemplos.

se

se entiende, que probò lo que queria como el desafio de Menalào, con Pàris: de Eneas, con Diomedes: de Ayax, con Hector: los duelos de Lucio Sicinio Dentato, que ocho veces à vista de los dos Exercitos saliò vencedor: el de Tito Manlio Torquato: el de Lucio Emilio, con el Capitan de los Samnites: el de Alexandro Magno, con Poro Rei de la India: el de Scanderbey, con Zayà, y Tambrà valerosos Persas: el del Rei de Dacia, con Hudingo Duque de Saxonia; y muchos de los nuestros valerosos Lusitanos en muchas partes del mundo: el de Alvaro Gonzalez Coutiño el Magrizo, en Flandes: el de Alvaro Vazquez de Almada, Conde de Abranches, en Francia: el de Duarte Brandano, Cavallero de la Garrotea, en Inglaterra: el de Gonzalo Ribero, en Castilla: el de Francisco de Almeyda, en Granada: y muchos otros en el Oriente, en Asia, y Berberìa. No son essos (respondiò Alberto) los duelos reprobados de que agora tratè, que modernamente se usan, y difinen por diferente modo, y por todos con bastantissima causa se defienden;

den ; que los de que hablais , assi como son batallas singulares de cuerpo à cuerpo , se usan , ò de ciento à ciento, veinte à veinte , diez à diez , y doce à doce, como fueron los Portugueses de Inglaterra. Duelo , segun la difinicion moderna , es un combate de dos hombres, que despreciando las leyes, quieren averiguar por su brazo lo que toca à su honra , y opinion , movidos del interès de sustentarla , ò de la vanagloria , arrogancia, enemistad, ò venganza : y de estos se usa en la Milicia contra lei , y ordenes de Generales, que con mucho rigor los castigan : procediendo todos sobre menudencias , y puntos , las mas veces impertinentes , introducidos por la bizarria , y fanfarria de la Soldadesca, pendiendo de lo que dixo , passò , mirò , respondiò, callò : si se alabò : si quedò mejor en las palabras : si alguna era obscura , y quedò mal entendida : sobre preguntas , declaraciones , satisfaciones , respuestas; y otras cosas , que por no merecer tratarse de ellas , antes mereciendo con razon reprehendellas , dèxo de tratarlas ; mas la conclusion para mi intento es , que en la Milicia andan las leyes de cortesìa, y proceder, mas ajustadas con la razon que en otra parte alguna por medio de este rigor, que hace à los que militan llevar à los Cortesanos muchas ventajas. El tercero fundamento es, la paciencia, y sufrimiento de los Soldados, que criados en el trabajo, è incomodidad de aquella vida, es el mayor de todos los estados, trayendo siempre como grillos el peso de las armas: que si el proverbio dice, que quien trae en el dedo anillo apretado, hace para sì voluntaria prision; quànto mayor lo serà el coselete, el morrion, la pica, el mosquete, y el arcabuz? Tras esto, traer el sueño registrado por las leyes del Tambor; acudir à hacer su quarto en lo mejor del reposo; en la mayor obscuridad, y elado Invierno, passar à la sombra de las nubes cargadas de agua, sin mas luz que la de los relampagos, ni mas lumbre que la de la cuerda; y tener por cama la tierra, que de ordinario sirve à los Soldados que se alojan en el campo, ò en la frontera de los enemigos. Y si del Rei Don Alonso Henriquez, del Condestable Don Nuño ño Alvarez Pereyra, del Conde Don Pedro de Meneses, y de otros Generales Portugueses leemos, que muchos años enteros dormian las noches sin desnudar la malla, y corazas con que peleavan de dia; què colchones les podian servir para tan asperas savanas, sino fuessen las carretas de la artillerìa, el baluarte de los muros, y el reparo de las trincheras, y barbacanas? Pues si la sobriedad, y templanza es tan alabada en las buenas costumbres, por las muchas que de ella nacen; quièn puede ser mas templado, y sobrio que el Soldado, del qual tantas veces la necessidad es cocinera, el escudo, ò coselete la mesa, el morrion el jarro, y la hambre la salsa? Y dexando las famosas que huvo en el mundo, de que los Autores escribieron, que todas cupieron en suerte à los Soldados; lo qual no se ha de presumir que acontezca à donde ai mucha gente junta, de la qual todo se recela, y nada se fia? Y si en alguna gente se conserva la costumbre de los mantenimientos de la primera edad, que eran frutas de arboles, y legumbres de los campos, solo en la

Mi-

Milicia acontece muchas veces; no tratando aun de guerra naval, que con mayores incomodidades, y peligros de la vida se exercita; ni en los cercos, à donde las mas veces la necessidad de la hambre la pone en almoneda. Despues de estos estremos de sufrimiento se sigue la obediencia Militar, que es el apoyo en que se sustenta el principal peso de la guerra; à la qual està obligado, y la guarda el mas valeroso Soldado à el menor, y mas humilde Oficial del Exercito, aviendo en èl tantos, como son, General del Exercito, Coroneles, Capitanes, Tenientes, Governadores, Maestros de Campo, Sargentos Mayores, Generales de Infanterìa, de Cavallerìa, Capitanes de gente de armas, Capitanes de cavallos ligeros, Generales, y Capitanes de artillerìa: fuera de los particulares, Alfèreces, Sargentos, Cabos de Esquadra; y otros Oficiales que no exercitan las armas, como son, Proveedor General, Comissario General, Furriel Mayor, Barrachel, Tesoreros, Colaterales, Pagadores, Oidores, Alguaciles, y otros muchos. Y en lo que toca à el el govierno de cada uno, ningun Soldado desobedece, en la orden, en la estancia, en el concierto, en el acometer, retirarse, assistir, reconocer, velar, y en todos los demàs actos militares: y aunque se les atraviesse por delante el rostro de la muerte, la desprecia, por acudir à la obediencia del que tiene à su cargo el mandarlo. Y faltando esta sugecion, totalmente se destruiràn los Exercitos, conforme à aquella sentencia, que el mayor enemigo que ai en la guerra es la discordia entre los propios Soldados; y assi se perdieron muchos Campos, y Armadas por no conformarse los Capitanes, y por la discordia, y desobediencia de los inferiores. De modo, que por ser esta esperiencia tan aprobada, vinieron los Reyes, y Generales à castigar buenos sucessos, quando fuera de obediencia, y orden militar se consiguieron; reprehendiendo à los vencedores la ventura, y castigando la osadìa con que traspassaron la lei de la Milicia, como yo vì que sucediò algunas veces. Ai demàs desta, otra obediencia no menos importante en los Soldados, que es la

del

del secreto, que vence al mayor que se deve à los negocios civiles, y cortesanos: este se usa en los designios, intentos, avisos, estratagemas, emboscadas, y hasta en el dar el nombre ordinario à la Centinela, que todo se guarda con inviolable observancia. Assi, que en todo el sufrimiento, y obediencia del Soldado, muchas veces alcanza en la guerra mas merecimientos que su esfuerzo. Y todas estas leyes, costumbres, y sugecion, hacen à un hombre tan apurado, polido, discreto, amable, secreto, blando, y animoso, que dexa atràs à todos los que en los otros exercicios se adelantan. El quarto fundamento es, la comunicacion de los Estrangeros; el ver diferentes tierras, y Provincias, que lo hacen sabio, plàtico, visto en las costumbres, ritos, y Reinos estraños: porque un Exercito se compone de gente de muchas Naciones, que por sueldo, hermandad, socorro, pacto, ò vecindad, se ayudan unos à otros, y assi Capitanes, como Soldados, cada uno por competencia, no solamente quiere hacer conocido su nombre, honrar su Nacion; mas

en-

engrandecer las costumbres, gentilezas, trage, y galas de su Patria, contando aun las guerras, y empressas de sus naturales, las grandezas de su Provincia, y otras menudencias, que por la leccion escrita no se pueden comprehender tan facilmente. Pues la vista, que es sola la que de todo satisface al animo, y enriquece el entendimiento, ninguno la tiene mas varia que el Soldado, ora sea navegando, ora marchando, ora en puestos famosos, ora en Presidios fuera de su Patria, aprendiendo en las agenas todo el buen tèrmino de proceder, de obligar, grangear, servir, y de ennoblecerse; apurando su gentileza, y partes en el servicio de las Damas; su liberalidad con ellas, y con los Soldados; la policìa en su trage, y bizarria; la discrecion en su plàtica; y todas las otras costumbres, que à vista de tantos testigos exercita; conquistando honra con el esfuerzo, amigos con el buen proceder, servidores con la liberalidad; la aficion de las Damas con la gentileza, fama entre los estraños, nombre con sus naturales, merecimientos con el Rei; que

quan-

quando sean mal galardonados de la ventura, no les puede ella quitar su verdadero precio, que es el loor que à la virtud se deve. Tambien no es para despreciar en la discrecion del Soldado, antes mui para engrandecer, la Relacion de los sucessos, y ocasiones en que se hallò, y contar las cosas de ellos con mas propriedad que los Cortesanos, y Escritores; pintando el campo en orden, la vanguardia del Esquadron, las primeras ordenes, las vanderas de cavallos, los lados, y las retaguardias, el lugar de las insignias, y vanderas, y de los instrumentos, artilleria, y vagage; la guarnicion de los mosqueteros, las mangas de los arcabuceros, las compañias de los alabarderos, archeros, ballesteros, escopeteros, y piqueros; disponiendo en los combates cada una de estas cosas en razon, y termino Militar. Y igualmente, en el assalto, ò defensa, ò fortaleza, saber de los fuertes, los Cavalleros, torres, murallas, almenas, barbacanas, parapetos, corredores, troneras, saeteras, torreones, baluartes, terraplenos, plataformas, trincheras, plaza de baluartes, respiradores, casamata, rebellines, estradas cubiertas, puerta maestra, puerta falsa, puente levadiza, cavas, minas, y contrareparos, fosos, y contrafosos, y contraminas, y otros nombres, y servicios de cosas en que solo los experimentados en las armas pueden hablar propiamente: por lo qual tengo el exercicio de ellas por mas excelente para el hombre bien nacido, que todos los otros. Vos (dixo Solino) canonizastes hoi à los Soldados, y engrandecistes sobre todas vuestra profession. Y son tan buenas las razones con que lo hicistes, que si assi fueran sus costumbres de ellos, no os podia ninguno contradecir: ni yo lo hiciera agora, si tratárades de lo que todos vemos en vuestra persona; mas por la diferencia de otras con quien yo tratè corriendo tantas ventas, y estalages, como Iuan despera en Dios, aveisme de dar licencia que muestre el embes desa pintura, y digo: que la Milicia es un homicidio comun; una escuela de todos los vicios; un deposito de todos los valdìos, y ociosos del mundo: y los Soldados no son otra

co-

cosa, que Soldados pagados, y armados en daño de la Republica, robadores de honras, ladrones de haciendas, blasfemos, jugadores, insolentes, espadachines, matadores, rufianes, adulteros, sacrilegos, incestuosos, perjuros, y llenos de todos los mas vicios, y maldades abominables, considerados en la libertad Soldadesca, y en sugetos tan perdidos, como son los mas de los que se arrojan à el camino de la Milicia: de suerte, que si algunos salen tan bien doctrinados como vos, los demàs son tan diferentes, que desmerecen vuestros loores. Bien sè (respondiò Alberto) que no puedo probar conmigo lo que tengo dicho de todos los Soldados, mas podrè alegar con otros, que me hacen grandes ventajas, y con ellas me desobligàran si estuvieran presentes, ò de los que aqui estàn fueran conocidos: y tambien es cosa clara, que no os faltaràn muchos con que probàrais lo que dixistes; pero hàblo de los Soldados honrados, que son los terminos en que se deve tratar del fruto de su professìon. Poca razon (acudiò el Doctor) mostrò Solino en su arguir;

porque primeramente el Arte Militar es mui aprobada para la conservacion de la Republica, y ya Platon dixo, que era en ellas tan necessaria como la Agricultura; y los yerros de los viciosos, y depravados no pueden desacreditar la profession, ni quitar el merecimiento à los bien disciplinados, y generosos: que si huvieramos de hacer essa consideracion en todos los exercicios, ninguno ai sin igual descuento; porque si en el de Corte, en que hablò Leonardo tan discretamente, quisiessemos escoger los perdidos, hallàramos que eran mas, que los aprovechados: y el mesmo proverbio declara que son la mayor parte, en quanto dice, que la Corte es para Privados, y para hombres mal acostumbrados; y lo mesmo, y peor acontece en las Escuelas. De manera, que la buena crianza de la Milicia se deve entender solamente en los bien criados, à quien la honra obliga à que se quieran aventajar del vulgo, y no en los que hacen della tan poco caudal, que emplean el de su animo, y saber en cosas indignas de hombres bien nacidos, ocupandolos en latrocinios,

fuer-

fuerzas, traiciones, maldades, engaños, è infamias. No me pesa (dixo Solino) sino porque me alabaron de valiente quando aqui lleguè, para no darme por vencido de dos razones tan flacas como las vuestras; y con todo, he de callar hasta cogeros en un desafio donde yo escoja las armas, que no os han de valer las de quantos bachilleres degollaron el mundo. Guardad (dixo Don Iulio) esse animo vengativo para mañana, y vendrà mas à tiempo. No ya para mì (respondiò Solino) porque tiene de su parte mucho favor, no solo el de Solino, por lo que le importa; mas de Pindaro, que tiene estilada la quinta essencia de los loores Escolasticos, y no ai encrucijada, ni calleja sin salida en las letras, de que no pueda hacer un Mapa mui copioso. Y hallais (replicò Don Iulio) que es esso malo para Letrado? Antes lo tengo por mui bueno (dixo Solino) placerà à Dios que vendrà èl à saber à lo que agora huele: y assi lo espero, que supuesto que estos estudiantes mancebos lo vàcian à las veces todo en el camino, èl fue siempre por lo mas acertado. Tambien à mì

me

me lo parece agora (dixo Alberto) acabar mi discurso en vuestra diferencia; para lo qual pido à estos Señores, que me ayan por desobligado de passar adelante. Si estuviera en mì (respondiò Leonardo) el poder obligaros à decir mas, como està el gusto, y desseo de oiros, no sè si os dexàra despedir tan de priessa; pero deve de ser tarde, porque ya lo era quando aqui venimos, por una ocupacion que me detuvo mas de lo que quisiera. No me parece à mì (dixo Don Iulio) que es tarde, ni entendì que estava tan al fin nuestra plàtica, que no pudiesse hacer algunas preguntas, como acostùmbro, de algunas menudencias que el señor Alberto passò por mui visto en ellas, como eran algunas particularidades, y diferencias en la orden de Infanterìa, y Cavallerìa, y muchas de la Milicia Naval. Porque essas cosas tocan menos à mi intento (respondiò èl) passè por ellas; mas quando otro dia tuvièredes gusto de oirlas, tendrè yo mui poco trabajo en referirlas. En este tiempo, porque los mas estavan ya levantados, se despidieron, y Solino se

fue

fue entreteniendo en palabras de galanterìa con el Doctor, con tanta gracia, que desseavan los compañeros que el camino fuesse mas làrgo, pues por mucho que lo sea, la buena conversacion lo hace parecer breve, y dessear.

DIALOGO XVI.

DE LA CRIANZA DE LAS Escuelas.

ESTava tan desseoso, y alborotado Pindaro para passar en la crianza de Escuelas aquellas dos columnas que Leonardo, y Alberto levantaron en el estrecho limite de la policìa civil, que imaginando que le huìa el tiempo, sin darlo al Doctor para venir con èl, obligò à Feliciano à que se fuessen mas presto à casa de Don Iulio, diciendole por el camino: Cierto que no desseè cosa como aliviar al Doctor del trabajo desta empressa; que supuesto que su autoridad culpa mi atrevimiento, tam-

tambien el amor que tengo à la ciencia lo favorece. Mui bien estuviera en vuestra mano (respondiò èl) por tenerla tan buena para todo : pero no desseeis sacarla de la suya ; porque hasta en aquello que yo sè mucho mejor que otros, quisiera antes oir à los que saben mas, que no que ellos me escuchassen. Y la razon es, que demàs de estar tan bien en los viejos la confianza, como en los mancebos el recèlo ; voi pesando lo que les oigo con lo que yo tenia para decir, y hago mas cierto juicio de mi caudal para otras ocasiones. En este apetito me parecistes hombre, que sabe la historia que oye contar ; que se adelanta en los passos della al que la và diciendo; y por mostrar que la sabe, hace perder el gusto à quien la oye, y el premio de su trabajo al que la refiere. Lance es de habil essa presteza, y sacar lumbre con qualquier golpe ; mas de cuerdo es disimular las centellas. No os abatais à todo pajaro aunque sea de vuestro genero, que no aurà quien quiera cazar con vos. Mas querreis (replicò el amigo) que me hiciera mar muerto, sin levantar ondas

quan-

quando me viene el viento tan fresco? Mucho repugna à la agudeza de ingenio la paciencia de un flematico como vos; que no sè doblar las manos, quando la pelota me viene botando à los pies: y presto vereis si tiene razon mi codicia. Cerca estais (dixo Feliciano) del desengaño, y mucho mas cerca de la casa de Don Iulio. Con esta platica llegaron à ella, y poco despues los compañeros; y como Solino en entrando los viò sentados, dixo: Al fin fuistes los primeros, para mostrar que erades los mayordomos de la fiesta; y mui confiados en la eloquencia, y autoridad del Doctor, os parecerà que teneis la hogaza en casa, y pienso que serà al revès, si yo entro en la lucha; y no os valdrà, que el dia que se predica de un Santo es èl, el mayor de todos. No sè què teneis contra las letras (dixo Leonardo) que siendo tan grande amigo de Pindaro, os picais siempre contra su profession. Deciros he (respondiò Solino) de à donde esso procede; y es, que las letras no puedo negar que son cosa buena, mas assientan las mas veces sobre ruin papel; y como es hecho

cho de trapos, he hallado tantos en ellos que me cansan. Mejor dixerais trampas (replicò èl) mas amigo, què os hicieron? Irseme todo en letras (replicò Solino). No es razon (acudiò el Doctor) que os adelanteis tanto para atajarme el passo: dexadme hablar primero, que yo os darè tiempo descubierto para quando me quisièredes arguir; que por mas que se aprueve vuestra murmuracion, no puede disminuir los quilates, y precio de las ciencias. Pide razon el Doctor (dixo Don Iulio) y porque èl, y los demàs lo desseavan oir, callaron. Y èl comenzò desta manera: Dos cosas me averguenzan en esta empressa, que lo pudieran facilitar en otro sugeto. La claridad manifiesta de la mucha ventaja que tiene la crianza de las Escuelas à todas las otras. La segunda, poder mostrar delante con exemplos vivos, lo que he de probar con razones menos suficientes, y que siempre à su vista quedaron limitadas. Mas por acudir à la obligacion en que me pusieron, dèxo la que tengo à las letras, que era no poner en disputa, como cosa dudósa, su merecimiento, y la mucha di-

fe-

ferencia que hace el estudio dellas à todos los otros exercicios ; porque las Escuelas , y Universidades del mundo, que fueron instituidas para el govierno , y conservacion della, son el corazon de los Reyes à donde estàn fundadas , del qual salen las operaciones principales para el regimiento de la vida civil. Y si (como dice Cassiodoro) ai tanta distancia del que alcanzò ciencia al idiota , como del hombre al que no lo es ; juzgad quanto importa la crianza de las Escuelas , à donde todas se aprenden , en diferencia de otras professiones , en que solo por experiencia, y comunicacion,llegan à algunas sombras de las vivas colores de sabiduria. Esta es la razon porque Diogenes buscava un hombre entre los que lo parecian ; y la , porque dixo del que viò estar sentado sobre un peñasco , que estava una piedra sobre otra : y assi como los metales que entre ellas se crian salen brutos , toscos , y desconocidos, hasta que por via de la fundicion , y beneficio de la Arte tienen lustre , precio, y merecimientos ; assi el crisol en que se apuran los hombres , y se ponen en los

qui-

quilates con que han de tener el valor que à este nombre se deve, son Escuelas en las quales de la mesma manera que por alquimia del cobre se hace oro; en ellas, de un idiota, y casi bruto, se hace hombre con saber, merecimientos, y suficiencia, para aventajarse del vulgo; y comenzando de la Gramatica de las lenguas, que es el primero escalon de las letras, ò como dice un Autor grave, la primera puerta donde se entra à todas las ciencias, con cuyo beneficio ellas se conservan, y se perpetùa la memoria de las cosas. Aunque (como escribe Quintiliano) tiene mas de trabajo que de ostentacion; es (como dice Isidoro)el fundamento de todas las Artes liberales, y disciplinas nobles. A èsta dividen algunos en artificial, historica, y propia: que la primera enseña el concierto,y disposicion de las letras con que escribimos; la Ortografia, y propiedad de las palabras que hablamos. La segunda, y tercera pertenecen al conocimiento de los lugares, y obras de los Historiadores, y Poetas, y à la explicacion de lo que en ellos por antiguedad, y diferencia

de

de la lengua està oscuro, y dudoso, mayormente en las tres lenguas, Hebrea, Griega, y Latina, de las quales triunfando la carrera de los años, dexò en muchas edades diferencia. En la primera, de la Hebraica, y Caldea. En la segunda, en la Griega comun, Atica, Laconica, y Eolica. La tercera, en Prisca, Latina, Romana, y Mista, y en unas otras; y en la propia de cada uno, enseña la Gramatica la pronunciacion de las letras, el son, el acento diverso de las palabras, la distincion de las vocales, y consonantes, y la orden de hablar con pureza, y policìa: y assi, este primero escalon es tan necessario à los hombres, que parece que sin el conocimiento deste Arte no le es licito abrir la boca: què serà levantarse, y subir à la cumbre mas alta de las ciencias, y disciplinas nobles? El segundo escalon desta escalera es la Logica, Arte que lo enseña à distinguir, y à hacer diferencia de lo falso à lo verdadero, y de lo torpe à lo honesto: y como el entendimiento es causa de obrar, assi lo es ella de entender. Es el peso, y balanza en que se conocen todas las co-

Diferencia de las Lenguas.

sas

sas ligeras, y pesadas: Arte que no solamente enseña à saber la verdad de todas las cosas, mas à poder manifestarla à los que mienten; y reduciendo à diez cabezas, ò predicamentos toda la variedad de cosas que tiene el mundo, hallando el verdadero modo de difinir à todas ellas, y descubriendo los generos, especies, diferencias, sustancias, y accidentes; èsta enseña diversos modos de arguir, probar, y sustentar lo que concebimos en el entendimiento: por los quales oficios es esta Arte tan celebrada, que Platon, y despues dèl San Agustin, la hicieron parte de la Filosofia, dividiendola en moral, natural, y racional. Aristoteles, Escoto, y otros la llaman ciencia, è instrumento de saber, de cuyo testimonio, y verdad se alcanza, que sin el conocimiento della no puede un hombre hablar seguro entre los otros: y supuesto que ai tan buenas disposiciones de entendimientos, que naturalmente discurren, y conocen sin favor de doctrina estas menudencias; con todo, sin el favor del Arte se oscurece las mas veces la claridad del ingenio. El tercero lugar

gar es, el de la Retorica, que enseña à hablar bien, y persuadir à los oyentes, con razones bien concertadas à el intento del que platica, no haciendo el fundamento en la verdad de lo que dice, sino en el concierto, y semejanza de la razon con que obliga, y mueve. Y porque desta Arte se habla mas difusamente en esta conversacion en favor de la lengua Portuguesa, passarè de ella à la Poesìa, Arte tan noble, que trabajando siempre los embidiosos por oscurecer su precio, no le pudieron quitar el que hoi tiene, y en la opinion, y exercicio de los principales Señores de España; y bastava para que su valor fuesse conocido, tener en ella el fundamento toda la Filosofia, pues Plutarco cuenta, y Aristoteles confiessa, que todos los Filosofos, y sus diversas Sectas se derivaron de las Poesìas de Homero: y no solo diò principio à ella, mas Prometheo, Lino, Museo, y Orpheo, y essos mismos, y otros dieron fundamento à las Deidades que los antiguos ritos de la Gentilidad veneravan. Y dexando la recomendacion de sus loores para quien con vivo exemplo puede de tratar de ellos, diciendo de su perfeccion, y grandeza lo que yo en tan limitadas horas no puedo dignamente declarar, passarè à la Mathematica; y como parte tan principal de ella, à la Geometrìa, Arte tan excelente, y tan necessaria à el Cortesano, que favorece todas las buenas partes que en èl se requieren; y tan natural à el Sabio, que Platon tenia en la entrada de su Escuela un letrero que decia: No èntre en esta casa hombre que no sepa Geometrìa. Y Filon Hebreo dice de ella, que es Princesa, y madre de todas las disciplinas. Y Francisco Patricio en su *Republica*: socorro, y presidio de todas las Artes. Y Platon escribe della estos loores: que levanta el animo, y pensamiento al estudio de la verdadera Filosofia, y que es necessaria para la conquista de todas las disciplinas, favoreciendo à la Arte Militar en el formar de los campos, disponer de los esquadrones, recoger, y repartir las compañias, sustentando la Cosmografia en sus medidas, à la Arquitectura en sus proporciones, à la Arismetica, y Musica en sus numeros, y à otras infinitas;

De la Mathematica.

mi-

midiendo en todas ellas las formas, espacios, grandezas, medidas, cuerpos, pesos, y todas las cosas que dellos se componen; y de medida, de agua, viento, tierra, nervios, cuerdas, y cosas semejantes, como torres, fortalezas, reloxes, molinos, instrumentos de musica: consta de lineas rectas, curvas, flectuosas, perpendiculares, planas, paralelas, y de angulos rectilineo, curbilineo, recto, acuto, y obtuso: finalmente de superficie, circulo, circumferencia, centro, diametro, y otros nombres, y terminos naturales de aquella arte, que en la platica comun pareceràn peregrinos, y de que es bien que el hombre cortesano no se halle ageno. Tras èsta se sigue su compañera la Astrologìa, ciencia tan levantada, que penetra desde la tierra, los secretos de las estrellas, tratando del mundo en universal, y en particular de las Esferas de los Orbes; del sitio, movimiento, y curso dellas; de las Estrellas fixas, y de sus aspectos; de la Teorica de los Planetas; de los Eclipses del Sol, y de la Luna; de los Exes, y de los Polos Celestes; de los Climas, y Hemisferios ; de Circulos diversos excentricos , y concentricos , epiciclos, retrogrados, raptos , accessos, y recessos, y otros semejantes ; y de otros muchos movimientos que pertenecen à los Cielos , y à las Estrellas , de cuyo curso , y razones de tiempos se hace natural juicio de las cosas futuras tocantes à la Agricultura , y navegacion , no admitiendo la especie supersticiosa de los Mathematicos , que es la Astrologìa judiciaria: y passando desta à la Filosofia, sin cuyo conocimiento parece que los hombres no pueden alcanzar perfeccion alguna ; es tan levantada , que la llama San Isidoro en el segundo de sus Etimologìas : ciencia de todas las cosas divinas , y humanas , en quanto es possible al hombre alcanzar dellas ; y Platon dice , que es el mayor bien , que Dios concediò à los hombres ; porque ella es la luz de la vida , el camino de la virtud , la fortaleza contra los vicios , la forma de las acciones humanas , la lumbre de nuestras obras , el orden de los pensamientos internos, regla del entendimiento, la maestra de nuestras costumbres , y descubridodora de los secretos de los Elementos; mas con todo, no alcanzò à conocer la Filosofia Christiana, la qual embuelve las tres virtudes Theologales, cuyo propio oficio es lo que oscuramente Platon tocò en sus loores; y finalmente, la contemplacion de todas las cosas supremas del Cielo: y para las de la tierra, ella es la llave que abre los secretos de la naturaleza; que enseña à vivir con disciplina; que destruye los yerros, y esclarece la confusion, y tinieblas del entendimiento; une las diferencias, restituye los Goviernos con orden, rige las Ciudades con justicia, administra las razones con sabiduria: y repartiendo estos atributos suyos por las cinco partes en que se divide, Fisica, Ethica, Economica, Politica, Metafisica; la primera trata de los principios naturales, de movimiento, quietud, finito, lugar, vacuo, tiempo, especies de movimiento, medidas del tiempo, hasta llegar al primero, y supremo movedor de todo. La Ethica se emplea en la composicion de las costumbres; en la moderacion de las passiones humanas, en que consiste la felicidad de *De la Fisica.* *De la Ethica.*

De la Economica nuestra vida. La Economica enseña el govierno, y regimiento particular de la casa, familia, muger, hijos, y criados. *De la Politica.* La Politica dà los preceptos, la legitima orden, y govierno de las Republicas, Reinos, y Ciudades, assi en razon de los que mandan, como de los que obedecen. A èsta llamò Isocrates, alma de las Ciudades, porque en ellas hace el mesmo oficio, que el Alma en un cuerpo. Y Socrates la llamò, ciencia de los Principes, porque à ellos mas que à otros hombres pertenece el conocimiento de ella. *De la Metafisica.* La Metafisica trata de las cosas por causas altissimas segregadas de toda la materia sensible, y aun inteligible; de modo, que los buenos Metafisicos en esta Divina ciencia platican: finalmente considera las formas separadas, passando de la contemplacion de las de la naturaleza à las sobrenaturales; de las corporeas; de las ideas; de los atomos; de la materia prima; de la introducion; de las formas; del hado; de la eternidad; del Cielo; de los transcendentes; de las inteligencias assistentes à las Esferas celestes. De modo, que en los principios ma-

mayores desta ciencia està fundada toda la doctrina de Corte, y de la Milicia, que en las noches de los dos dias atràs se ha platicado mui doctamente. En la Fisica, que es (como tengo dicho) la primera parte de la Filosofia, està fundada el Arte de la Medicina, que assi por el importante sugeto en que se emplea, como por las Artes que le une, y encadena, es el conocimiento de ella digno de hombre sabio, y bien nacido. Esta se divide en Empirica, Methodica, Dogmatica, ò Racional. La primera, se funda solamente en la experiencia de los remedios, en las virtudes de las yervas, piedras, plantas, animales. La segunda, considera solamente la sustancia de las enfermedades, sin respetar conjuncion, tiempo, lugar, region, naturaleza, ò aviso. La tercera, no despreciando la esperiencia, ni la razon de los exemplos della, abràza tambien las naturales en que està fundada el Arte. En la Ethica, Politica, tuvieron principio los Canones, y Leyes, nobilissimas professiones, y ciencias derivadas destas fuentes de Filosofia, y del Derecho Natural, y Divino.

De la Medicina.

De las Leyes, y Canones.

no. Y si (como dice Solon) la Republica que no tiene Leyes , se semeja à un monstruo , que no tiene mas que el parecer humano ; assi se puede imaginar el hombre que no tuviere noticia dellas, que por ser tan importantes al mundo, los antiguos hicieron Dioses à todos los inventores dellas , como Saturno , Belo, Minos , Pheaco , Solon , Licurgo , y otros muchos. Y nuestros mayores hicieron Leyes segun la diferencia de los estados ; no unas solas porque todos se governassen , mas muchas convenientes al genero de la vida que cada uno tomava. Y assi , los que apartados del gremio de la Republica Civil se emplean en el servicio de la Iglesia , obedecen las Leyes que los Sumos Pontifices , y los Concilios de los Padres ordenaron , que son los Canones Sagrados : pero los seglares se goviernan por las leyes , y ordenanzas que sus Reyes hicieron, ò confirmaron , recurriendo en los casos à que los particulares no alcanzaron, à las Leyes Imperiales de los Romanos , y disposicion del Derecho comun. Y de querer confundir esta tan necessaria diferen-

cia

cia los perfidos Cismaticos, negando la autoridad de las Leyes alumbradas por el Espiritu Santo en la ciega confusion de las suyas, que fundan en su depravada libertad, viven en oscuras tinieblas; siendo, como dice Tulio, las Leyes vinculo de la Republica, fundamento, y seguridad de la libertad, y fuente de la Iusticia: y porque no os parezca que en mi professíon particularmente me estiendo mucho, dèxo lo que de ellas pudiera decir que es infinito, comenzando desde los primeros Legisladores hasta el estado presente en que esta professíon està levantada, y ennoblecida. Y solo por la reformacion del Emperador Iustiniano estàn en sus volumenes escritas doce mil y setecientas y siete Leyes, sacadas de muchas mas que confusamente estavan derramadas en los Libros Romanos. Y subiendo de la Metafisica à la Divina Theologia fundada sobre la verdad Evangelica, se apura un hombre, y llega à lo mas alto que se puede levantar el entendimiento humano. Esta divide en Escolastica, y Possitiva: la primera es, la que en argumentos fuertes, razones de-

Doce mil y setecientas y siete Leyes, recopiladas por Iustiniano.

Theologia

demonstrativas, y pruevas invencibles, disputa con los Hereges, è Infieles en todos los dogmas importantes à la verdad de la Fè Catolica Romana, como es de la Trinidad, y Omnipotencia de Dios; de la Presencia Divina; de la Predestinacion; del Libre Alvedrio; de la Gracia; de la Iustificacion; de la Gloria; del Pecado; de las Penas; del lugar del Purgatorio; de los Sacramentos; y de los Articulos de la Fè. La Possitiva consiste en la pura interpretacion, y exposicion de la Sagrada Escritura segun los quatro principales sentidos della, que son Literal, Moral, Tropologico, y Anagogico; con cuya noticia dada à los hombres por medio de la ciencia, como antes fue dada por revelacion à los Profetas, Apostoles, y Santos Padres, no solo dan perfeccion al Sabio, mas lo hace parecer una semejanza de Dios en la tierra. Y supuesta esta grandeza de las ciencias, en cuya lumbre queda tan claro el entendimiento humano, como tengo dicho; què otra cosa es Universidad, sino una Corte especulativa, en la qual se sabe lo que en las de los Reyes

se

se executa, à donde à vista de los Doctores prudentes en la leccion de los Maestros escogidos; en la comunicacion de los Nobles bien acostumbrados; en la conversacion modesta de los Religiosos, està el Noble en una continua leccion de policìa, teniendo por palmatoria de sus yerros, la verguenza de cometerlos à vista de tantos censores, ayudando à la advertencia del huir dellos, la curiosidad con que se acechan, y la libertad con que se reprehenden, pues la entrada en las Escuelas, la assistencia en las Aulas, qualquier pequeño descuido se nota con los pies de los que en ellas assisten, obligando à todos à compostura del rostro, à quietud del cuerpo, à modestia del trage, à puntualidad en la cortesìa, à cuidado en el hablar, y à no quererse alguno hacer singular entre todos los otros? Tienen las Escuelas demàs destos, un bien que favorece esta opinion; y es, que de ordinario los que las buscan, ò son hijos segundos, ò terceros de la Nobleza del Reino, que por instituciones de los Mayorazgos de sus Abuelos quedaron sin herencias, y procucuran alcanzar la suya por letras; ò son hijos de hombres honrados, y ricos, què los pueden sustentar con comodidad en los Estudios; ò Religiosos escogidos en sus Provincias por de mas habilidad, y confianza para las letras. Y assi se saca en limpio, que es la gente mas bien criada del Reino, diferencia que no puede aver en la Corte, ni en la Milicia; y con tantas ventajas, sin tratar de otras particularidades menos importantes, me parece, que tengo mostrado quanto sea mas que todos los otros exercicios provechoso el de las letras, pidiendo por la dignidad de ellas à el Prior, y à Pindaro, y à Feliciano, que tomen por su cuenta perficionar lo que yo no supe decir; pues el exemplo de sus partes es la mas legitima prueba de mis razones. Las vuestras (respondiò el Prior) menos dan lugar à glosas que à embidias; y si esta me dexàra decir los loores que os devo, renovàra en vuestro sugeto el de las Escuelas, pues en ellas nos mostrastes lo que soleis, que es un Mapa de todas las ciencias, tan perfecto, distinto, inteligible, que parece que los puede

me-

medir qualquier razonable entendimiento; porque recogidas en vos como en su propio centro, estàn en su altura. Esta ventaja (acudiò Feliciano) tienen los que saben perfectamente, que no es solo para sì, mas para enseñar à aquellos con quien hablan. Cierto estava yo, que el Doctor sabia de todo lo que dixo, no solo los terminos, y fundamentos, mas aun lo mas dificultoso, y sustancial de todas las Artes, y Ciencias; pero el platicar de ellas de modo que yo las entendiesse, es gracia de su saber, y no suficiencia de mi ingenio. Tambien essa sumission (dixo Leonardo) es grande prueba de los merecimientos de vuestra habilidad, à la qual nada quedaria oscuro, sino lo que por culpa de quien hablasse estuviera confuso: pero en mì se vèn mas bien los poderes del Doctor, que lo puedo agora parecer con lo que oì. A esto acudiò Solino: Todos dicen, amen, amen, sino es Don Sancho que calla. Pindaro està descontento, pues que enmudeciò: si lo dexàren, èl os harà guerra. Para què la quereis conmigo, (respondiò Pindaro) si las razones, y ocupa-

pa-

pacion de la noche es del Doctor? à èl le podeis contradecir, que para el que calla no sirven argumentos. Bien sè (replicò èl) à donde estàn los bolos, mas quisiera acostar la bola por èste rodeo; que todos los Letrados sois como cerezàs, que se vienen tras de unas todas las otras. No ai cosa buena sin contradicion (dixo Don Iulio) oigamos las de Solino, y veremos quien tiene la liebre? y vos por correr èsta (dixo èl) haleais los perros, y quereis, como dicen, sacar la sardina con la mano del Gato: en la vuestra teneis el cuchillo, y el queso, cortad que no falta por donde; que yo no tengo ninguna cosa contra el Doctor, salvo si èl me dexa con los otros de su grado que no lo merecen, que yo harè un A. B. C. por donde à la primera vista le conozcan luego las letras. Ya desde à noche (dixo el Doctor) los teneis amenazados, y yo consentì en el desafio; no sè agora la causa por què lo temeis. Porque (dixo èl) teneis en el campo muchos padrinos de vuestra parte, que lo son mas en esta demanda. Pero dadme licencia, que con el raedor en buena paz

va-

vaya quitando el colmo à los loores que acumulastes à las letras, y sabreis que de ciento no ai un Letrado que no traiga cascabel, por donde le conozcais la altura en que anda como huron; y si lo sacais del barrio de su profession, se pierde en la mitad del dia como en calleja sin salida, para lo qual yo tengo un Astrolabio excelente, que me diò la experiencia en prendas del servicio de algunos años sin galardon, que aun el tiempo me deve. Primeramente, como vos vieredes hablar por *secundum quid*, y meter la materia prima, y dividir en *abstracto*, acudiendo à un *ergo*, y *à fortiori*, assentàmelo por Logico: mas si os hablàre en *superficie plana*, y figura quadriangular, cuerpo redondo, semicirculos, y otras semejantes cosas; entended, que es Geometra si lo ai en el mundo. Si os dixere de los nervios opticos, de los poros, intestinos, venas miseraicas, palpitaciones, sufocaciones, y apoplexias, y optalmias matriculaldo en la Medicina. Si os tratàre con unos puntillos de las reglas del Derecho, que son los èxes de los Iurisconsultos, y hablar en *Ius ad rem*,

Yerro en la platica de los Letrados

rem, y *Ius in re*, y en *lite pendente*, y en *rei veritate*, *in foro exteriori*, y otros verbos de este linage, no escapa de Iurista. Agora los Theologos, que por la preeminencia, y grandeza de su profession, tienen lugar apartado à los dos lances, se levantan de la conversacion con la materia de Angeles, y de los Auxilios, y otras en que os dexan el entendimiento en ayunas, sin dar un bordo àzia la conversacion comun, y civil de los Cortesanos. Pues si qualquiera de estos que digo acierta à ser oficial de Gramatica, demàs de engalanar todos los Versos de Ovidio, y Sentencias de Plauto, y de Terencio; por llevar al Portuguès arrastrando hasta hacerlo latin, habla por escrito, espectàculo, y benigno. De manera, que para bien, y conservacion de la Lengua Portuguesa, y para que no se corrompiesse del todo, me parecia que se avian de avecindar juntos los Letrados; que recèlo (si se mezclan) que en pocos años nos hallarèmos en una cierta Babilonia. No creì (dixo el Doctor) que estavais hoi tan venial; assi llaman à el morder en la capa: esperava yo que

que saliessedes con algun libelo mas riguroso contra los Letrados; que essas palabras que se les pegan del termino de las mesmas ciencias no son defectuosas, aunque no sean vulgares, porque muchas veces significan mas propiamente que las otras. Bien estuvo el libelo (replicò Solino) mas si le quereis unos articulos acumulativos con la autoridad de un Autor moderno, dice èl, que tres cosas diò Dios à el hombre de mayor estima, que los Letrados le han echado à perder; que son, cuerpo, hacienda, y conciencia. El cuerpo los Medicos, que con sus purgas, xaraves, y sangrias, la invencion de polvora no fue mas perjudicial que ellos, para la vida. La hacienda los Legistas, que con demandas, embarazos, y zancadillas, la ponen cada dia à punto de muerte, sin aver entre la polvareda de sus encontradas opiniones, quien divise la verdad; y aun para sì propios vereis pocos Medicos sanos, y ningun Legista vencer pleito suyo propio. De los de la conciencia no quiero tratar, por ser cosa peligrosa; mas ai muchos, que hacen por esta parte gran-

de

de daño : y supuesto que esto no es culpa de las ciencias sino de los Letrados, ellos sacaron à la inocencia fuera de su qüicio, y abrieron de par en par las puertas à la malicia, sembrando engaños, y hipocresìas, de que están mas llenas las Escuelas, que de manteos, y sotanas. Esto es quanto à el lenguage, y à las costumbres; que en la policìa del vestir, la suya anda fuera del uso de los Cortesanos: porque el Letrado que se quiere poner galan, como no sabe por uso, sigue estremos; porque, ò trae la espada que le dà con la guarnicion en los talones; ò tan alta, que le viene à comer la boca: y por hacer adiciones à el vestir, de modo acrecienta de nuevo, que se conocen en la Corte los Estudiantes entre los otros hombres, como perros de agua por la lana; y por la costumbre del bonete, ò toman el sombrero por mitad, ò lo asen por la punta del cairel, como en tienda de Gorrero. Bien sè (dixo el Prior) que quien os fuere agora à la mano, darà nueva materia à vuestra habilidad; mas sin embargo de todas las culpas que arguìs à los Letra-

dos

dos (que yo agora no tràto de defender, por no ayudaros à vos, y ofenderlos à ellos) vos sabeis la diferencia que ellos hacen à los otros hombres que no aprendieron, pues sin habilidad, exercicio, y doctrina no se alcanza sabiduria; de manera, que muchos idiotas no hacen un Letrado. Tambien yo sè (respondiò Solino) que muchos Letrados no hacen un hombre Cortesano, y que èste a las veces vence en poco tiempo, lo que ellos trabajaron en muchos años: porque demàs de ser largo el camino de las ciencias por preceptos, y breve por exemplos; el Cortesano que lo es, pone de su parte mayor desseo de saber una cosa que el Estudiante: y es cierto que alli tiene mayor fuerza el ingenio, à donde està mas pronta la voluntad. Y en lo que toca à los Letrados, pudiera yo agora traer un par de Historias en mi favor, que hicieran à este proposito. A essas (dixo Leonardo) no faltarà lugar en ningun tiempo; pero và ya gastado parte del desta noche, y pues èsta fue de las letras, no metamos contra ellas mayor caudal. Agora (acudiò Pindaro) le distes juego, porque le parece que nos perdonò aquellas historias; siendo cosa clara, que toda su opinion naciò de unos principios de Gramatica que tuvo, que despues de llenos de orin en aquella edad, los limpiò con la ceniza del rescoldo desta Aldea, para levantarse contra los que saben, siendo su murmuracion puras heces de idiota: y si lo vieran entre los rusticos del termino de hablar latînes, notar Sermones, aconsejar en demandas, y aplicar medicinas à enfermos; diràn que es manta de retal de las Escuelas, y prèciase de decir mal de lo que acredita. Ya parece (respondiò Solino) que tomais huelgo, que estàvades mui mortal: la verdad es, que no sois agudo, sino quando os doi quatro filos secos en mi suficiencia; y de tenerla yo para todo, me nace alcanzar à donde vos no llegais; que segun la capacidad de los que aprenden, aprovecha la doctrina de los que enseñan; y sabed otra cosa: que no se puede llamar Sabio el que no conoce à los necios; y de èstos que ninguno se conoce à si. No se maten tales dos (dixo Leonardo) dexemos las letras en

paz,

paz, y à Solino con su credito, que es hora de partirnos desta disputa, y acabar por hoi la conversacion. En todas me es de provecho vuestro favor (dixo Pindaro) y mas agora que estava colèrico contra mi amigo; que aunque no lo parezca en el modo con que me encuentra, yo lo soi suyo en la verdad con que lo amo, y estimo sus cosas. Amistad (respondiò èl) quando es segura, no peligra, ni se quiebra con tan pequeño salto, que ni por èste dexaremos de ir juntos à casa: y queriendo los demàs levantarse, comenzaron algunos à hacer juicio de las dos noches passadas con aquella. Porque cada uno era interessado en la professìon que se seguia, se callaron, dexando la eleccion al voto de quien lo tuviesse desapassionado, si ai alguno que por lo menos en la inclinacion no lo sea à la Corte, Armas, ò Letras; de cuyo fruto, si son muchos los quexosos por parte de ventura, ninguno ai que de su propia suficiencia se muestre descontento. Yo lo estoi de mì (dixo el Doctor) porque por la mañana pienso hacer un viage à la Ciudad, en que me he de detener unos pocos de dias; essos he de tener de penitencia en la falta de tan buenas noches ; y para esto pido licencia al Señor Don Iulio. Porque consentir en essa (respondiò Don Iulio) es obedeceros, lo hago mui à mi costa , con tal condicion , que bolvais con mucha brevedad; porque sin vos , ni pueden estas platicas ir adelante , ni yo dexarè de sentir agora mucho mas la falta de vuestra conversacion , partiendose por la mañana, como determina , para su Iglesia el Señor Prior. De essa manera (acudiò Solino) hago cuenta que se dividieron los Dialogos de las noches de Invierno , y que quedan sirviendo esta , y las passadas de una primera parte de ellas, que se continuarà con vuestra buena venida : y entre tanto se apuraràn los entendimientos , y el lenguage para materias , y sugetos mas escogidos , que sean provechosos , y agradables à los oyentes. En muchas otras cosas (dixo Leonardo) sufriera yo intervalos , mas en esta conversacion lo siento agora por estremo: por esso , ya que en ella nos teneis bien acostumbrados, no tardeis mucho. Hasta ta en los gustos (replicò el Doctor) la mucha continuacion enfada : por lo qual los Autores discretos, por no cansar con ella el juicio de los curiosos, dividen sus volumenes en partes, y essas en capitulos, y otras divisiones, que con la novedad faciliten la leccion. Hacen ellos mui bien (dixo Solino) que ai unos libros sin posadas, tan largos como leguas de Alentejo, que los dexa un hombre muchas veces en la señal de la Cruz, por no atreverse à llevarlos de un trago. Y tambien los Poetas en sus Comedias, que son mas propias para recreacion, y passatiempo, dividieron la obra en actos, à que agora llaman jornadas, y essas repartieron en cenas : y por divertir de la gravedad, y decoro de las personas introducidas, inventaron los Comicos modernos entremeses, y bailes. No os detengais mucho, y bolveremos à nuestro exercicio con mayor desseo, y mejor cuidado. Yo lo tendrè (respondiò èl) de bolver presto, que el interès no me dexarà caer en descuido, quanto mas esta nueva obligacion en que me poneis. Levantòse con esto, y los demàs

lo

lo vinieron acompañando, hecha primero la cortesìa al señor de la casa, y à los huespedes que quedaron en ella. En quanto con la falta de aquellos assistentes, la huvo tambien en la conversacion de las noches que se siguieron: serà justo que descansemos de la continuacion de este estilo un poco; que si el gusto de los curiosos Lectores fuere bien aceto, saldrà brevemente à luz otro volumen de Dialogos, que espera ver el sucesso de los primeros, pues desta virtud de escribir no tiene el Autor dellos otro fruto mas que la satisfacion de los animos aficionados à sus escritos, à los quales, como à trabajo de sus obras, dessea pagar la voluntad, y opinion con que las acreditan.

F I N.

Reimprimase.

Camacho.

TABLA

DE LAS MATERIAS DE QUE SE trata en estos diez y seis Dialogos, y cosas particulares.

CPSIA information can be obtained
at www.ICGtesting.com
Printed in the USA
LVHW031741110223
739276LV00002B/48

9 783368 113438